Über die Autorin:
Birte Stährmann, Jahrgang 1967, aufgewachsen in Flensburg,
lebt mit ihrem Mann in Stuttgart.

Referentin für Presse-, Öffentlichkeitsarbeit und Fundraising
bei einer Non-Profit-Organisation.
Autorin zahlreicher Fachbücher
(unter dem Namen Birte Mensdorf).

Bisherige Romanveröffentlichungen:
»Der Duft nach Vanille«, tredition, 2016
»Wellen kommen, Wellen gehen«, tredition, 2018

> ❖ Ihr erster Roman »Der Duft nach Vanille« stand mehrere
>   Male in Folge auf der halbjährlich erscheinenden
>   Bestsellerliste Belletristik des Indie-Katalogs.
> ❖ Ihr zweiter Roman »Wellen kommen, Wellen gehen« war
>   Buch des Monats April 2018 bei tredition.

Mehr von der Autorin unter
www.birte-staehrmann.de

Birte Stährmann

SCHATTEN UND LICHT IN LISSABON

Roman

© September 2019 Birte Stährmann
Buchumschlag: Nina Haiber
Umschlagfoto: inkje/photocase.de
Foto Autorin: Torsten Köster
Lektorat: Martin Stährmann

Verlag & Druck: tredition GmbH, Halenreie 40-44, 22359 Hamburg

ISBN-Nummern
978-3-7497-2932-6 (Paperback)
978-3-7497-2933-3 (Hardcover)
978-3-7497-2934-0 (e-Book)

**Für alle, die eine Schattenzeit erleben –
das Licht wird zurückkehren.**

Licht schenken mir viele liebe Menschen -
mein geliebter Mann Martin,
meine Familie,
meine Freunde.
Ich danke euch für euch!

TEIL I

1

Stuttgart, März 2018

Immer schon vaterlos.

Und nun auch mutterlos.

Zurückgeworfen auf sich selbst fühlte Mirjam sich, als sie den Schlüssel in die Wohnungstür steckte. Statt einer freudigen Begrüßung empfing sie die Stille einer unbehausten Wohnung und abgestandene, von der Kraft der ersten milden Tage aufgeheizte Luft.

Die Räume waren ungewohnt leer. Ein Entrümpelungsunternehmen hatte am Vormittag alle Möbel, Kleider, Bücher und Sachen mitgenommen, für die Mirjam keine Verwendung hatte. Nun war sie noch einmal zurückgekehrt, um nach dem Rechten zu sehen.

Ihre Augen füllten sich mit Tränen, als sie die Balkontür weit öffnete, hinaustrat und träumend die Zeit ihrer Kindheit und Jugend an sich vorüberziehen ließ. Vor ihr breiteten sich die Felder und Streuobstwiesen aus. Rechts vom Haus der Apfelbaum, auf den sie als Sechsjährige geklettert war – und zu ängstlich gewesen war, um wieder allein hinunterzufinden. Am Rande der Felder die Ahnung von fröhlichem Gekreische, Kindern, platschendem Wasser, dem Duft nach Sonnencreme und frittiertem Fett im Freibad – Abkühlung an einem heißen Sommertag.

Irgendwo mittendrin der Schrebergarten der Eltern ihrer besten Schulfreundin. Dort hatte Mirjam ihre erste

• • •

Zigarette geraucht, den ersten Rausch erlebt, wurde zur Verführerin und zur Verführten – ein Ort der Freiheit, an dem alles möglich schien.

Auf den Wegen rund um die Felder lernte sie das Radfahren. Im Ort selbst holte sie samstags bei der alteingesessenen Bäckerei frische Brötchen, im Schreibwarenladen mit Buchhandlung bekam sie ihren ersten Schulranzen. Dann die Bücherei, in der Mirjam bergeweise Bücher auslieh und mit Begeisterung las; diese hatten ihr gezeigt, dass es noch eine andere Welt geben musste als ihr Leben in Möhringen, einem Vorort von Stuttgart, auf den Fildern gelegen.

Die Glocken der nahegelegenen Martinskirche tönten laut und tief; erst vier Schläge für die volle Stunde, dann zweimal fünf Schläge. Mirjam fröstelte.

In ihrem Lederbeutel fand sie nach kurzem Suchen die Packung mit den Zigaretten und zündete eine an. Mit einer Mischung aus Genuss und Gier inhalierte sie den ersten Zug, dann weitere und fand langsam zu sich. Zwei Jahre hatte Mirjam nicht mehr geraucht, doch die vergangenen Wochen hatten ihre Spuren hinterlassen. »Warum hast du mich allein gelassen, liebe Mutti? Das ist nicht fair!«

Sechs Wochen lag die Beerdigung zurück.

Angelika Neumann
* 25. Juni 1949
† 6. Februar 2018

So stand es auf dem schlichten Holzkreuz, das in dem aufgeworfenen Erdhügel mit den inzwischen verwelkten Blumen steckte. Nun war Mirjam allein auf der Welt, hatte nur noch ihren Partner Stefan und Robert, den Lebensgefährten von Angelika, fünf Jahre jünger als diese. Seit Mirjams zwölftem Lebensjahr war Robert der Mann an der Seite ihrer Mutter. Obwohl sie nie zusammengelebt hatten, führten sie eine innige Liebesbeziehung.

Robert, der Mirjam wie eine Tochter angenommen hatte, der sie manchmal besser verstand als ihre Mutter. Und doch war da immer die Sehnsucht nach einem echten Vater. Der Wunsch, wie ihre Freundinnen mit beiden Eltern aufzuwachsen. Die Erwartung, von der Schule nach Hause zu kommen, von ihrer Mutter mit einem warmen Mittagessen begrüßt zu werden und am Abend ihrem Vater begeistert erzählen zu können, was sie alles erlebt hatte. Doch da hatte es nie jemanden gegeben.

Als Mirjam im Alter von zehn Jahren ihre Mutter an einem stürmischen, regnerischen Herbstabend gefragt hatte, wer denn ihr Papa sei, hatte diese zunächst einen heißen Kakao gekocht und sich dann zu ihr aufs Sofa gesetzt.

»Es tut mir leid, Mirjam. Ich weiß nicht, wer dein Vater ist. Die siebziger Jahre waren eine wilde Zeit in meinem Leben. Als ich mit dir schwanger wurde, war ich gerade mit keinem Mann fest zusammen und wollte auch gar nicht herausfinden, wer dein Vater ist. Oma und ich haben das doch ganz gut ohne einen Mann hinbekommen, oder?«

Mirjam spürte, wie schwer es ihrer Mutter fiel, über dieses Thema zu reden, und hakte nicht nach. Nur manchmal, wenn sie besonders wütend war, benutzte sie ihren fehlenden Vater als Waffe. Als jedoch Robert in

Angelikas und damit auch Mirjams Leben trat, wurde es immer weniger wichtig, wer ihr Vater war.

Doch jetzt, nach dem Tod ihrer Mutter, stellte sich Mirjam diese Frage wieder.

Ihre Mutter erzog Mirjam schon früh zur Selbstständigkeit. Sie war Pflegedienstleiterin des inzwischen geschlossenen Stuttgarter Bürgerhospitals und entsprechend gefordert.

In ihren ersten Schuljahren verbrachte Mirjam die Zeit nach Schulschluss meist bei ihrer Großmutter Karolina, die nur ein paar Querstraßen entfernt wohnte und sie liebevoll mit einem warmen Essen erwartete. Ihr Großvater war gestorben, als sie drei Jahre alt war; an ihn konnte sie sich nicht mehr erinnern.

Als sie in die sechste Klasse des Königin-Charlotte-Gymnasiums kam, wurde ihre Oma krank und starb wenige Wochen später. Eine schwere Zeit folgte für Mirjam und ihre Mutter. Mirjam hatte noch heute den Klang der Stimme ihrer Großmutter im Ohr und die Worte, mit denen sie sie immer begrüßte:

»Na, kleine Prinzessin – was hast du heute alles erlebt? Doch bevor du erzählst, komm erst einmal in unser Schloss und stärke dich.«

Als ihre Oma starb, war es vorbei mit dem warmen Mittagessen und dem herzlichen Willkommen. Mirjam wurde zum Schlüsselkind. Nach der Schule gab es Müsli mit Milch und erst am Abend eine warme Mahlzeit. Ihre Mutter versuchte, Vater und Mutter zugleich zu sein, aber oft war sie nach einem anstrengenden Arbeitstag zu müde, um sich Mirjams temperamentvolle Erzählungen anzuhören oder etwas mit ihr zu unternehmen. Immer jedoch vermittelte sie

Mirjam das Gefühl, geliebt und gewollt zu sein, selbst als diese in die Pubertät kam und störrisch ihre Grenzen austestete. Auch in diesen Jahren hatte Angelika Vertrauen in Mirjam, dass sie ihren eigenen, guten Weg finden würde.

Nach dem Tod ihrer Großmutter freute sich Mirjam, wenn sie nach der Schule bei einer ihrer Freundinnen zum Mittagessen eingeladen war und sie anschließend gemeinsam die Hausaufgaben machten, bevor sie spielen gehen durften. Sie war froh, nicht so viel Zeit allein in der Wohnung verbringen zu müssen.

In der Pubertät wurde das anders – da waren ihre Freundinnen begeistert, wenn sie Mirjam nach der Schule nach Hause begleiteten und tun und lassen konnten, was sie wollten.

Gefühle grenzenloser Freiheit empfand Mirjam zusammen mit ihrer Mutter in den Sommerferien. Jedes Jahr flohen sie für drei Wochen aus der aufgeladenen Hitze der Stadt. Die heiße Luft war selbst im fast zweihundert Meter höher gelegenen Möhringen unerträglich. Sie luden ihr Auto voll und fuhren in kleine Orte an der Küste der Bretagne und wohnten in Steinhäusern mit Schieferdach. Es waren unbeschwerte Sommerwochen, auch wenn das Wetter oft wechselhaft war. Beide lasen gern und wussten sich auch sonst zu beschäftigen. Im Alltagsgebrauch lernte Mirjam die französische Sprache und in geschützten Felsenbuchten des Atlantiks das Schwimmen. Sie verliebte sich in die vielen Blauschattierungen des Meeres, die je nach Lichteinfall wechselten, und manchmal auch in einen französischen Jungen.

Baguette, Crêpe, Galette, frischer Fisch und Obst vom wöchentlichen Markt waren in den Ferien ihre Hauptnahrungsmittel. Diese Urlaube schenkten Mutter und Tochter eine besondere Nähe. Robert respektierte, dass diese Zeit nur ihnen beiden gehörte.

Auch als Mirjam erwachsen geworden war, hatten sie die Gewohnheit beibehalten. Erst seit Stefan vor zwei Jahren in das Leben von Mirjam getreten war, hatte sie mit der Tradition gebrochen. Selbst wenn ihre Mutter damals enttäuscht war, hatte sie es Mirjam nicht spüren lassen.

»Was würde ich nur dafür geben, noch einmal mit dir in die Bretagne zu fahren! Ach, Mutti, warum hast du nicht mehr Zeit bekommen?«

Der Abschied von ihrer Mutter kam erwartet und war doch überraschend. Mirjam war dankbar, dass ihre Mutter nicht lange leiden musste, und zugleich traurig, dass ihnen nach der Diagnose der Krebserkrankung nur wenige Monate blieben. Das Sterben kam viel zu schnell.

Auch wenn Mirjam mit einundvierzig Jahren mitten im Leben stand und bis vor kurzem glaubte, sie wäre angekommen: Seit dem Tod der Mutter dachte sie viel über ihr Leben nach.

»Welche Träume hast du, meine liebe Tochter, die ungelebt sind?« Diese Frage hatte die Mutter ihr wenige Tage vor dem Tod gestellt. Sie überreichte ihr zwei mit Stoff bezogene Kartons, die mit Schleifen verschlossen waren. Auf dem obersten lag ein Brief ihrer Mutter.

»Hier findest du noch mehr über mein Leben, als du selbst an Erinnerungen hast. Ich möchte dich bitten, die Kartons erst zu öffnen, wenn ich nicht mehr da bin und wenn du dich wieder besser fühlst. Stell sie am besten neben das Sofa hier im Wohnzimmer.« Eine innige, tränenreiche Umarmung folgte, bei der Mirjam gespürt hatte, wie zart und kraftlos ihre Mutter geworden war.

Die Kartons hatte Mirjam noch nicht angerührt, aber die Frage blitzte immer wieder auf:
»Welche Träume hast du, die ungelebt sind?«
Ohne dass Mirjam es bisher gewagt hatte, sie zu beantworten, spürte sie: Da war viel Ungelebtes in ihr. Eine Ahnung, dass ihr Leben noch mehr für sie bereithielte, wenn sie sich öffnen und es zulassen würde.

Unwillkürlich strich Mirjam über den rechten Oberarm. Dort hatte sie sich an ihrem achtzehnten Geburtstag ein kunstvolles Taijitu-Tatoo stechen lassen. Der Gegensatz von Yin und Yang sollte sie daran erinnern, den eigenen Weg des Lebens zu suchen und zu finden.

»Führe ich das Leben, das ich mir erträumt habe?« fragte Mirjam sich nun immer wieder. Würde ihr der Inhalt der beiden Kartons, ihrer Mutter, helfen, diese Fragen zu beantworten? Heute fühlte sie sich stark genug, sie zu öffnen.

Mitten in ihre Erinnerungen und Fragen hinein klingelte das Telefon. Mirjam wollte nicht abnehmen und erklären müssen, dass ihre Mutter gestorben war. Nach mehrmaligem Klingeln sprang der Anrufbeantworter an.

»Hier spricht Angelika Neumann. Derzeit bin ich nicht persönlich da, aber ich freue mich über eine Nachricht. Ich rufe dann gern zurück.« Mirjam brach beim Klang der geliebten Stimme ihrer Mutter in Tränen aus.

• • •

2

Nachdem Mirjam sich gefangen hatte, verließ sie die Wohnung. Heute war nicht der richtige Tag, um zu entscheiden, was sie mit der Wohnung und den restlichen Möbeln machen wollte, oder mehr über ihre Mutter zu erfahren. Sie wollte so schnell wie möglich in ihr gewohntes Leben zurückkehren.

Mirjam tat es gut, mit der Stadtbahn zu fahren. Auf dem Weg zwischen der Haltestelle Vaihinger Straße bis zur Endhaltestelle Hölderlinplatz im Stuttgarter Westen hatte sie Zeit, ihren Gedanken nachzuhängen.

Die Bahn fuhr an Feldern entlang, auf denen frisches Grün spross; das Korn und der Raps schossen bereits in die Höhe. Wie verschieden doch das Leben im ländlich geprägten Möhringen von dem in der Stadt war! Als Kind hatte sie die Jahreszeiten unmittelbar am Wachsen auf den Feldern und dem Blühen und Reifen der Obstbäume erlebt. Nun, mitten in der Stadt lebend, spürte sie den Wechsel der Jahreszeiten eher über die unterschiedlichen Temperaturen.

Die Haltestelle Weinsteige markierte für sie den Übergang vom Land in die Stadt – wenn die im Talkessel liegende Stadt sich aus der Vogelperspektive zeigte und die mehrstöckigen Häuser in langen Straßenzügen, mit nur wenig Grünflächen dazwischen, eng aneinandergerückt zu sehen waren. Wie so häufig lag auch heute ein Dunstschleier über der Stadt Stuttgart, ein Zeichen von Feinstaub. Wann würde es endlich gelingen, die Belastung zu senken, damit die Menschen wieder gesündere Luft einatmen konnten?

Nach dem Abitur war Mirjam froh, in eine eigene Wohnung ziehen zu können und aus ihrem Heimatort wegzukommen, wo jeder den anderen zu kennen schien. Ihre Mutter hatte Verständnis für ihren Freiheitsdrang, zumal Mirjam das Geld für die Miete selbst verdiente. Sie zog in eine Wohngemeinschaft nach Heslach, einem vom Weinbau und vom Arbeitermilieu geprägten Stadtteil im Stuttgarter Süden. An der Universität studierte sie Geschichte und Deutsch, mit dem Ziel, Lehrerin zu werden. Es war ein freies, alternatives Studentenleben mit Diskussionen bei Bier und Wein bis früh am Morgen, Musikfestivals am Wochenende und einem großen Freundeskreis.

Alle waren ähnlich eingestellt wie sie – wählten die Grünen oder links, engagierten sich gesellschaftspolitisch und waren weder an Besitz noch an Statussymbolen interessiert. Neben ihren alljährlichen Reisen in die Bretagne mit ihrer Mutter entdeckte Mirjam in den Semesterferien Europa mit dem Rucksack per Zug.
Um die Miete zu finanzieren, schrieb sie als freie Mitarbeiterin für verschiedene Zeitungen wie für das »Stadtmagazin« und das »Amtsblatt«. Das machte weitaus mehr Freude, als den Unterricht vorzubereiten. Als Mirjam im Referendariat feststellte, dass sie keine gute Lehrerin werden würde, wuchs in ihr der Wunsch, beruflich etwas anderes zu tun. Es fiel ihr schwer, bei den Schülern Disziplin durchzusetzen. Mit dem Schreiben und Recherchieren tat sie sich dagegen leicht.

Nach dem Referendariat entschloss Mirjam sich deshalb zu einem Volontariat bei dem »Stuttgarter Blatt«. Sie war offenbar gut und hatte Glück, denn danach wurde sie ins

Team der Lokalredaktion übernommen. Später wechselte sie zur »Zeitung am Sonntag«, um mehr über Reisen schreiben zu können. Das war keine gute Entscheidung, denn als die Zeitung im Jahr 2016 eingestellt wurde, verlor Mirjam, wie die anderen Kolleginnen und Kollegen, ihre Stelle. Seitdem hielt sie sich als sogenannte »feste Freie« über Wasser, mit weniger finanzieller Planungssicherheit. Mirjams Glück war, dass sie nur wenig Geld zum Leben brauchte, da sie weiterhin in der Wohngemeinschaft lebte und kein Auto besaß. In einer Stadt wie Stuttgart mit viel zu viel Verkehr und einem gut ausgebauten Nahverkehrsnetz war es ohnehin einfacher und schneller, mit Bussen und Bahnen unterwegs zu sein. Brauchte Mirjam einen Wagen, mietete sie ihn kurzfristig beim Carsharing-Verein, dessen Mitglied sie war.

Vor einem Jahr war Mirjam des Lebens in der Wohngemeinschaft überdrüssig geworden. Ihre langjährigen Mitbewohnerinnen hatten inzwischen eigene Wohnungen bezogen und zu den Neuen konnte sie keine wirkliche Nähe aufbauen. War sie inzwischen zu alt für diese Art des Wohnens? Es passte gut, dass ihr Freund Stefan, mit dem sie seit einem Jahr zusammen war, fragte, ob sie nicht zu ihm ziehen wolle. Stefan hatte sich kurz zuvor in der Johannesstraße im Stuttgarter Westen eine großzügige Eigentumswohnung gekauft. Mirjam musste nicht mehr Miete als bisher zahlen. Und sie glaubte zu spüren, dass es mit vierzig Zeit wurde, Wurzeln zu schlagen, auch in einer Beziehung.

Mirjam hatte Stefan bei der Wohnungs-Einweihungsparty von Freunden kennengelernt und sich bis tief in die Nacht hinein angeregt mit ihm unterhalten. Er war acht Jahre älter als sie, einen Kopf größer, hatte eine sportliche Figur und Lachfalten um die tiefblauen Augen. Als Rechtsanwalt arbeitete er in einer großen Kanzlei. Ein Beruf, von dem sie bis zu diesem Zeitpunkt nicht die beste Meinung hatte, aber bis dahin hatte sie auch keine Juristen in ihrem Freundeskreis.

Stefan war anders als sie sich einen Anwalt vorgestellt hatte. Er engagierte sich ehrenamtlich für Flüchtlinge und beriet diese in Fragen zu ihrem Aufenthaltsstatus und Bleiberecht. Obwohl sie ein sehr unterschiedliches Leben führten, fühlten sie sich schnell zueinander hingezogen und wurden ein Paar.

Stefan hatte sich sowohl von Mirjams Äußerem angezogen gefühlt als auch von ihrem wachen Verstand, wie er ihr wenige Wochen nach dem Kennenlernen gesagt hatte. Er mochte es, wie tief sie sich mit gesellschaftlichen und politischen Fragestellungen beschäftigte und ihre eigene Meinung fundiert vertrat.

Ihm gefielen ihre dunkelbraunen halblangen, lockigen Haare, ihre grünbraunen mandelförmigen Augen, die manchmal etwas melancholisch blickten, und ihre sinnlich vollen Lippen. Er mochte ihren schlanken Körper, der dennoch weiblich geformt war.

Mirjam selbst sah all dies auch im Spiegel und nahm es doch anders wahr als Stefan. Oft fühlte sie sich unsicher mit ihrem Aussehen. Sicherheit empfand sie dagegen bei der Wahl ihrer Garderobe; sie hatte ein Gespür für individuelle Kleidung, die zu ihr passte. Mirjam liebte geometrische Muster, weich fallende, fließende Stoffe, gern auch figurbetont, aus Naturmaterial. Bei Farben bevorzugte sie Grün-

und Rottöne, aber auch dunkles Blau. Und sie wählte meist auffälligen, auf ihre Kleidung abgestimmten Schmuck, wie große Ringe und Ohrringe.

In der Anfangszeit hatte es sich richtig angefühlt, dass ein attraktiver und erfolgreicher Mann wie Stefan sie begehrte. Doch nach dem Tod ihrer Mutter hatte Mirjam angefangen, über ihr Leben nachzudenken – und zweifelte an ihrer Beziehung zu Stefan.

Solange sie noch nicht zusammenwohnten, war alles unkompliziert. Es war eine leichte und meist unbeschwerte Zeit. Stefan war großzügig. Es war selbstverständlich für ihn, dass er Mirjam zum Essen oder ins Theater einlud und das Hotelzimmer bei ihren gemeinsamen Urlauben bezahlte, obwohl Mirjam dies zunächst nicht recht war. Sie war ein unabhängiger Mensch, und es fiel ihr schwer, sich so oft einladen zu lassen.

Enttäuscht war sie jedoch von Anfang an, dass er sich nicht für ihre Arbeit als Journalistin interessierte. Stefan erzählte gern und viel von seinen Aufgaben als Anwalt und Mirjam hörte ihm aufmerksam zu.

Dass er nur wenig Motivation zeigte, ihre Mutter und Robert kennenzulernen, störte sie zunächst nicht. Aber als ihre Mutter schwer krank wurde und Stefan weiterhin kaum Anteil nahm, war Mirjam verärgert und traurig zugleich. Immer wenn sie den Versuch machte, sich mit ihm über ihre Mutter zu unterhalten, versuchte er sich zu entziehen.

»Du weißt doch, ich habe derzeit einen schweren Fall« oder »Lass uns ein anderes Mal darüber sprechen« waren seine beliebtesten Ausflüchte. Aber ein anderes Mal gab es nicht.

● ● ●

Stefan, das realisierte Mirjam, wollte ein Leben führen, in dem er und seine Bedürfnisse im Mittelpunkt standen. Alles sollte leicht, unkompliziert und angenehm sein. Auch Mirjams Versuchen, über ihre Beziehung zu reden, wich er aus.

Immer noch tief verletzt war Mirjam, dass Stefan sie nicht zur Beerdigung der Mutter begleitet hatte und nicht mit ihrer Trauer umzugehen wusste. Sie erkannte, dass sie zu verschieden waren. Mirjam überlegte, sich zu trennen, ohne diesen Gedanken bisher zu Ende geführt zu haben. Vielleicht aus Angst und Bequemlichkeit, die Komfortzone zu verlassen? Und auch, weil es schwer war, eine bezahlbare Wohnung zu finden?

Was würde sie sonst verlieren? Das Leben teilten Stefan und sie nicht miteinander. Sie funktionierten ähnlich wie eine Wohngemeinschaft, in der die Aufgaben auch noch ungerecht verteilt waren. Denn Mirjam, die oft von zu Hause arbeitete, hatte den Haushalt und das Kochen fast vollständig übernommen.

Die gegenseitige körperliche Anziehung war abgekühlt, der Umgang miteinander nur noch selten zärtlich und liebevoll. Aber auch das schien Stefan nicht zu bemerken.

Durch den traurigen Tod ihrer Mutter hatte sich plötzlich das Wohnungsproblem gelöst. Mirjam hatte neuerdings einen eigenen Rückzugsort: die Wohnung ihrer Mutter, die diese ihr vererbt hatte.

All dies ging Mirjam durch den Kopf, während sie mit der Stadtbahn durch Stuttgart fuhr. Einem spontanen Impuls folgend stieg sie nicht am Charlottenplatz um, sondern fuhr bis zum Schlossplatz, um von dort über den

Börsenplatz, durch den Stadtgarten und den Hoppenlau-friedhof – den ältesten noch erhaltenen Friedhof Stuttgarts – bis in die Johannesstraße zu Fuß zu gehen. Schon immer konnte sie beim schnellen Gehen am besten nachdenken. Der dicht mit Bäumen bestandene Friedhof schenkte ihr Ruhe. Mirjam wurde klar: diese Art von Beziehung, die sie mit Stefan führte, wollte sie nicht mehr. Es musste sich etwas ändern. Mirjam musste Stefan mit ihren Gedanken und Empfindungen konfrontieren. Sollte er heute wieder nicht bereit sein, mit ihr zu sprechen, würde sie ihre Koffer packen und ihn verlassen. Ab und zu war dieser Gedanke in den vergangenen Wochen bei Mirjam aufgeblitzt, aber heute würde sie ihn Wirklichkeit werden lassen.

3

Mirjam stand vor dem Haus, in dem sie mit Stefan lebte, und stieß die schwere Eingangstür aus Eichenholz auf. Es war ein vom Jugendstil geprägtes Bürgerhaus aus dem neun-zehnten Jahrhundert, das aufwändig saniert worden war. Im vierten Stock lag Stefans Wohnung, einen Aufzug gab es nicht. Mirjam, die sich gern bewegte, machten die vielen Stufen nichts aus. Dennoch verlangsamte sich ihr Tempo mit jedem Treppenabsatz. Im Zwischenstock vor der Wohnung hielt sie inne, um sich zu sammeln.

»Ist dir klar, was du vorhast? Bist du tatsächlich soweit, Stefan zu verlassen? Oder bist du zu spontan, ohne die Tragweite zu bedenken?« Während Mirjam das Selbstgespräch führte, wurde ihr klar, dass sie diesen Schritt schon früher hätte tun sollen.

Sie öffnete die Wohnungstür und trat in den langgestreckten Flur, der bis auf eine Kommode, eine Garderobe und eine Hängeleuchte leer war. Stefan liebte den reduzierten Einrichtungsstil und sammelte Möbel aus der Zeit des Bauhauses aus Chrom und Leder – fast alle Stücke in der Wohnung gehörten ihm.

Als Mirjam einzog, hatte er die Wohnung bereits eingerichtet. Nur in der Küche ließ er sich von ihren Ideen überzeugen, dort standen ein runder, abgenutzter Eichentisch ihrer Oma und Holzstühle mit geflochtener Sitzfläche. Ein Tisch, der zur Begegnung und zum Austausch einlud, der im Zusammenleben mit Stefan aber seine Wirkung verfehlt hatte. Dort, am Tisch ihrer Großmutter, wollte sie nachher mit Stefan reden, auch wenn er bisher nicht bemerkt hatte, dass sie da war. Aus dem Wohnzimmer klang, wie so häufig, das Dröhnen des eingeschalteten Fernsehers. Mirjam betrat zunächst ihr Zimmer und stellte ihre Tasche ab. Dieser Raum trug ihre Handschrift. Sie hatte ihn behaglich eingerichtet – mit einem abgewetzten, aber dennoch gemütlichen braunen Ledersofa, farblich passenden Kissen, einem Schreibtisch mit ihrem Notebook, einem Bücherregal. Die meisten ihrer Bücher standen noch in Kartons im Keller ihrer Mutter. Irgendwie war sie nicht dazu gekommen, sich weitere Bücherregale zu kaufen.

Jedes Möbelstück erzählte eine eigene Geschichte. Nichts gehörte zusammen und doch ergab sich eine harmonische Einheit.

• • •

In den ersten Monaten hatte Mirjam es spannend gefunden, in dieser großen, aufgeräumten Wohnung zu leben. Doch auch bei warmen Temperaturen fröstelte sie in dem vor Chrom blitzenden Wohnzimmer, das von einem großen Plasmabildschirm dominiert wurde.

Dennoch wollte sie nicht vorschnell handeln. Zögernd betrat sie das Wohnzimmer. Stefan saß entspannt im Sofa, vor sich ein Glas Weißwein, und blickte fasziniert auf den Fernseher, auf dem ein Thriller zu laufen schien. Er blickte kurz auf, ohne sich vom Sofa zu erheben.

»Hallo Mirjam. Ich bin mitten in einem spannenden Film. Setz dich doch zu mir.«

»Nein. Ich muss dringend mit dir sprechen.«

Er seufzte. »Ich bin total groggy vom Tag.« Entnervt blickte er sie an.

»Das sagst du immer. Aber es ist wichtig! Ich werde uns etwas kochen und rufe dich, wenn es fertig ist. Deine DVD kannst du anschließend weitersehen.«

»Ich habe bereits nach dem Gerichtstermin eine Kleinigkeit mit einem Kollegen gegessen, mach bitte nur etwas für dich. Du kannst dir nicht vorstellen, wie anstrengend mein Tag wieder war. Lass mich am besten eine Weile in Ruhe.«

»Es lässt sich nicht verschieben. Es ist dringend.« Einen Moment wartete Mirjam auf Stefans Reaktion, doch diese blieb aus. Stefan starrte weiter gebannt auf den Bildschirm.

Mirjam zog sich aus dem Wohnzimmer zurück und schloss leise die Tür. Sie war enttäuscht und erleichtert zugleich. Plötzlich sah sie klar. Im Grunde ihres Herzens wollte sie

• • •

nicht mit Stefan sprechen, denn es würde sich nichts ändern.

Im Flur nahm Mirjam die Kellerschlüssel vom Haken, stieg die Stockwerke hinunter und holte zwei Koffer und den großen Rucksack, der sie auf vielen Reisen begleitet hatte. In ihrem Zimmer, im Schlafzimmer und im Bad packte sie rasch das Nötigste ein, vor allem Kleidung, wichtige Unterlagen, Schmuck, ein paar Bücher und das Notebook.

Sie setzte sich an den Schreibtisch, nahm ein Blatt Papier und schrieb:

Hallo lieber Stefan,

alles hat seine Zeit. Auch unsere Beziehung.
Ich danke dir für viel Beglückendes, das ich in unserer Anfangszeit mit dir erlebt habe.
Seit einiger Zeit haben wir uns immer mehr voneinander entfernt. Es hat mich verletzt, dass du keinen Anteil genommen hast an der Krankheit meiner Mutter, an ihrem Tod und meiner Trauer. Immer wenn ich versucht habe, mit dir darüber zu sprechen, hast du Ausflüchte gesucht.
Nach ihrem Tod ist mir klar geworden, wie kostbar das Leben ist. Von einem Augenblick auf den anderen kann es vorbei sein. Ich möchte noch mehr »ich selbst« sein. Möchte eine Beziehung führen, in der einer für den anderen da ist und sich für die Welt des anderen interessiert. Unsere Beziehung entspricht nicht dieser Vorstellung.
Ich erwarte von einer Partnerschaft, dass in ihr beide mit ihren Bedürfnissen gleichberechtigt vorkommen. In der es Tiefe,

• • •

Nähe und Leichtigkeit gibt. Ich habe feststellen müssen, dass das mit dir nicht möglich ist.

Du bist nur an meiner leichten und hellen Seite interessiert. An der Mirjam, mit der du das Leben genießen kannst.

Aber in den vergangenen Monaten ging es in meinem Leben um andere Dinge, die du nicht an dich heranlassen wolltest. Das hat mich verletzt, wütend und traurig gemacht. Und es hat mich zum Nachdenken gebracht.

Daher werden sich unsere Wege heute trennen. Ich passe nicht in deine Vorstellung vom Leben, und du nicht in meine.

Ich ziehe in die Wohnung meiner Mutter, die nun mir gehört. Meine persönlichen Dinge und Möbel werde ich in den nächsten Tagen abholen, dann lasse ich dir auch deine Schlüssel da.

Ich danke dir für die schönen Momente, die wir miteinander hatten.

Es grüßt dich herzlich
Mirjam

PS: Dies alles hätte ich dir gern persönlich gesagt, doch du warst nicht bereit, mir zuzuhören.

Sie hatte sich viel Zeit gelassen für den Brief, ihn wieder und wieder gelesen und für stimmig befunden. Über ihr Handy bestellte Mirjam ein Taxi. Den Brief legte sie gut sichtbar auf den Küchentisch.

• • •

Sie verließ die Wohnung, ohne sich noch einmal umzudrehen. Die letzten Geräusche, die sie vernahm, waren Schusssalven aus dem Fernseher.

4

Welche Träume hast du, die ungelebt sind?

Diese Frage schrieb Mirjam gut sichtbar auf eine Karte und hängte sie mit einem Magneten an die Kühlschranktür. Es war das Erste, was sie machte, nachdem sie die Wohnung ihrer Mutter, die nun ihre war, betreten hatte.

Bereits im Taxi hatte ihr Handy geklingelt. Danach versuchte Stefan noch ein paar Mal, sie zu erreichen, und hinterließ dann beim letzten Mal eine Nachricht auf ihrer Mailbox. Er bat Mirjam, ihm noch eine Chance zu geben und sich mit ihm zu treffen. Sie schickte ihm eine kurze Antwort per SMS: *»Stefan, ich habe mir alles in Ruhe überlegt. Es gibt für mich keinen Neuanfang mit dir. Bitte ruf mich nicht mehr an. Viele Grüße von Mirjam.«*

Mirjam war erstaunt – da war nicht der Hauch eines Zweifels, das Richtige getan zu haben. Den Entschluss, sich von Stefan zu trennen, hatte sie spontan getroffen; diesem war jedoch eine wochenlange Phase des Nachdenkens und Reifens vorausgegangen, in der ihr klar geworden war, dass ihre Beziehung keine Zukunft hatte. Die Trennung gab ihr die Gelegenheit, ihr Leben neu zu ordnen und dabei hoffentlich eine Antwort auf die Frage ihrer Mutter zu finden.

In den bereits vor einigen Tagen leergeräumten Schrank im Schlafzimmer sortierte Mirjam ihre Kleidung ein. Dabei stieß sie auf die bisher unberührten Kartons, die sie kürzlich im Schrank verstaut hatte. Sie spürte, dass nun der richtige Zeitpunkt gekommen war, um sie zu öffnen. Doch zuvor wollte sie sich noch stärken. Im Lebensmittelvorrat fand sie ein Päckchen mit Spaghetti, ein Glas Basilikum-Pesto, außerdem mehrere Flaschen Rotwein. Sie schenkte sich ein Glas ein und erhob das Glas.

»Prost, Mama. Auf das Leben, das wir miteinander hatten. Du wirst dich freuen, ich habe mich von Stefan getrennt! Du hast ihn ohnehin nie wirklich gemocht.«

Während die Spaghetti kochten, gönnte sie sich immer wieder einen kleinen Schluck und lauschte in die Stille.

Wie vertraut und fremd zugleich ihr diese Wohnung war! Auch früher schon hatte sie hier viele Stunden allein verbracht, doch dieses Mal war es anders – ihre Mutter würde nie mehr zurückkehren.

Diese Endgültigkeit in aller Schärfe zu spüren, war ein neues Gefühl, das Mirjam zuvor nicht zugelassen hatte. Es war traurig, doch nicht bedrohlich. Sie wusste, dass sie viel von ihrer Mutter in sich trug, und das gab ihr Kraft. Leichte und schwere Erinnerungen, gleiche Vorlieben und Abneigungen, ähnliche Vorstellungen vom Leben und vom Lieben …

Dieses »Erbe« ihrer Mutter war für Mirjam um vieles wertvoller als die Wohnung und das Ersparte es je sein konnten. Wenngleich diese es ihr leichter gemacht hatten,

• • •

Stefan zu verlassen, denn ihr eigenes Konto war bis zum Anschlag belastet, da sie in den vergangenen Monaten weniger Aufträge angenommen hatte.

Mirjam war dankbar, dass es nichts Unausgesprochenes gab zwischen ihr und ihrer Mutter. Aber war wirklich alles geklärt? Ihr fragender Blick fiel auf die Schachteln. Was hatte es damit auf sich? War sie heute bereit zu erfahren, was ihre Mutter ihr erst nach ihrem Tode mitzuteilen wagte? Eine Ahnung durchzuckte sie.

Während Mirjam sich ihr einfaches, aber leckeres Essen schmecken ließ, spürte sie, wie müde und erschöpft sie war. Auch der Wein tat sein Übriges.

Draußen war es dunkel geworden. Lediglich die Laternen erhellten die Straße, die Felder dahinter blieben nur noch schemenhaft sichtbar.

Mirjam räumte den Wohnzimmertisch ab, an dem sie schon viele Jahre nicht mehr allein gegessen hatte, und wurde von der Stille der Wohnung umfangen. Einen Augenblick war sie versucht, das Radio oder den Fernseher einzuschalten, doch sie entschied sich dagegen.

»Ich muss lernen, mit mir allein zu sein.« Mirjam war klar: Es war ein weiter Weg, sich dabei wohlzufühlen, denn bisher hatte sie noch nie allein gelebt. Während der Kindheit und Jugend war sie mit ihrer Mutter zusammen in dieser Wohnung gewesen, als Erwachsene die meiste Zeit in der Wohngemeinschaft und bis heute hatte sie mit Stefan zusammengelebt. All dies gehörte nun der Vergangenheit an. Wie es sich im Heute lebte, darin musste sie erst Erfahrungen sammeln.

● ● ●

Mirjam spürte, dass sie Bewegung brauchte, um ruhiger zu werden. Sie zog sich Jacke und Schuhe an, nahm den Schlüssel und verließ die Wohnung.

Die meisten Wege entlang der Felder und Streuobstwiesen waren unbeleuchtet, doch der Rohrer Weg war von Straßenlaternen erhellt. Nur wenige Schritte von ihrer Wohnung entfernt ließ Mirjam das bebaute Gebiet hinter sich.

Mirjam dachte daran, dass es immer wieder Pläne gegeben hatte, das Naherholungsgebiet in Bauland umzuwandeln. Bisher war es einer linken Mehrheit im Stuttgarter Gemeinderat, mit den Grünen an der Spitze, und dem kleinen Möhringer Verein »Schutzgemeinschaft Rohrer Weg« weitgehend gelungen, dies zu verhindern. Das Gebiet stand unter Naturschutz, bot zahlreichen Vogelarten und kleinen Tieren ein Zuhause. Nicht nur Obst spendeten die Streuobstwiesen, sie waren Nahrungsquellen für Wildbienen und andere Insekten. Und nicht zuletzt ein Naherholungsgebiet für die Städter. Zu dieser Uhrzeit waren nur noch vereinzelt Menschen unterwegs, die ihre Hunde Gassi führten. Wie in Mirjams Kindheit üblich, grüßte man sich meist.

Während ihres Spaziergangs wurde Mirjam klar, dass sie noch nicht bereit war, sich mit dem Inhalt der Kartons auseinanderzusetzen. Zuerst musste sie mehr ankommen in ihrem alten und neuen Zuhause.

In der Ferne war der Ruf eines Käuzchens zu hören. Dann das beruhigende Schlagen der Glocken der Martinskirche. Vier Schläge für die volle Stunde, elf Schläge zweimal hintereinander, in unterschiedlichen Tonhöhen, kündeten Mirjam, dass es Zeit war, nach Hause und ins Bett zu gehen.

● ● ●

5

Die Nacht war unruhig. Lange konnte Mirjam nicht einschlafen und lag wach, ohne klar denken zu können. Danach bestimmten wirre Träume ihren Schlaf, immer wieder wachte sie auf. Erst gegen Morgen kam Mirjam zur Ruhe. Um halb neun wachte sie auf, ihr Rücken und die linke Schulter schmerzten. Die Matratze ihrer Mutter war recht hart, aber daran würde sie sich gewöhnen.

Der warme Strahl der Dusche löste ihre Verspannungen und weckte ihre Lebensgeister. Danach – es war ein strahlend sonniger, wenn auch kühler Frühlingstag – beschloss Mirjam beim Bäcker frische Brötchen zu holen. Die Seniorchefin, die sie seit ihrer Kindheit kannte, begrüßte sie herzlich.

»Mirjam, wie schön, dich zu sehen! Das mit deiner Mutter tut mir sehr leid. Du bist dünn geworden, iss erst einmal etwas Gescheites.« Mit diesen Worten und einem warmen Lächeln packte sie ihr eine Butterbrezel ein, die Mirjam nicht bezahlen musste. Sie bekam feuchte Augen, bedankte sich und verließ rasch den Laden. Alles in Möhringen erinnerte sie an die Kindheit mit ihrer Mutter und ihrer Großmutter. Nun war sie allein zurückgeblieben. Wie sehr die beiden fehlten!

Während Mirjam durch den Ort nach Hause in den Rosenrotweg ging, musste sie an Robert denken, den sie seit ein paar Tagen nicht mehr gesprochen hatte. Nach dem Frühstück wollte sie ihn anrufen und danach überlegen, wie sie ihren Umzug organisierte. Hoffentlich war er zuhause. Seit dem Vorruhestand im vergangenen Jahr hatte Robert als Vorsitzender eines Kunstvereins viel zu tun. Er organisierte

Ausstellungen, und dann waren da noch seine eigenen Kunstwerke, die er in einem kleinen Atelier fertigte. Seit dem Tod ihrer Mutter hatte er sich meist dorthin zurückgezogen. Beim Arbeiten an seinen Skulpturen aus Holz und Metall konnte er seine Trauer am besten verarbeiten, hatte er Mirjam kürzlich erzählt.

Ihr wurde klar, dass sie mit ihrer Rückkehr nach Möhringen den Ort gewählt hatte, an dem sie ihrem Kummer nicht ausweichen konnte. Was sie selbst überraschte – ihre Traurigkeit fühlte sich nicht nur diffus schmerzhaft an, sondern war durchwoben von positiven Gefühlen und Erinnerungen. Sie stürzte dabei nicht mehr ins Bodenlose, sondern fühlte, dass ihr Leben trotz allem schön war.

Der Austausch mit Robert tat Mirjam gut. Sie sprachen offen darüber, wie sehr ihnen Angelika fehlte. Schließlich erzählte sie ihm, dass sie sich von Stefan getrennt hatte und nun in der Wohnung ihrer Mutter leben wollte.

»Das hast du gut gemacht, Mimi. Es hat mich traurig gestimmt, dass Stefan nicht für dich da war, als Angelika krank war. Nicht einmal zu ihrer Beerdigung ist er gekommen. Ihr habt nicht zusammengepasst. Angelika und ich wollten uns nur nie einmischen.«

»Ich bin froh, es dir erzählt zu haben. Sonst weiß es noch niemand.«

»Was ist mit deinen Sachen? Kann ich dir beim Umzug helfen?«

Sie verabredeten, dass sie keine Zeit verlieren wollten und die Phase nutzen, in der Stefan bei der Arbeit war. So würden sie es hoffentlich umgehen können, ihm noch einmal zu begegnen.

• • •

Beim Carsharing-Verein mietete Mirjam einen Transporter, den sie wenig später in einer Tiefgarage am Möhringer Bahnhof abholte. Was für ein tolles System, dachte Mirjam sich, als sie die Schlüssel nach Eingabe eines Codes dem kleinen Tresor entnahm. Letztlich war sie viel flexibler als normale Autofahrer. Je nach Bedarf konnte sie ihr jeweiliges Wunschauto wählen, sofern es frei war. Da sie es gewohnt war, mit unterschiedlichen Autos zu fahren, fand sie sich zurecht. Auch den Transporter zu lenken, schreckte sie nicht, da sie einige Urlaube mit einem Kleinbus gemacht hatte.

Im Nachbarort Degerloch holte sie Robert in seiner Wohnung ab. Mit einer langen, liebevollen Umarmung begrüßten sie einander. Ein Gefühl der Vertrautheit durchströmte Mirjam in Roberts Nähe.

»Ich bin froh, dass du für mich da bist, Robert.« Damit meinte sie nicht nur die Hilfe beim Umzug, sondern schloss die Vergangenheit und Gegenwart mit ein.

»Das ist selbstverständlich, Mirjam. Und ohne mich stündest du schlecht da, oder? Hast du keine Möbel, die auseinandergebaut werden müssen?« Praktisch mitdenkend wie Robert war, hatte er seinen Werkzeugkoffer dabei. In einem Baumarkt kauften sie Umzugskartons und Einwickelpapier, um sogleich mit dem Packen beginnen zu können.

6

Erschöpft, aber zufrieden saßen Mirjam und Robert am Küchentisch. Es war kurz nach neun. Vor ihnen standen die

• • •

geöffnete Rotweinflasche vom Vorabend, die nun leer war, ein Brett mit Käse und spärliche Reste vom Baguette.

»So überstürzt bin ich noch nie umgezogen. Was wir in den letzten Stunden zusammen geleistet haben, ist unglaublich. Ich weiß nicht, wie ich das ohne dich geschafft hätte!« Mit dankbarem Lächeln umarmte Mirjam Robert.

»Das habe ich gern für dich getan. Und du hast genauso angepackt wie ich. Ich frage mich immer noch, wie wir das Ledersofa ohne Aufzug aus dem vierten Stock bekommen hätten, ohne die Hilfe der netten Nachbarn. Es gefällt mir besser als das von Angelika. Gut, dass du es weggegeben hast. Auch deine anderen Möbel passen zu ihren Sachen, allein schon dieser Tisch!« Begeistert zeigte Robert auf den Küchentisch und die Stühle, die noch am Vormittag in Stefans Küche gestanden hatten und nun wirkten, als hätten sie nie an einen anderen Ort als hierher gehört. Zwei Fuhren brauchten sie mit dem Transporter, bis sie alle Möbel und Kartons in Mirjams »neues« Zuhause gebracht hatten.

»Ja, das freut mich auch sehr. Ich hatte noch nicht überlegt, was ich mit der Wohnung und den Sachen, die ich von Mutti behalten will, machen möchte. Aber nun hat sich alles gefügt. Stefan wird große Augen bekommen haben, als er die fehlenden Sachen und den Haustürschlüssel bemerkt hat. Das hätte er mir nicht zugetraut, so schnell Fakten zu schaffen.« Erschöpft und stolz zugleich blickte Mirjam zu Robert und hielt ihm das Weinglas zum Zuprosten hin.

»Ich trinke mit dir auf Mut, Vertrauen und eine neue Zeit!« Mit brüchiger Stimme, aber festem Blick sagte sie den Trinkspruch.

»Auf Mut, Vertrauen und eine neue Zeit! Du hast alles richtig gemacht, Mimi. Du hast Stefan verlassen, da ist es

• • •

sinnvoll, rasch einen Schlussstrich zu ziehen.« Robert streckte sich und gähnte. »Sei mir nicht böse, aber ich merke plötzlich, wie müde ich bin. Ich werde mich auf den Heimweg machen.«

»Mir geht es ebenso. Ich würde dich als Dank gern zum Essen beim Griechen einladen. Übermorgen fahre ich mit meiner Freundin Anabel ein paar Tage nach Hamburg, das hätte ich bei all dem Trubel fast vergessen. Aber Samstag kommen wir zurück. Hast du am Sonntag Zeit?«

Robert wehrte ihre Einladung zunächst ab, doch schließlich verabredeten sie sich für halb eins. Etwas schwerfällig stand er auf, Mirjam folgte ihm und brachte ihn zur Tür. Dort verabschiedeten sie sich herzlich voneinander.

Mirjam verriegelte hinter ihm die Tür und blieb im Wohnungsflur stehen. Verwundert schloss sie die Augen, öffnete sie wieder, trat ins Wohnzimmer, ins Schlafzimmer, ins Arbeitszimmer – ihr früheres Kinderzimmer – und sah sich lange um. Noch unausgepackte Umzugskartons standen überall, und doch war es offensichtlich: Dies war ihre Wohnung. Sogar ihre Bilder hatte Robert schon aufgehängt; sie wirkten harmonisch in der Zusammenstellung mit dem schon Vorhandenen. Was nicht verwunderlich war, denn die meisten Bilder und Skulpturen stammten von Robert. Trotz des Umzugschaos fühlte Mirjam sich heimisch und geborgen, ein Gefühl, das sie schon lange nicht mehr gespürt hatte.

Zum Schluss trat sie noch einmal ins Wohnzimmer. Heute hatte sie noch kein einziges Mal an die Kartons ihrer Mutter gedacht; nun fiel ihr Blick darauf. Mirjam war müde und erschöpft. Sie wusste, dass sie dennoch nicht länger warten wollte, um diese zu öffnen. Nur den Moment noch etwas hinauszögern, das konnte sie. Zunächst ging sie in die Küche, räumte das benutzte Geschirr und die Essensreste weg, nahm eine neue Flasche Rotwein aus dem Regal, schenkte sich ein Glas ein und stellte es auf den Tisch im Wohnzimmer. Eigentlich war er eine alte Reisetruhe, die ihre Mutter bei einem Flohmarktbesuch auf dem Stuttgarter Karlsplatz entdeckt und die Robert neu aufgearbeitet hatte. Auch Mirjam liebte Möbelstücke, die eine Geschichte erzählten.

Verschwitzt und schmutzig wie sie war, wollte Mirjam den Brief ihrer Mutter nicht lesen. Sie duschte, schlüpfte in einen bequemen Schlafanzug, zog eine Strickjacke an und kehrte ins Wohnzimmer zurück. Dort wählte sie aus den CDs ihrer Mutter Kompositionen des bretonischen Pianisten Didier Squiban aus. Gemeinsam hatten sie ihn vor vielen Jahren bei einem fantastischen Solokonzert mit Eigenkompositionen im französischen Brest erlebt. Seitdem waren sie fasziniert von seinen Interpretationen, auch von den bekannten bretonischen Melodien.

Als die zarten und dann wieder kräftigen Klaviertöne den Raum mit Klang füllten, atmete Mirjam tief durch und stellte die Kartons vom Boden neben sich auf das Sofa. Sie trank einen Schluck Wein, prostete ihrer Mutter gedanklich zu und nahm deren Brief aus dem Umschlag.

15. Januar 2018

Meine geliebte Mirjam, meine kleine, große Mimi,

wenn du diesen Brief liest, haben sich unsere Wege hier auf Erden getrennt. Etwas, das ich mir nicht vorstellen kann.

● ● ●

Dennoch erfüllt mich der Gedanke nicht mit Angst; das kommt vielleicht noch, wenn es mir schlechter geht. Du weißt, dass ich daran glaube, dass sich einander liebende Menschen wieder begegnen werden, und sei es in den Gefühlen, im Herzen eines anderen Menschen. So werden wir uns irgendwann wieder begegnen, auch wenn ich bald sterben muss.

Ich habe gern gelebt, mit allen Höhen und allen Tiefen, denn auch die hatten einen Sinn. Gern würde ich dieses Leben zusammen mit meinem Robert und dir, meiner geliebten Tochter, noch länger auskosten. Doch das Schicksal hat etwas anderes für mich vorgesehen. Ich habe beschlossen, es anzunehmen und mich an jedem Tag zu freuen, der mir noch geschenkt wird.

Jeden Tag, seit es dich gibt, habe ich dich von ganzem Herzen geliebt. Ich bin stolz auf dich, meine Mirjam, wie du deinen Weg gegangen bist. Ich wünsche dir, dass du dein Glück findest – mit Menschen an deiner Seite, die dein Herz mit Freude und Dankbarkeit erfüllen, so wie du und Robert es stets bei mir getan habt.

Ich möchte mich bei dir entschuldigen. Nicht immer war ich die Mutter, die ich gern gewesen wäre. Oft war ich zu ungeduldig mit dir, und ich hatte durch meine Arbeit zu wenig Zeit für dich.
Und, mein größtes Versäumnis, ich war nicht ehrlich zu dir, als du mich mit zehn Jahren gefragt hast, wer dein Vater sei. Du warst in meinen Augen noch zu jung, um es verstehen zu

können. Und als du es verstanden hättest, war ich zu feige, um es dir zu sagen.

Wir drei – du, Robert und ich – hatten es doch sehr gut miteinander. Robert hat dich angenommen, als wenn du seine Tochter wärst, und du liebst Robert und hast Vertrauen zu ihm, als wenn er dein Vater wäre. Das hast du immer wieder zum Ausdruck gebracht.

Und so sind die Jahre verstrichen, ohne dass du eine Antwort auf deine Frage erhalten hast.

Dies belastet mich immer mehr – es ist das Versäumnis meines Lebens. Seit ich weiß, dass ich nicht mehr lange zu leben habe, will ich mit dir darüber reden. Doch ich weiß nicht wie.

Deshalb habe ich mich entschieden, auch nach Gesprächen mit Robert, der seit ein paar Wochen Bescheid weiß, dir diesen Brief zu schreiben. Im Vertrauen darauf, dass du mir hoffentlich vergibst.

Aber ich werde es dir nicht einfach in diesem Brief mitteilen, sondern du wirst zunächst in die Geschichte unserer Familie – die deiner Großmutter und meiner – eintauchen, bevor ich dir sage, wer dein Vater ist. So wirst du alles hoffentlich besser verstehen.

Ein letztes Mal möchte ich dich um etwas bitten: Lies zuerst die Briefe, die du in dieser Kiste findest. Sie wurden an deine Großmutter Karolina von ihrer besten Freundin Judith geschrieben. Beim ersten Brief im Jahr 1933 war sie zwölf Jahre alt.

● ● ●

Erst wenn du diese gelesen hast, öffne die zweite Kiste, in der du unter anderem ein Tagebuch von mir findest. Ich erlaube dir ausdrücklich, es zu lesen.

Ich stürze dich nun in eine große Unsicherheit. Vielleicht wirst du wütend sein auf mich. Aber ich kenne dich schon einundvierzig Jahre – neben deiner ausgeprägten Sensibilität und Impulsivität trägst du eine große Stärke in dir. Ich bin mir sicher, dass du deinen Weg der Verarbeitung finden wirst.

Das soll nicht als Entschuldigung gelten. Du sollst nur wissen: Ich habe mein Leben so gelebt, wie ich es für mich, aber auch für dich am besten gehalten habe.

Meine liebe Mimi, wenn du mit mir sprechen willst, dann sieh in den Sternenhimmel und suche den Stern, der dich besonders anfunkelt. Dieser Stern bin ich; ihm kannst du alles erzählen, was dich beschäftigt.

In ewiger Liebe
Deine Mutti

Mirjam wusste nicht, wie lange sie wie erstarrt dagesessen hatte, nachdem sie den Brief ihrer Mutter gelesen hatte. Fassungslos hielt sie ihn in ihren Händen. Sie fühlte sich hin- und hergerissen, war traurig und wütend zugleich. Was hatte ihre Mutter ihr angetan!?

Als Zehnjährige hatte sie wissen wollen, wer ihr Vater war; da hatte die Mutter behauptet, sie wisse es nicht. Und jetzt, wo Mirjam akzeptiert hatte, den Vater nicht zu kennen, schrieb die Mutter plötzlich, sie wisse es doch!?

● ● ●

Mirjam hatte das Gefühl, in der Wohnung keine Luft mehr zu bekommen. Über ihren Schlafanzug zog sie eine Fleecejacke, Socken und Joggingschuhe an, schnappte sich die Haustürschlüssel und rannte trotz der späten Stunde los. Vom Rohrer Weg bog sie in einen Feldweg ein, immer weiter, die Augen blind vor Tränen. Da es dunkel war, hätte sie ohnehin nicht viel gesehen. Irgendwann bekam sie keine Luft mehr, stolperte und blieb stehen. Schwer ging ihr Atem, aber das Laufen hatte Mirjam gut getan. Sie blickte in den Himmel, an dem in dieser klaren Frühlingsnacht unzählige Sterne zu sehen waren.

»Und, liebe Mutti, mit welchem Stern soll ich jetzt reden? Das ist Unsinn! Du bist einfach gestorben und nun hast du endlich den Mut, mir zu sagen, wer mein Vater ist!? Aber – vielleicht will ich das gar nicht mehr wissen! Vielleicht werfe ich die Kartons einfach in den Müll und lebe weiter wie bisher!« Bereits während Mirjam langsam zu ihrer Wohnung zurücklief, wurde ihr klar, dass sie genau das nicht tun würde: die Kartons ungeöffnet wegwerfen. Was sie noch nicht wusste, war, ob sie sich an die Anweisung ihrer Mutter halten würde. Als Journalistin war sie es gewohnt, sich anhand vielfältiger Informationen schnell einen Überblick über verzwickte Themengebiete und Sachlagen zu verschaffen. Ähnlich könnte sie auch hier vorgehen, dann würde sie schnell wissen, wer ihr Vater war. Doch bereits während Mirjam diese Möglichkeit durchdachte, wurde ihr klar, dass das nicht richtig war. Dieses Mal ging es nicht um irgendein Sachproblem; es ging darum, ihr Leben und das Leben ihrer Mutter zu verstehen.

Mirjam wusste, dass sie keine Ruhe finden würde, bis sie die Briefe gelesen hatte. Auch wenn alles im Augenblick

• • •

noch keinen Sinn für sie ergab – ihre Mutter hatte sich etwas dabei gedacht, diesen Umweg zu wählen. Mirjam wollte nicht bis zum nächsten Morgen warten, sie wollte es gleich tun, wenn sie in die Wohnung zurückkam. Zunächst würde sie sich einen starken Espresso kochen. Dann würde sie sich den Briefwechsel zwischen ihrer Großmutter und deren Freundin Judith vornehmen.

Es war ein anstrengender Tag gewesen, doch Mirjams Müdigkeit war nun wie weggeblasen.

TEIL II

1

Liebe Karolina,

schon vier Wochen haben wir uns nicht mehr gesehen. Du fehlst mir – auch wenn ich gar nicht viel Zeit habe, dich zu vermissen. Aber bald sehen wir uns wieder. Alles ist ziemlich aufregend, seit wir die Schweiz und euch verlassen haben. Mit unserem Auto sind wir viele Stunden gefahren, durch die hohen Berge und ganz viel Schnee. Der Wagen war schwer durch das Gepäck, deshalb mussten wir langsam fahren. Durch viele verschiedene Landschaften und kleine und große Orte sind wir gekommen. Ich wurde immer aufgeregter, je näher wir nach Paris kamen.

Mutter, Vater, Sara und ich leben hier mitten in der Stadt bei einem Cousin meines Vaters, in einem großen Haus, mit Dienstboten. Wir haben nur zwei kleine Zimmer und müssen ganz leise sein. Monsieur und Madame Cohn werden die Eltern hier genannt – so wie wir es im Französischunterricht gelernt haben. Wir gehen nicht zur Schule, meine Maman unterrichtet uns. Sie ist manchmal strenger als die Lehrer.

Vater arbeitet nicht. Er hat Zeit für uns. Das finde ich gut, aber ihm gefällt es nicht.

An den Nachmittagen gehen wir nach draußen. Paris ist eine große Stadt mit vielen spannenden Gebäuden.

An Mutters Geburtstag durften wir lange aufbleiben. Das war aufregend. Wir sind mit dem Aufzug auf den Eiffelturm

• • •

gefahren, der über dreihundert Meter hoch ist. Von oben sah die Stadt ganz klein aus und es blinkten Millionen von Lichtern.

Was mir gefällt, ist der Louvre. In der ehemaligen Residenz der Könige werden viele Bilder gezeigt. Da sind ganz alte dabei und welche, von denen wir im Kunstunterricht etwas gehört haben. Die »Mona Lisa« von Leonardo da Vinci hängt da auch. Das Bild gefällt mir, aber ich kann mir das nicht in Ruhe ansehen, weil ganz viele Leute davorstehen. Leider kommen wir nicht oft in den Louvre, weil er weit weg ist.

Die meisten Nachmittage spazieren wir durch einen großen Park, der ganz in unserer Nähe ist.

Wenn es regnet, müssen wir in unseren Zimmern bleiben und leise sein. Dann lese ich in den französischen Büchern. Das ist schwer. Aber deutsche Bücher gibt es nicht. Und Mutter und Vater wollen, dass wir Französisch lernen. Ich weiß nicht weshalb, denn wenn wir bald wieder in Stuttgart sind, sprechen wir wieder deutsch.

Ich will dir von den Mahlzeiten erzählen. Zum Frühstück bekomme ich immer eine große Schale mit warmem Kakao und dazu ein Hörnchen aus süßem Blätterteig. Das darf ich hineintunken, denn das machen auch die Franzosen. Das ist ein »Croissant« und schmeckt sehr lecker. Vom anderen Essen mag ich nicht alles. Es gab sogar schon Muscheln und Schnecken – kannst du dir das vorstellen? Ich sollte das essen, aber es ging nicht. Da habe ich gar nichts bekommen. Vater war böse auf mich und hat gesagt: »Du hättest es probieren müssen. Unsere Verwandten sind sehr nett zu uns, da musst du auch nett sein.« Aber ich mag diese Menschen nicht. Sie tun vornehm, für alles gibt es Benimmregeln, dabei haben Mutter und Vater uns doch gut erzogen. Ich verstehe

• • •

nicht, weshalb wir hier so lange bleiben müssen und weshalb wir überhaupt hier sind. Wenn ich die Eltern frage, sagen sie immer: »Dafür bist du noch zu jung, das verstehst du nicht.« Manchmal streiten die Eltern. Meistens hören sie vorher Radio. Auch jetzt wieder, schon einige Stunden. Da sind deutsche, strenge Stimmen und viel Jubel zu hören. Es ist meistens dieser Hitler, der im Radio spricht. Vor zwei Tagen ist er zum Staatsführer Deutschlands gemacht worden, das hatte Vater mir gesagt. Er ist von »Reichspräsident Hindenburg« zum »Reichskanzler« ernannt worden. Was für komische Wörter! Vater und Mutter waren an diesem Tag traurig. Sie denken, Sara und ich merken nichts davon, aber die Wände sind dünn. Dieser Hitler macht ihnen Angst. Dann habe ich ebenfalls Angst, ohne zu wissen wovor. Und dann kann ich nachts nicht schlafen.

Es ist spannend hier in Paris, aber ich möchte zurück in unser Haus nach Stuttgart. Möchte wieder mit dir in die Schule gehen und mit dir spielen. Aber dann dürfen Edeltraut und Charlotte nicht mehr mitspielen. Die haben nämlich vor den Winterferien zu mir gesagt, dass ich »Jüdin« bin, dass ich auf dem Schulhof nichts zu suchen habe, und dann haben sie mich geschubst. Ich verstehe das nicht, ich habe ihnen doch nichts getan. Und wir gehen wie sie jeden Sonntag in die Johanneskirche am Feuersee in den Gottesdienst. Es gibt so viel, was ich nicht verstehe.

Nun muss ich aufhören, denn die Eltern wollen einen Ausflug mit uns machen.

Hoffentlich geht es dir gut! Bitte schreibe mir ganz schnell und ganz viel, was du machst.

Deine Judith

• • •

Bordeaux, den 15. März 1933

Liebe Karolina,

gestern kam dein Brief. Du fehlst mir auch! Unsere Verwandten haben deinen Brief aus Paris hierher geschickt, deshalb hat es lange gedauert. So vieles ist anders geworden. Manchmal bin ich deshalb traurig und habe Angst. Und dann ist wieder alles wie ein großes Abenteuer.

Der Ausflug, von dem ich im letzten Brief geschrieben habe, wurde ein ganz großer. Denn Mutter und Vater haben alle Sachen in unser Auto gepackt, wir haben uns von den Verwandten verabschiedet und sind losgefahren. Erst dachte ich, wir fahren nach Stuttgart zurück, aber als ich Mutter und Vater danach gefragt habe, haben sie nur gesagt: »Wir fahren in den Süden Frankreichs, ganz in die Nähe des Meeres.« Wir sind hier in Bordeaux, die Stadt liegt an zwei Flüssen und ist kleiner als Stuttgart. Immer noch gehen Sara und ich nicht in die Schule. Wir wohnen in zwei Zimmern in einer Pension. Da wohnen auch andere Deutsche, aber die Eltern wollen nicht, dass wir viel miteinander sprechen. Mir ist hier oft langweilig.

Vater und Mutter haben mit Sara und mir gesprochen. Wir kommen erst einmal nicht nach Deutschland zurück. Hitler, dessen Stimme ich nicht hören mag und der mir Angst macht, will uns in Deutschland nicht haben. Ich verstehe nicht weshalb, denn wir haben nichts getan. Vater sagt, es ist, weil wir Juden sind. Auch das verstehe ich nicht, denn Mutter, Vater, Sara und ich sind doch evangelisch getauft. Und wieso hat Hitler etwas gegen die Juden? Ich habe mich aber nicht

• • •

getraut, mehr zu fragen. Vater sah traurig aus, als er uns das gesagt hat.

Vater arbeitet auch hier nicht, aber er ist oft nicht da. Mutter sagt, dass er sich um Papiere für uns kümmert, damit wir nicht wieder nach Deutschland müssen. Weil Vater nicht arbeitet, haben wir wenig Geld. Ich finde das nicht schlimm. Ich mag es, wenn Mutter uns in der Gemeinschaftsküche Kartoffeln mit Zwiebeln und Ei brät oder Pfannkuchen backt.

An den Wochenenden unternehmen die Eltern trotzdem etwas Besonderes mit uns. Vergangenen Sonntag sind wir fast sechzig Kilometer mit dem Auto gefahren. Plötzlich waren wir am Meer, in einem Ort, der Andernos-les-Bains heißt. Es war schon warm draußen, fast zwanzig Grad. Wir lagen auf Handtüchern am Strand, durften barfuß durch weißen Sand laufen und mit den Füßen ins Wasser gehen. Das war tiefblau und wir haben uns von den Wellen nassspritzen lassen. Sara und ich haben hübsche Muscheln gefunden. Am liebsten wären wir am Meer geblieben.

Mittags haben wir am Strand gepicknickt, wie eine französische Familie. Mutter und Vater haben sogar ein Glas Wein getrunken, und wir haben viel Unfug miteinander ge- macht. Am Strand haben Mutter und Vater uns gesagt, dass wir bald über Spanien nach Portugal weiterfahren und in eine Stadt ziehen, die an einem großen Fluss und nahe am Meer liegt. Lissabon heißt sie, auf Portugiesisch Lisboa; sie ist die Hauptstadt von Portugal. Von dem Land hatte ich noch nie gehört, aber Mutter hat Sara und mir im Atlas gezeigt, wo es ist. Das ist über zweitausend Kilometer von Stuttgart entfernt. Es wird eine andere Sprache gesprochen. Ich habe unsere Eltern gefragt, was wir dort sollen. Vater hat gesagt, dass er *einen alten Freund hat, der Anwalt ist. Bei ihm kann er arbeiten, als Assistent. Ich habe gesagt: »Aber du sprichst doch kein Portugiesisch, wie willst du ihm da helfen?« Da hat Vater uns verraten, dass er die letzten Monate in Stuttgart Privatunterricht in Portugiesisch genommen hat.*

In Deutschland wird Hitler den Juden verbieten, weiter als Anwälte zu arbeiten. »Aber wir sind doch keine Verbrecher«, habe ich gesagt. Da hat Vater geantwortet: »Für Hitler und viele Deutsche schon.« Verstehst du das, Karolina?

Ich muss jetzt aufhören, denn gleich kommen Mutter und Vater, um uns Gute-Nacht zu sagen.

Wie geht es dir? Hast du eine neue Freundin? Und was macht ihr in der Schule? Schreibe mir bitte bald an die Adresse meiner Verwandten in Paris.

Deine Judith

Lisboa, den 15. Juni 1933

Liebe Karolina,

dein Brief ist noch nicht gekommen, aber ich schreibe dir trotzdem. Schon vor zwei Wochen haben ihn meine Pariser Verwandten losgeschickt. In Zukunft kannst du mir wieder direkt schreiben, denn wir haben eine Wohnung.

Seit acht Wochen sind wir nun in Lissabon. Die Fahrt hierher war schwierig. Wir mussten über ein Gebirge, die Straßen waren schlecht und es war schwer, Benzin zu bekommen. Quer durch Spanien sind wir gefahren, es war warm und manchmal ganz heiß im Auto. Obwohl wir kein Spanisch

●　●　●

sprechen, waren alle Menschen sehr nett zu uns. Einmal hatten wir einen platten Reifen. Es war schon fast dunkel, als Vater ihn gewechselt hatte, und es war kein Ort in der Nähe. Aber plötzlich hat ein Mann mit einem Pferdegespann neben uns gehalten und uns den Weg zu seinem Hof gezeigt. Wir durften im Stroh schlafen. Am nächsten Morgen haben wir an einem großen Tisch mit der ganzen Familie gefrühstückt. Es gab geröstetes Brot, Tomaten und Käse und eine große Schale frischgemolkene Milch. Das war lecker. Die Familie war sehr nett. Sie hatten acht Kinder, die uns neugierig angesehen haben. Als wir abgefahren sind, haben alle gewinkt.

Am Freitag, 14. April, kamen wir hier an. Die Stadt ist ähnlich groß wie Stuttgart. Die Häuser liegen auf mehreren Hügeln. Von vielen ist der Tejo zu sehen, ein ganz großer Fluss. Die Stadt ist voll hellem Licht. Viele Fassaden haben bunte Kacheln, wie wir sie in Stuttgart in unserem Badezimmer hatten. Das sieht sehr fröhlich aus.

Vater hatte nur die Adresse seines Freundes, dort sollten wir uns bei unserer Ankunft melden. Wir haben lange gebraucht, um die Straße zu finden, denn die meisten Straßen sind klein, verwinkelt und holprig. Vater war kurz davor aufzugeben, aber dann hat es doch geklappt. Zum Glück war sein Freund da, der wusste gar nicht genau, wann wir kommen. Er lebt mit seiner Frau, die aus Hamburg stammt, in einer großen Wohnung. Wir durften die ersten Tage bei ihnen wohnen. Sie sind nett, aber ...

Judith saß träumend in ihrem Zimmer in Lissabon vor dem Brief an ihre Freundin Karolina in Stuttgart. Sie war angefüllt von den vielfältigen Eindrücken, aber wusste dennoch nicht recht, wie sie ihrer Freundin davon erzählen sollte. Alles war neu und fremd. So wie die Wohnung mit den vier Zimmern, in der sie wohnten. Seit vergangener Woche war alles etwas vertrauter. Da kamen mit einem großen Schiff in einem Container ihre Möbel, Bücher, Bilder und Kleidung aus Stuttgart an und wurden in mehreren Fuhren mit einem Transportwagen in ihre Wohnung gebracht. Wie ihre Eltern es bewerkstelligt hatten, alles aus Deutschland hierher schaffen zu lassen, wusste Judith nicht. Am Abend der Lieferung sprach der Vater mit Sara und ihr. Die Mutter saß dabei, ernst und traurig sah sie aus.

»Meine Mädchen. Jetzt, wo wir sicher in Lissabon angekommen sind, muss ich euch sagen, dass wir nicht nur ein paar Monate hierbleiben werden. Wir können nicht mehr nach Deutschland zurück. Wir sind Christen, haben aber jüdische Wurzeln. Wie ihr wisst, hat Hitler nun das Sagen. Er hat ein Buch geschrieben, das heißt ‚Mein Kampf‘, das habe ich gelesen. Er will keine Juden in Deutschland haben. Mir ist klar geworden, dass wir in Gefahr kommen, und deshalb habe ich in den vergangenen Monaten zusammen mit eurer Mutter unsere Ausreise aus Deutschland geplant.«

»Aber es war schön in Stuttgart. Es ging uns gut, Vater. Ich verstehe das nicht. Dort sind unsere Freundinnen. Ich vermisse Karolina. Ich möchte im August mit ihr meinen dreizehnten Geburtstag feiern«, entgegnete Judith, während Sara mit ihren neun Jahren zu jung war, um überhaupt etwas zu verstehen, und, in die Arme der Mutter eingekuschelt, eingeschlafen war.

»Ja, noch ging es uns gut. Aber du bist auch schon weinend nach Hause gekommen, weil Mädchen deiner Klasse dich gehänselt haben. Und ich hätte sicherlich schon bald nicht mehr als Anwalt arbeiten dürfen. Wovon hätten wir leben sollen? Alles wird in Deutschland schlimmer werden für Menschen wie uns. Irgendwann wäre es für eine Flucht zu spät gewesen.« Ernst blickte ihr Vater Judith an.

»Aber die Großeltern, was ist mit ihnen? Die leben doch immer noch in Deutschland!«

»Wir wollten, dass sie mit dem Zug nachkommen, aber sie haben uns am Telefon gesagt, dass sie in Deutschland bleiben werden. Sie fühlen sich zu alt, um noch einmal neu zu beginnen. Deshalb sind deine Mutter und ich auch traurig.«

»Aber Deutschland ist unsere Heimat! Hier ist alles fremd. Ich verstehe nicht einmal, was die Menschen reden. Ich möchte wieder nach Stuttgart.« Judith hatte versucht, möglichst erwachsen zu klingen, aber trotzdem waren die Tränen gekommen. Ihre Mutter, die bereits Sara im Arm hielt, zog sie schluchzend in ihre Arme. Auch der Vater setzte sich auf das Sofa und strich ihnen liebevoll über den Kopf. So verharrten sie eine Weile, bis Judith und ihre Mutter wieder ruhiger geworden waren.

Die Mädchen wussten nun, dass sie keine aufregende Reise gemacht hatten, sondern dass sie in Lissabon leben würden. Die Familie wohnte in Graça, einem Viertel, in dem vor allem Arbeiter zu Hause waren. Viele Häuser befanden sich in einem schlechten Zustand und strahlten doch Würde und Schönheit aus, denn sie waren mit Azulejos verziert, diesen kunstvoll mit geometrischen Mustern bemalten Keramik-kacheln – auch das Haus, in dem sie wohnten.
Die Gebäude in ihrer Straße waren erst vor wenigen Jahren erbaut worden und besser ausgestattet. Die Wohnung der

• • •

Cohns hatte sogar ein Bad mit Warmwasser aus einem großen Boiler, einer eigenen Toilette und einer Badewanne.

Die Nachbarn und das friedliche, lichtdurchflutete, von Musik durchdrungene Lissabon empfingen die Cohns freundlich. Anders als in Stuttgart wehte selbst an heißen Sommertagen vom Tejo her meist ein kühlender Wind. Die Portugiesen waren hilfsbereit, auch wenn die Verständigung in den ersten Monaten schwerfiel.

Obwohl es in Lissabon eine deutsche Schule gab, besuchten Sara und Judith diese nicht. Ihr Vater hatte Sorge, dass seine Mädchen wegen ihrer jüdischen Abstammung ausgegrenzt würden. Sie gingen auf die französische Schule. Langsam lebte Judith sich ein. Ihre Mitschülerinnen, von denen sie die Landessprache schnell lernte, waren nett zu ihr. Leider war die Schule in einem anderen Viertel, und die anderen Mädchen wohnten zu weit weg, um nach der Schule mit ihr spielen zu können.

Judiths beste Freundin wurde die gleichaltrige Gertrud Bachmann, die mit ihrer Familie in der gleichen Straße wohnte und deren Vater deutscher Kulturgesandter war. Judiths Eltern waren darüber nicht glücklich. Doch als sie sahen, wie gut es Judith in Lissabon ging, seit sie eine Freundin gefunden hatte, ließen sie ihre Tochter gewähren.

Gertrud besuchte die deutsche Schule. Auch in Lissabon war der Unterricht immer mehr von der Gleichschaltung und Propaganda der Nationalsozialisten geprägt, aber noch gab es Lehrer, die sich dem entzogen. Wenn Gertrud und Judith zusammen waren, spielte dies alles keine Rolle.

• • •

Einmal fragte Gertrud: »Wieso gehst du nicht auch auf die deutsche Schule? Dann könnten wir viel mehr zusammen sein.«

»Weil meine Eltern es nicht wollen. Sie möchten, dass wir Französisch lernen, deutsch spreche ich schließlich schon.« Den eigentlichen Grund gab Judith nicht preis. Sie wollte Gertrud nicht verraten, dass sie jüdische Wurzeln hatte. In ihrer Wahrnehmung war sie eine deutsche Christin und nicht eine deutsche Jüdin. Zumal ihre Familie an den Sonntagen den Gottesdienst in der protestantischen deutschen Kirche Lissabons besuchte. Von den meisten Gemeindemitgliedern wurden die Cohns freundlich aufgenommen; einige zeigten jedoch Distanz, denn der Nachname ließ erahnen, welche religiösen Wurzeln sie hatten.

Immer mehr kamen sie in ihrem neuen Leben an. Nur Judiths Mutter Martha fiel es schwer, in dieser unbekannten Stadt, in diesem unbekannten Land Fuß zu fassen. Anders als ihre Töchter und ihr Mann hatte sie keine Aufgabe, bei der sie andere Menschen kennenlernen konnte. Sie fühlte sich isoliert und hatte mehr Heimweh als ihre Töchter. Oft wirkte sie in den ersten Monaten traurig und abwesend und war ungeduldig. Einmal hörte Judith am Abend, als sie bereits im Bett lag und noch einmal auf die Toilette musste, durch die angelehnte Wohnzimmertür das Gespräch ihrer Eltern mit.

»Martha, versuche bitte, unserem Leben in Lissabon eine Chance zu geben.«

»Alles ist fremd hier. Ich verstehe die Menschen nicht und sie mich nicht. Ich möchte nach Deutschland zurück. Ich vermisse meine Eltern. Was soll nur aus ihnen werden?

In Stuttgart hatte ich meine Freundinnen und habe in den Kirchenkreisen mitgearbeitet. Was habe ich hier? Ihr seid tagsüber nicht zu Hause und ich bin allein.«

»Hier sind wir in Sicherheit. Zählt das nicht, meine Liebe? Du hörst doch in den BBC-Nachrichten, dass es für Juden immer schwieriger wird in Deutschland. Ich mache mir deshalb auch Sorgen um deine Eltern, aber ich kann sie nicht gewaltsam hierher holen. Sie haben entschieden, in Deutschland zu bleiben, das müssen wir akzeptieren.« Eindringlich sah er seiner Frau in die Augen. »Aber ich kann verstehen, dass du dich allein fühlst. Ich spreche mit meinem Freund, vielleicht hat er eine Idee, wo du eine Aufgabe findest. Schließlich hast du Arzthelferin gelernt.«

Und so kam es, dass Martha wenige Wochen später bei einem deutschen Arzt in Lissabon die Assistenz und Organisation der Praxis übernahm. Seine bisherige Sprechstundenhilfe war dankbar, weniger arbeiten zu müssen, denn sie war schon sechsundsechzig. Jeden Morgen ging Martha zusammen mit den Mädchen aus dem Haus, fuhr mit der Straßenbahn in den Stadtteil Baixa und war nur wenig früher als sie zurück. Sara und Judith mussten Aufgaben im Haushalt übernehmen und lernten kochen, um ihre Mutter zu entlasten. Zunächst hatten sie dazu keine Lust, denn nun blieb ihnen weniger Zeit zum Spielen und Lesen. Doch schon bald machten sie es gern, denn sie spürten, wie wichtig es für ihre Mutter war, berufstätig zu sein. Martha wurde selbstbewusster und zufriedener, da sie wie ihr Mann arbeitete – was in Portugal noch ungewöhnlicher war als in Deutschland.

Nun hatten sie wieder mehr Geld zur Verfügung. Von ihrem ersten Gehalt lud Martha ihre Familie in das nahe

Lissabon gelegene Seebad Cascais ein. Der Vater hatte vorgeschlagen, am Abend wieder zurückzufahren, um Geld zu sparen, aber Martha wollte, dass sie sich wie Urlauber fühlten. In einem kleinen Hotel hatte sie für eine Nacht zwei Zimmer gebucht. Es war Anfang September und immer noch angenehm mild.

Mit dem Zug fuhren sie eine knappe Stunde in das Seebad und waren in einer völlig anderen Welt. In Lissabon war an vielen Ecken die Armut sichtbar. Es gab Kinder, die barfuß und mit abgerissener Kleidung herumliefen und um Almosen bettelten. In Cascais dagegen fühlten sich die Cohns arm, angesichts des unverhohlen zur Schau getragenen Reichtums anderer Gäste mit ihrem teuren Schmuck, mit luxuriösen Automobilen und exquisiter Kleidung. Auch die Gebäude und Hotels waren entsprechend prunkvoll, denn der portugiesische Adel hatte den Ort im vergangenen Jahrhundert als Ort der Sommerfrische entdeckt. Davon ließen sich die vier nicht beeindrucken, sondern genossen das Seebad auf ihre Weise. Zum ersten Mal, seit sie in Lissabon angekommen waren, erlebten sie unbeschwerte Stunden. Die Eltern hatten zwei Liegen gemietet. Sara und Judith legten sich auf ihren Handtüchern zu ihren Füßen. Begeistert plapperte Sara:

»Eure Liegen sind langweilig, Mutter und Vater. Hier im warmen Sand ist es viel schöner!« Gemeinsam mit Judith baute sie um ihre Handtücher herum einen Wall aus Sand und verzierte ihn mit Muscheln.

Als die Luft mittags wärmer wurde, gingen die Mädchen baden. Das Wasser hatte nur zwanzig Grad. In Stuttgart hatten sie im Heslacher Hallenbad Schwimmunterricht gehabt, und so stürzten sie sich unbekümmert in die Fluten. Das Meer trug Schaumkronen und Wellen schwappten an den Strand. Judith genoss es, sich wippend von ihnen beim Schwimmen tragen zu lassen, Sara dagegen bevorzugte das seichte Wasser, in dem sie noch stehen konnte.

Am Nachmittag machte die Familie eine Wanderung entlang der Küste, die ins Felsige überging. Beim »Boca do Inferno«, dem so genannten Höllenschlund, brachen sich die Wellen im Felsenkessel tosend und schäumend. Die Mädchen bekamen nicht genug von diesem faszinierenden Naturschauspiel. Sie staunten über die steile Felsenküste, die sich bis zum Horizont vor ihren Augen abzeichnete.

Am Abend gingen sie in ein am Strand gelegenes einfaches Lokal. Sie aßen gegrillten Fisch, die Eltern tranken Wein und sogar Judith bekam ein kleines Glas. Sie lachten viel miteinander, bis Sara irgendwann sagte: »Schade, dass unsere Großeltern nicht mit uns hier sind.« Danach bezahlten die Eltern bald, und ihr Blick war traurig und nachdenklich.

2

20. Oktober 1939

Liebe Karolina,

es ist kostbar, dass wir es seit über sechs Jahren geschafft haben, unseren Kontakt durch Briefe, die hin und her wechseln, zu erhalten. Und das trotz all der Unordnung in der Welt.

• • •

Wie sich doch Europa in diesen Jahren verändert hat, aber leider nicht zum Positiven. Das Deutschland, in dem du lebst, leben musst (Musst du es wirklich!?), ist nicht mehr meine Heimat. Alles, was ich darüber höre, macht mich unsagbar traurig und ich kann nicht begreifen, was geschieht. Dass ein Mann mit seinen Gefolgsleuten so viel Macht hat und eine jahrhundertealte Kultur zerstört. Dass wieder Krieg geführt wird!

Du aber bist und bleibst meine beste Freundin aus alten Tagen, auch wenn wir inzwischen in unterschiedlichen Welten leben. Eine Freundin, mit der ich Freud und Leid teilen kann. Und so schicke ich heute »außer der Reihe« einen Brief an dich, wie immer an die Adresse deiner Großeltern in Zürich; es wird etwas dauern, bis du ihn erhältst.

Vor zwei Wochen haben wir Post von meinen Großeltern aus Stuttgart bekommen. Der Brief ist auf uns nicht bekannten Wegen über die Schweiz gekommen. Die liebe Oma und der liebe Opa leben nicht mehr. Kannst du das glauben? Sie haben sich in dem Brief von uns verabschiedet. Gemeinsam haben sie Selbstmord begangen, bevor die Nazis ihnen noch mehr antun konnten. Wenige Tage zuvor hatten sie einen Räumungsbefehl für ihre Wohnung bekommen, in der sie seit dreißig Jahren wohnten, obwohl sie die Miete immer regelmäßig gezahlt haben. Nur weil sie jüdischer Abstammung sind! Zu uns ausreisen konnten sie auch nicht mehr, seit der Reisepass im letzten Jahr mit einem großen »J« gekennzeichnet worden war. Ihre Kräfte reichten nicht für eine Flucht und zudem wollten sie die Heimat nicht verlassen. Ja, trotz der vielen Repressalien der vergangenen Jahre bezeichneten sie in dem Brief Deutschland als ihr Heimatland, dem sie sich bis zum Tode verbunden fühlten. Dennoch, sie ahnten, es würde

• • •

noch Schlimmeres auf sie zukommen, dem sie nicht würden standhalten können. Und sie hatten die große Angst, getrennt zu werden. So wollten sie nicht weiterleben, der gemeinsame Abschied aus dem Leben war für sie die Lösung. Ich kann es verstehen und kann es doch nicht glauben. Meine lieben Großeltern! Wo haben sie jetzt ihren Platz? Wer mag die Wohnung aufgelöst und dabei ihre Sachen durchwühlt haben? Was ist aus meinem Deutschland geworden, wenn unbescholtene Menschen, wie sie es waren, nicht mehr leben wollen?

Wir hören hier unsagbar Schlimmes. Lissabon hat sich in den vergangenen Monaten verändert. Überall begegnen mir jüdische Flüchtlinge und politisch Verfolgte, die alle eine eigene, unfassbare Geschichte zu erzählen haben. Die Stadt kommt mir vor wie ein Wartesaal für all diese Verfolgten aus Deutschland und Österreich. Und doch schafft nur ein Bruchteil von ihnen die Flucht, denn hierzu braucht es Geld, Kraft und Beziehungen.

Und viele Menschen sitzen wie meine Großeltern in Deutschland in der Falle. Was ist aus dieser Welt geworden? Mir fehlen Oma und Opa. Über sechs Jahre haben wir uns nicht mehr gesehen – und nun werde ich sie nie mehr wiedersehen.

Mutter und Vater sind wie gelähmt, seit der Brief kam. Ich glaube, sie machen sich Vorwürfe, sie nicht aus Deutschland geholt zu haben. Aber ich weiß, dass sie immer wieder versucht haben, sie davon zu überzeugen, zu uns nach Lissabon zu ziehen. Doch nun ist es zu spät.

Im Andenken an sie bin ich aktiv geworden. Obwohl ich Christin bin – meine Wurzeln sind jüdisch, mein Volk ist jüdisch und ich kann es nicht ertragen, dass wir verfolgt werden. Wenigstens einigen Menschen möchte ich weiter-

• • •

55

helfen, die es bis hierher geschafft haben. Vor zwei Wochen habe ich angefangen, nach der Schule – mein letztes Schuljahr hat begonnen, während du bereits deine Ausbildung zur Schneiderin abgeschlossen hast – bei einer jüdischen Hilfsorganisation ehrenamtlich zu arbeiten. Ich helfe da, wo ich gebraucht werde. Mal bereite ich das Essen der Suppenküche für den nächsten Tag vor, dann wieder sortiere ich die Kleidung, die gespendet wurde. Auch begleite ich die Flüchtlinge auf die Ämter, um für sie zu übersetzen.

Vorhin habe ich mit Mutter, Vater und Sara gesprochen. Sehr vielen Emigranten fehlt eine Unterkunft. Ich werde daher am nächsten Wochenende mein Zimmer räumen und zu Sara ziehen. Mein Zimmer, das recht groß ist, werden wir mit zwei Betten und anderen Möbeln wohnlich ausstatten, um Menschen in Not aufzunehmen. So können wir wenigstens einigen von ihnen helfen.

Ich hoffe, du verstehst, dass ich heute nicht über etwas anderes schreiben kann. Oder doch: Ich bin meinem Vater unendlich dankbar, dass er so weitsichtig war, mit uns so früh nach Lissabon auszuwandern. Wie du weißt, konnten wir 1936 durch die Fürsprache von Vaters Freund die portugiesische Staatsbürgerschaft annehmen. Uns kann hier nichts mehr passieren, wir sind sicher. Ein gutes Gefühl. Aber wie wird es den Tausenden ergehen, die erst vor kurzem hierhergekommen sind?

Ich könnte noch viel mehr schreiben, doch für heute höre ich auf, denn ich möchte anfangen, meine Sachen aufzuräumen und auszusortieren.

Wie geht es dir, meine liebe, alte Freundin? Wie lebt es sich in dem von dunklen, bösen Mächten beherrschten Deutschland?

• • •

*Ich hoffe sehr, dass du und deine Familie wohlauf seid. Grüße
alle bitte ganz herzlich von mir!*

*Eine dicke Umarmung schickt dir
deine Judith*

Immer wieder begann Judith den Brief neu zu schreiben. Als
sie die letzte Fassung des Briefes durchlas, erkannte sie,
dass es zu gefährlich war, ihn auf die Reise zu schicken. Er
war zu offen geschrieben. Obwohl sich Portugal zu Beginn
des Krieges neutral erklärt hatte, war die Rolle des Landes
alles andere als klar. Wie Deutschland wurde Portugal von
einem Diktator geführt, das war Judith bewusst. Im Gegensatz zu Hitler schien es dem portugiesischen Staatsführer
Antonio de Oliveira Salazar vor allem darum zu gehen, dass
sein Land möglichst wenig wahrgenommen wurde und seine
Neutralität gewahrt blieb. Deshalb unterhielt er diploma-
tische Beziehungen sowohl zu Deutschland als auch zu
England.
Seit 1932 stand der hochgebildete Wirtschaftswissenschaft-
ler, Jurist und gläubige Katholik an der Spitze des Staates.
Zuvor hatte er es als Finanzminister geschafft, die Staats-
finanzen zu sanieren. Als er zum Ministerpräsident ernannt
wurde, baute er seine Macht immer weiter aus. Mit der
neuen Verfassung von 1933 wurde der »Estado novo«, der
»Neue Staat« geboren. Das alte Parteiensystem schaffte
Salazar ab, Presse und Kultur zensierte er.
Seit Judith, sich in der Flüchtlingshilfe engagierte, be-
fasste sie sich mit der Politik Salazars. Im Schulunterricht
erzählten die Lehrer von den Wohltaten, die der Staaten-

• • •

lenker dem portugiesischen Volk gebracht hatte: den Ausbau von Häfen und Straßen, die Stärkung der Landwirtschaft … Judith nahm auf den Straßen Lissabons jedoch anderes wahr – auf Schritt und Tritt begegnete ihr Armut, und sie wusste, dass das Land die höchste Analphabetenquote in Europa hatte.

Für Flüchtlinge wurde es auch in Portugal immer schwerer, geduldet zu werden.

Am Abend, als Sara bereits im Bett lag, unterhielt Judith sich über die portugiesische Politik mit ihren Eltern. Sie erzählten Judith, was sie von Salazar wussten.

»Wir möchten dich bitten, es für dich zu behalten. Denn das ist das Bezeichnende an Diktatoren: Solange man ihrer Linie folgt, muss man nichts fürchten. Aber kaum verkündet« man eine andere Meinung, wird es gefährlich«, erklärte ihre Mutter nachdenklich.

»Aber es ist wichtig, dass du anfängst, dir deine eigenen Gedanken zu machen, bei all dem, was du beobachtest und hörst. Und dass du handelst, wenn es darauf ankommt. Neben allem Unverständlichen, das unser Staatsführer tut: auch wir sind Salazar dankbar. Seine Gesetze machten es uns möglich, die portugiesische Staatsangehörigkeit anzunehmen. Wir müssen keine Angst haben, außer Landes gewiesen zu werden. Aber nur, solange wir seine Gesetze beachten.« Mit einem liebevollen Lächeln wechselte ihr Vater zu einem anderen Thema. »Hast du dir schon überlegt, was du tun willst, wenn du im kommenden Jahr die Schule verlässt?«

An dieses Gespräch musste Judith denken, nachdem sie den Brief an Karolina durchgelesen hatte. Ein guter Grundsatz war: *Handeln, wenn es wichtig ist.* Dies wollte sie

• • •

sich für ihr Leben fest vornehmen und schrieb den Gedanken auf die erste Seite ihres Tagebuches, in dem sie vor einigen Wochen begonnen hatte, ihre Erlebnisse und Empfindungen festzuhalten.

Nun verfasste sie den Brief an ihre Freundin Karolina ein letztes Mal neu. Dieses Mal so, dass er weder Karolina noch ihr Schwierigkeiten machen würde. Der Brief endete mit den Zeilen:

Liebe Karolina, auch wenn es schwer sein wird, ich würde mich sehr freuen, wenn wir unseren Briefkontakt trotz allen widrigen Umständen aufrechterhalten können. Ich wünsche mir, dass wir uns irgendwann voller Freude wiedersehen werden.
Ich hoffe sehr, dass du und deine Familie wohlauf seid. Grüße alle bitte ganz herzlich von mir! Gottes Segen schütze euch alle.

Eine dicke Umarmung schickt dir deine Judith

3

Lissabon, Sonntag, den 16. Juni 1940

Liebe Karolina,

welche Erleichterung, deinen Brief aus Zürich zu bekommen, von dir in den Kasten geworfen. Ich bin froh, dass ihr in

Sicherheit seid, denn die Bombenangriffe auf Deutschland scheinen sich zu verstärken. Nun muss ich mir keine Sorgen mehr um dich machen.

Sorgen mache ich mir dagegen um meine Lissaboner Freundin Gertrud Bachmann. Sie ist 1939 in den langen Sommerferien, kurz vor Beginn des Zweiten Weltkrieges, mit ihrer Mutter mit dem Schiff zu deren Familie nach Norddeutschland aufgebrochen und sitzt seitdem bei ihren Verwandten in der Nähe von Hamburg fest. Zwar ist unsere Freundschaft abgekühlt, weil sie eine andere politische Gesinnung hat als ich – sie engagiert sich im Bund deutscher Mädchen. Zudem arbeitet ihr Vater für die deutsche Gesandtschaft und meidet den Kontakt zu uns. Aber dennoch hoffe ich, dass sie bald wohlbehalten nach Lissabon zurückkehrt.

Verzeih, dass ich abgeschweift bin, mich beschäftigt viel in diesen Tagen. Auch wenn dein Vater noch keine Arbeit hat, habt ihr im Haus deines Großonkels ein gutes Quartier. Deine Mutter und du ernährt durch euer Können als Schneiderinnen die Familie. Und vielleicht findet dein Vater bald wieder eine Anstellung als Lehrer. Schließlich musste er aus Deutschland fliehen, weil er nicht in der Partei war und gegen Hitlers Politik interveniert hat. Und auch wenn ihr nur wenige Erinnerungsstücke mitnehmen konntet, so habt ihr doch einander. Alle leben und sind gesund, das ist die Hauptsache.

Du schreibst in deinem Brief von einem Verehrer mit dem Namen Richard, der vier Jahre älter ist als du. Mehr verrätst du mir nicht? Ich will alles wissen, auch ob ihr euch schon geküsst habt!

Nun verrate ich dir ebenfalls nicht mehr, außer dass auch ich einen Verehrer habe …

• • •

Lissabon platzt aus allen Nähten. Die Situation für die aus Deutschland, Österreich und Frankreich kommenden Flüchtlinge hat sich verschlechtert. Es wird immer schwieriger, ein Quartier zu finden, und viele haben kaum Geld, da sie es schon auf der langen Flucht ausgegeben haben. Ich habe inzwischen mein Zimmer geräumt; seit zwei Wochen lebt ein junges interessantes Paar bei uns. Beide haben in Deutschland als Schriftsteller gearbeitet, wurden ausgewiesen und verfolgt.

Alles wird immer belastender für die Flüchtlinge. Ich sehe bei meiner Arbeit in der Hilfsorganisation viel Elend und höre Trauriges. Seit meinem Schulabschluss helfe ich jeden Tag in der Woche vom Morgen bis zum Abend und habe dennoch das Gefühl, mein Tun ist nur »ein Tropfen auf den heißen Stein«. Manchmal drückt mich das Elend nieder. Aber es gibt es mir auch Kraft, helfen zu können. Die Wartezeit auf den Ämtern ist sehr lang und es gibt Zeit zum Reden. Dadurch erfahre ich viel, was in Deutschland passiert. Hier in Lissabon hören wir davon offiziell nur wenig. Mich erschüttert es immer wieder aufs Neue, wenn ich höre, was aus meinem Heimatland geworden ist.

Und dann bin ich unendlich dankbar, wie frei ich hier sein kann. Materiell geht es uns schlechter als in Deutschland, aber wir leben nicht jeden Tag in Angst, das ist viel mehr wert.

In einem Monat beginnt eine neue Zeit für mich: An der Lissabonner Universität werde ich mein Studium aufnehmen und die Fächer Portugiesisch und Biologie studieren, um später als Lehrerin zu arbeiten. Da staunst du? Ja, Portugiesisch ist meine Heimatsprache geworden.

»Wo ist Ihre Heimat?« werde ich manchmal wegen meines Namens gefragt. Voller Überzeugung sage ich seit einigen

Monaten: »In Portugal.« Deutschland ist mir fremd geworden,
nichts zieht mich mehr dorthin, denke ich manchmal. Und
dann bin ich mit deutschen Flüchtlingen zusammen, unterhalte
mich auf Deutsch über Literatur und Kunst – es sind viele
Schriftsteller und Maler geflohen – und denke: »Welch eine
Sehnsucht wohnt doch in mir nach diesem Land!«
Es gäbe noch viel zu erzählen, aber ich habe keine Zeit mehr,
denn ich habe ein Rendezvous. Habe ich dich neugierig
gemacht? Genau das wollte ich!

Von Herzen grüßt dich deine Freundin

Judith

PS: Bitte richte auch deiner Familie herzliche Grüße von mir
aus!

Judith las den Brief ein letztes Mal durch und steckte ihn in
den Umschlag. Ihr Vater würde ihn mit der Geschäftspost
der Korkfirma eines Freundes verschicken. Das machten sie
immer so, denn sein Freund hatte als Wirtschaftsförderer ein
hohes Ansehen beim Staat. Die Gefahr, dass der Brief von
der portugiesischen Zensur geöffnet würde, war deutlich
geringer. Die Briefe an Karolina waren ein Wagnis, aber
bisher war immer alles gutgegangen.

In der Wohnung war es still. Ihre Eltern waren vor
einer halben Stunde mit Sara zum Gottesdienst in der
deutschen evangelischen Kirche aufgebrochen, dort sollte
heute ein Kind getauft werden. Vermutlich würden sie
Gertruds Vater begegnen, der ihnen seit Kriegsbeginn aus

dem Weg ging. Dennoch hatten sie Judith versprochen, sich zu erkundigen, ob Gertrud und ihre Mutter endlich nach Lissabon würden zurückkehren können.

Ihrem Vater und ihrer Mutter fiel es schwer zu akzeptieren, dass Judith ihre eigenen Wege ging. Immerhin würde sie im kommenden Jahr volljährig werden. Häufig gerieten sie wegen Kleinigkeiten aneinander. Aber sie vertrauten darauf, dass Judith wusste, was ihr gut tat und was nicht. Manchmal war sie sich dessen selbst gar nicht so sicher. Sobald die amerikanischen Verwandten von Max für ihn eine Schiffspassage nach Amerika gekauft hatten, würde er Lissabon verlassen. War es da sinnvoll, ihn noch besser kennenzulernen? Aber Judith war jung und wollte neben allem Schweren, das ihr der Alltag auferlegte, das Leben genießen.

Erst seit einer Woche kannte Judith Max. Er war auf der beschwerlichen Route über die Pyrenäen nach Spanien und dann nach Portugal gelangt, einige Strecken zu Fuß. Wie vielen Flüchtlingen in diesen Tagen hatte ihm in Bordeaux der portugiesische Generalkonsul Sousa Mendes ein dreißigtägiges Transitvisum ausgestellt. Von diesen dreißig Tagen waren bereits zwölf Tage vergangen. Es blieben ihm noch achtzehn Tage, um Portugal zu verlassen. Freunde, die schon länger in Lissabon lebten, besorgten ihm ein einfaches Zimmer und erzählten ihm vom jüdischen Hilfsverein. Gleich am Tag nach seiner Ankunft wartete er als einer der Ersten, bis geöffnet wurde. Max sprach kein Portugiesisch und brauchte beim Gang auf die Ämter jemand für das Übersetzen. Judith war gern bereit, ihn zu begleiten. Zuerst begaben sie sich zur Post. Max wollte seinen Verwandten in

● ● ●

New York telegrafieren, dass er in Lissabon angekommen war, und sie bitten, Geld anzuweisen und eine Schiffspassage zu buchen. Danach musste er zum amerikanischen Konsulat, um dort das weitere Vorgehen zu besprechen und die Kontaktdaten seiner Verwandten weiterzugeben.

Das Wetter war sonnig, die Straßenbahnen waren wie üblich überfüllt. Judith und Max beschlossen, zu Fuß zu gehen.

»Das kenne ich nicht mehr, ohne Angst unterwegs zu sein. Und die unzähligen Lichter am Abend, ganz ohne Verdunkelung. Viele Menschen wirken unbeschwert, aus den Lokalen und von den Plätzen schallt Musik. Fast kommt es mir vor, als wäre es ein Traum. Ich fühle mich endlich wieder frei!« sagte Max. Dankbar blickte er Judith an, während sie die Straßen entlanggingen. Es war ein fröhliches Treiben. Wer es nicht besser wusste, hätte nicht geahnt, dass diese modisch gekleideten Menschen meist gut situierte Flüchtlinge waren, die erst vor kurzem angekommen waren und denen noch eine quälend lange Wartezeit bevorstand, bis sie eine der begehrten Schiffspassagen erwerben konnten.

Und dann gab es jene, die zur Suppenküche der Hilfsorganisation kamen, um dort ihre einzige Mahlzeit des Tages zu erhalten. Weitgehend mittellos befanden sie sich in der hoffnungslosen Lage, dass ihr Durchreisevisum abgelaufen war, ohne dass sie es geschafft hatten, Lissabon zu verlassen. Nur wenigen von ihnen konnte noch geholfen werden und die meisten rutschten in die völlige Armut ab. Sie führten ein Leben im Schatten, um nicht entdeckt zu werden, da sie keinen Aufenthaltsstatus besaßen. Es waren diese Verzweifelten, die Judith manchmal in ihren Träumen besuchten und dafür sorgten, dass sie schweißgebadet und mit einem Schluchzen aufwachte.

Würde das auch das Schicksal von Max? fragte Judith sich, während sie durch die Straßen gingen.

Nur zögernd erzählte Max seine Geschichte. Wie er die letzten Wochen in Marseille voller Angst, aufgegriffen zu werden, verbracht hatte. Auch zuvor in Paris, wo er seit 1934 gelebt und für eine Literaturzeitschrift geschrieben hatte, fühlte er sich nicht sicher. Bereits vor dem Einmarsch von Hitlers Armee im Mai begegnete er überall deutschen Soldaten.

»Ich war froh, als ich endlich das Einreisevisum für die USA und das Transitvisum für Portugal hatte. Und ich hatte Glück, einen verlässlichen Fluchthelfer zu finden, der mich sicher durch das unwegsame Gelände der Pyrenäen geleitete«, erzählte Max. »In Spanien konnte ich im Auto eines Paares mitfahren, das das gleiche Ziel hatte wie ich. Natürlich kostete das alles etwas. Meine Tante ist mit einem reichen Amerikaner verheiratet. Ich bin dankbar, dass sie es bisher immer geschafft hat, Geld an meine Fluchtorte zu schicken.«

Judith hörte Max aufmerksam zu, hakte aber nicht nach. Sie wollte ihn nicht zum Erzählen drängen.

Etwa Mitte dreißig mochte Max sein, schätzte sie. Aber vielleicht sah er auch nur älter aus. Denn obwohl er ordentlich gekleidet war – er trug einen Anzug und sogar eine Krawatte – die Strapazen der hinter ihm liegenden Flucht ließen sich nicht verbergen. Tiefe Ringe lagen unter seinen Augen, und er wirkte nervös. Zugleich strahlte er eine gewisse Unbekümmertheit aus. Seine nach oben gerichteten Mundwinkel und die Falten um die Augen zeigten, dass er gern lachte. Er hatte einen athletischen Körperbau und überragte Judith um einen Kopf. Seine Haare waren dicht und blond, mit einem kurzen Bürstenschnitt, seine Augen strahlendblau. Er verkörperte das Idealbild der Nazis und war doch von ihnen zum Feind erklärt worden, dies wurde Judith klar, als sie seinen Nachnamen erfuhr. Max war ein bekannter jüdischer Schriftsteller, der bereits als junger Mann zu Zeiten der Weimarer Republik Ehrungen erhalten hatte und dessen Werke seit der Bücherverbrennung im Mai 1933 in Deutschland verboten waren. In seinem bekanntesten Roman hatte er von den Gräueln des Ersten Weltkrieges erzählt. So anschaulich, als wäre er selbst dabei gewesen. Er hatte es als pazifistisches Manifest verfasst, und es war in mehrere Sprachen übersetzt worden. Es war eines der wenigen Bücher, die Judiths Vater im Auto mit nach Portugal genommen hatte. Auch Judith hatte der Roman tief beeindruckt. Und nun ging sie neben diesem Autor durch Lissabon.

Sie erzählte Max davon und wollte wissen, ob er bereits an einem neuen Werk arbeitete; er hatte sie gebeten, sich zu duzen. Da strahlte er Judith an.

»Du glaubst nicht, wie mich das freut! Es ist schon lange her, seit mich ein fremder Mensch als Autor und nicht als Flüchtling wahrgenommen hat. Nein, zum Schreiben komme ich in diesen aufreibenden Zeiten kaum. Das fehlt mir sehr. Was ist mit dir, schreibst du?«

»Lesen und Schreiben beglücken mich ebenfalls. Aber ich möchte vor allem andere dafür begeistern, als Lehrerin. Hier in Portugal gibt es viele Analphabeten. Den Kindern soll es anders gehen, deshalb möchte ich Lehrerin werden. Im nächsten Monat beginnt mein Studium.«

● ● ●

Max wollte mehr über die gesellschaftliche Situation Portugals erfahren, diesem Land, von dem sein weiteres Schicksal abhing. Er behandelte Judith wie eine Gleichaltrige, obwohl er zwölf Jahre älter war als sie, wie sie inzwischen erfahren hatte.

In den nächsten drei Tagen hatten sie einander viel zu erzählen, während sie zusammen auf Ämtern, Konsulaten und bei Schifffahrtsgesellschaften vorstellig wurden, um Max Flucht aus Europa vorzubereiten. Obwohl Judith wusste, dass es nicht richtig war, atmete sie auf, als klar wurde, dass sich seine Abreise noch verzögern würde. Die Schiffe nach New York legten nur einmal in der Woche ab, das nächste war bereits ausgebucht. Erst am Freitag, dem 28. Juni, würde das Schiff in See stechen, auf dem eine Passage für ihn gebucht war und das ihn in zehn Tagen von Lissabon in die Freiheit nach New York bringen sollte.

Er hatte großes Glück, einflussreiche Verwandte in den USA zu haben, die keine Mühen und Kosten scheuten, um das Ticket für ihn zu erwerben. Neben aller Erleichterung, die Max darüber verspürte, war er ebenfalls froh, nicht mit dem nächsten Schiff ausreisen zu müssen.

»Das hört sich für dich vielleicht merkwürdig an. Aber es passt mir gut, dass ich noch nicht abreisen kann. Das erste Mal, seit ich aus Paris geflohen bin, fühle ich mich wieder wie ein Mensch. Mir gefällt es in Lissabon.«

Sie saßen zusammen im Café Nicola. Es war Mittagszeit, die Ämter hatten Mittagspause, und Max hatte Judith zu einem Kaffee und dem berühmten Vanilletörtchen »Pastel de Nata« eingeladen. Um sie herum herrschte ein Sprachenwirrwarr. Die vielen Flüchtlinge hatten Lissabon verwandelt.

• • •

Wie eine brodelnde Metropole mit fremden Sprachen und Kulturen kam Judith ihre Heimat vor. Andersartige Gewohnheiten und Traditionen nahmen von der Stadt Besitz. Judith gefiel es, wie weltoffen die Stadt wirkte, wenngleich sie wusste, dass es ein trügerisches Bild war. Auch hier lauerten Gefahren für die Flüchtlinge. Judith hatte von ihrem Vater erfahren, dass es Spione in den Straßen und Lokalen gab, dass vieles im Geheimen passierte. Portugal stand zwischen den kriegsführenden Ländern – Lissabon war als letzter offener Hafen nach Übersee ein strategisch wichtiger Ort.

Max fragte, ob er sie am Sonntagnachmittag zu einem Ausflug nach Cascais einladen dürfe. Er wollte das Meer kennenlernen und sich dafür bedanken, dass Judith ihn unermüdlich unterstützte.

»Ja, sehr gern! Aber wir sollten meine Eltern fragen, ob sie einverstanden sind. Erst im nächsten Jahr werde ich volljährig.«

Max begleitete sie am Abend nach Hause und Judith stellte ihn ihren Eltern vor. Vor allem ihr Vater war beeindruckt, dass der Schriftsteller, dessen Werke er verschlungen hatte, nun in seiner Haustür stand. Max wurde hereingebeten und eingeladen, zum Essen zu bleiben. Während Judith und ihre Mutter ein einfaches Abendessen kochten, unterhielten sich die beiden Männer angeregt und gingen dabei zum »du« über. Auch beim Essen gab es einen regen Austausch über vielfältige Themen. Gegen zehn erhob sich Max. Er gab erst Martha, dann Joseph mit einem freundlichen Lächeln die Hand. Sara war an diesem Abend nicht da, sie schlief bei einer Freundin.

»Vielen Dank für das gute Essen, aber vor allem für die angenehmen, leichten und tiefen Gespräche. Ich weiß jetzt, woher Judith ihren wachen Blick auf das Leben hat. Ich danke euch für diese herzliche Gastfreundschaft.«

Judith begleitete ihn zur Haustür. Als Max ihr die Hand zum Abschied reichte, dauerte dies länger als üblich und Max schaute ihr tief in die Augen.

»Danke, Judith. Durch dich und deine Eltern bin ich dem alten Max wiederbegegnet. Das war ein besonderer Abend für mich.« Sie verabredeten sich für Sonntagmorgen um zehn, bevor Max im Dunkel der Nacht verschwand.

Als Judith die Haustür hinter ihm geschlossen hatte, spürte sie noch die Wärme seiner Berührung auf ihrem Handrücken und zugleich ein wohliges Gefühl in der Magengegend.

Sie half ihrer Mutter, das Geschirr abzuräumen und zu spülen. Ihr Vater trat zu ihnen in die Küche.

»Dieser Max, er gefällt mir und wohl auch dir, Judith.« Liebevoll und zugleich besorgt blickte ihr Vater sie an. »Pass auf, dass er dir nicht dein Herz bricht. Lissabon ist für ihn nur eine kurze Zwischenstation. Du weißt, in ein paar Tagen ist er weg.«

Der Tag des Ausflugs war gekommen. Judith musste an die Worte ihres Vaters denken, während sie ein paar Tropfen Parfum nahm und es an Hals und Ohren strich. Sie trug einen Hauch von Lippenstift auf. Am Morgen hatte sie ihr bestes Sommerkleid aufgebügelt, das mit den kurzen Ärmeln und dem fröhlichen Muster – weiße Punkte auf rotem Grund – zu dem milden Sommerwetter passte. Dazu zog sie weiße Sandalen an. Als sie ihren Strohhut aufsetzte, klingelte es an der Haustür.

• • •

4

Ein letztes Hupen des Schiffshorns war zu hören, während das unter griechischer Flagge fahrende Passagierschiff »Nea Hella« den Tejo Richtung Atlantik verließ. Auf dem Außendeck verschwamm Max mit unzähligen anderen Passagieren zu kleinen Punkten. Um die tausendfünfhundert Passagiere hatten Platz auf dem Schiff. Es löste sich schließlich im Dampf auf, der aus den Schornsteinen stieg und alles umhüllte. Judith ließ ihr Taschentuch sinken, mit dem sie schwenkend die Abfahrt begleitet hatte. Mit einem Lächeln auf ihren Lippen, solange Max sie von Bord aus sehen konnte. Aber schon da hatten sich Tränen darunter gemischt. Nun, da Max ihrem Blick entschwunden war, gab es für sie kein Halten mehr. Und so wie ihr ging es vielen Menschen um sie herum. Es war ein Abschied ins Ungewisse. Nicht alle Schiffe erreichten ihre Zielhäfen, denn der Krieg tobte auch auf dem Atlantik.

»Ob Max in New York heil ankommen wird? Ob ich ihn je wiedersehen werde?« Dies fragte sich Judith und fasste unwillkürlich nach dem Anhänger der Kette, die Max ihr zum Abschied geschenkt hatte.

»Du bist meine Sonne in dieser Stadt gewesen. Danke für alles!« Mit einem warmen Lächeln hatte er ihr die Goldkette mit einem strahlenförmigen Anhänger überreicht, dessen Mitte ein funkelnder Stein bildete. Judith unterdrückte ein Schluchzen, als sie daran dachte. Sie vermisste Max bereits jetzt unendlich, dabei waren sie als Freunde und nicht als Paar voneinander geschieden, auch wenn ihre Gefühle etwas anderes sagten.

• • •

Judith dachte zurück an ihren gemeinsamen Ausflug nach Cascais, als noch alles möglich war. Sie hatten unbeschwerte und fröhliche Stunden bei strahlendem Sonnenschein miteinander verlebt. Beim Spaziergang entlang der Promenade hatten sich ihre Hände immer wieder wie zufällig berührt. Als Judiths Strohhut von einem Windstoß davonstob, Max ihn aufhob und ihr wieder auf den Kopf setzte, streichelte er mit seiner Hand zart über ihre Wange und blickte schmerzerfüllt in ihre Augen.

»Judith, ich könnte mir nichts Schöneres vorstellen, als dich jetzt, in diesem Augenblick, zu küssen. Du bist die zauberhafteste, liebenswerteste und spannendste Frau, die mir je begegnet ist. Aber ich werde es nicht tun.« Gequält blickte Max sie an. »Ich habe eine Verantwortung dir und deinen Eltern gegenüber. Du weißt, dass ich dieses Land in wenigen Tagen verlasse und vermutlich nie zurückkehren werde. Und deshalb darf ich es nicht tun, auch wenn es mir unendlich schwer fällt.«

Judith war zunächst enttäuscht über seine Standhaftigkeit gewesen. Nun gingen ihr seine Worte wieder durch den Kopf, und sie war Max dankbar. In den verbliebenden Tagen war es ihnen trotz ihrer tiefen Empfindungen füreinander gelungen, einen rein freundschaftlichen Umgang zu pflegen.

Irgendwann waren alle Formalitäten für die Ausreise von Max erledigt und es blieben ihnen noch vier gemeinsame Tage. Judith arbeitete in dieser Zeit nicht beim Hilfsverein, sondern betätigte sich als Stadtführerin. Bei strahlendem Sommerwetter zeigte sie Max die Stadt, die voller Gegensätze war.

Neben den unzähligen Flüchtlingen waren noch viele andere Besucher in Lissabon. Sie wollten die am 23. Juni eröffnete »Exposição do Mundo Português«, die »Ausstellung der Portugiesischen Welt« sehen, die anlässlich des achthundertsten Unabhängigkeitstages Portugals gezeigt wurde. Die Schau mit zahlreichen Bauwerken auf einer großen Ausstellungsfläche im Stadtteil Belém, nahe des beeindruckenden Hieronymusklosters, sollte im Sinne Salazars »das Bild eines ländlichen, christlichen, spirituellen, multikontinentalen und vielrassigen Portugals zeigen«.

Judith und Max hielten sich fern von diesen Veranstaltungen, die allein dem Zweck dienten, die Stärke von Salazars »Estado Novo«, seinem »Neuen Staat«, zu zeigen.

Im Austausch mit ihrem Vater, der politisch Verfolgte als Anwalt ehrenamtlich beriet, und mit Max erkannte Judith immer mehr, wie sehr die Diktatur Salazars Einfluss auf das Leben der Bevölkerung nahm, mit ihren Vorschriften und Verboten. Anders als Hitler hatte Salazar nicht die grundsätzliche Vernichtung anderer Menschen zum Ziel. Salazar wandte sich »nur« gegen diejenigen, die gegen seine rigide Politik aufbegehrten, griff dann allerdings hart durch. Die Gefängnisse waren voll, willkürliche Verhaftungen an der Tagesordnung und es gab Menschen in ihrer Umgebung, die spurlos verschwanden. Was von diesen Verhaftungen unter der Hand nach außen drang, war fürchterlich. Grausame Folterungen und Einzelhaft waren beliebte Verhörmethoden von Salazars Staatspolizei, der PVDE (Policia Internacional e de Defesa do Estado), um von den Inhaftierten ein Geständnis zu erzwingen.

Judith beobachtete, wie dieses Wissen ihren Vater immer mehr zermürbte, denn auch als Anwalt hatte er nur wenige Befugnisse, um den Betroffenen zu helfen, wenn er nicht selbst in die Schusslinie der PVDE geraten wollte.

Manchmal wünschte Judith, ihre Eltern würden mutiger sein. Waren sie Salazar gegenüber nicht ähnlich angepasst wie die meisten Deutschen ihrem Staatsführer Hitler gegenüber? Andererseits – wie verhielt sie sich? Sie war genauso feige und begehrte nicht öffentlich auf.

Judith zeigte Max ein anderes Lissabon. Unzählige Kilometer ließen sie sich durch die Gassen treiben. Da waren die heruntergekommenen Altstadtviertel wie Mouraria, das arabisch geprägte, heimelige Alfama und die geschäftigen, nobleren Viertel wie Baixa und Chiado. Immer wieder trafen sie bei ihren Erkundungen auf von Bäumen umsäumte Aussichtspunkte und ließen den Blick über das Häusermeer schweifen.

»Wie friedlich hier alles ist! Wie malerisch Lissabon ist! Wie faszinierend und gleißend das Licht!« Max entdeckte alles voller Begeisterung und Neugierde und zeigte damit auch Judith neue Seiten der Stadt, die ihr inzwischen zur Heimat geworden war.

Wie ein Kind hüpfte Max von Welle zu Welle auf dem schwarzweißen Pflaster des Praça do Rossio und spritzte Judith übermütig mit Wasser aus einem der beiden Springbrunnen nass. Judith ließ sich anstecken von seiner wiedererwachten Unbekümmertheit.

An Max vorletztem Abend in Lissabon erlebten sie ein Fado-Konzert. Judith hatte ihm von der besonderen portugiesischen Musik vorgeschwärmt, in der die Vortragenden meist von unglücklicher Liebe, sozialen Missständen oder der Sehnsucht nach besseren Zeiten sangen. Sie hatten sich für

● ● ●

ein kleines, versteckt gelegenes Lokal entschieden, in dem an diesem Abend eine junge, noch unbekannte Fado-Sängerin ein Konzert geben sollte. Der Wirt wandte sich an seine Gäste, um sie anzukündigen.

»Heute darf ich Ihnen Amália vorstellen. Erst zwanzig Jahre alt, ist sie für mich bereits eine der größten Stimmen unseres Landes. Ich bin mir sicher, sie wird berühmt werden.«

In einem schlichten schwarzen Kleid trat die zierliche Sängerin mit dunklen, lockigen, halblangen Haaren auf die kleine improvisierte Bühne. Ohne die Zuhörer zu begrüßen, verschränkte sie ihre Arme vor der Brust, schloss ihre Augen und begann zu singen. Schon mit den ersten Tönen ihrer warmen, an Konturen reichen Stimme erreichte sie die Herzen von Judith und Max. Der Gesang trug die beiden in eine andere Welt, die voller Poesie und Sehnsucht war. Sie wünschten sich, die Musik würde nicht enden. Und beide dachten sie dasselbe: Hätten wir uns nur zu einem anderen Zeitpunkt kennengelernt! Am Ende des Konzertes war es, als Max Judith die Kette umgelegt und ihr zwei zärtliche Küsse auf ihre Wangen gegeben hatte. Judith war es, die seine Lippen zum Kuss gefordert hatte. Sie durchströmte ein warmes Gefühl im ganzen Körper, dem sich Max sehnsuchtsvoll entgegenstreckte. Schließlich war es Max, der seine Lippen und Hände sanft, aber bestimmt von ihr löste.

»Wir dürfen das nicht«, sagte er. »Ich reise übermorgen ab, und wir werden uns vielleicht nie wiedersehen.«
Judith spürte noch jetzt die Berührung seiner Lippen, während vom Schiff nach Übersee nicht einmal mehr der Dampf zu sehen war.

• • •

5

Liebe Karolina,

kalt ist es geworden in unserer Stadt, nur acht Grad zeigt das Außenthermometer. Du rufst wahrscheinlich aus: Das ist doch nicht kalt! Bei uns haben wir Minusgrade. Ja, alles ist relativ. Doch in Lissabon haben die Wohnungen der meisten Menschen nur einen Ofen – nur ein Raum (meistens die Küche) ist warm, die anderen Räume sind unbeheizt. Und wenn dann, wie momentan, tagelang der Regen auf die Stadt fällt, wird die Kleidung feucht und trocknet nur langsam. Wir haben den Luxus, zwei Räume – die Küche und unser Wohnzimmer – heizen zu können; damit gehören wir zu einer Minderheit.
Es hat sich in diesen Tagen eine bleierne Traurigkeit über die Stadt gelegt. Wer kann, bleibt zu Hause und verkriecht sich in seinen vier Wänden, um Radio zu hören. Auch für uns rückt der Krieg näher. Werden die Nazis Portugal wirklich in Ruhe lassen?

Die Lage der Flüchtlinge hat sich noch zugespitzt. Die, die Geld haben, sind fast alle ausgereist, als die Schiffe noch regelmäßig nach Übersee ablegten. Jetzt wagt sich nur noch selten ein Passagierschiff hinaus auf den Atlantik, zu groß ist die Gefahr von Angriffen. Immer mehr Menschen stranden in Lissabon, haben kein Dach über dem Kopf. In unserem Hilfsverein, bei dem ich weiterhin an den Wochenenden mithelfe, wird die Schlange derer, die Unterstützung brauchen, mit jedem Tag länger. Und obwohl wir bereits viel mehr

• • •

Portionen kochen, reicht es bei weitem nicht. Wir sind froh, wenn wir den Menschen, die am Ende der Schlange stehen, wenigstens noch einen heißen Tee einschenken und ein belegtes Brot geben können. Aber auch für uns wird es immer schwieriger, den Essensnachschub zu organisieren, manche Lebensmittel sind rationiert.

Ich bin dankbar, dass Max damals seinen Zielhafen New York wohlbehalten erreicht hat. Über zwei Jahre ist es schon her, seit er emigriert ist. Noch immer schreiben wir uns, auch wenn die Briefe seltener werden. Es fällt ihm schwer, in Amerika Fuß zu fassen, auch als Autor hat er sich bisher nicht etabliert. Hin und wieder erhält er den Auftrag, ein Drehbuch zu schreiben, ansonsten lebt er auf Kosten seiner reichen Tante (so formuliert er es selbst). Sein letzter Brief klang positiver – er schreibt an einem neuen Roman, und er wird bald heiraten. Ich wünsche ihm, dass er sein Lebensglück findet. Eifersüchtig bin ich nicht, obwohl mir Max nach seiner Abfahrt lange nicht aus dem Kopf ging. Die ersten Monate ohne ihn ging es mir schlecht; aber das ist schon lange vorbei.

Ich bin trotz allem, was schwer ist in diesen Zeiten, glücklich. Der Grund? Ich habe mich verliebt! Tomás, ein Kommilitone aus dem Abschlusssemester, hat mir Avancen gemacht. Und er gefällt mir sehr. Tomás sieht richtig gut aus, ist einen Kopf größer als ich, ist schlank, hat dunkelbraune Haare und warme braune Augen. Zudem bringt er mich zum Lachen und interessiert sich wie ich für Literatur, Kunst und Politik. Auch ist er höflich und hat damit gleich das Herz meiner Mutter erobert, als er mich neulich zu einem Kinobesuch zu Hause abgeholt hat. Tomás hat sehr gute Noten und dadurch die Chance, im kommenden Jahr als Lehrer an einer Oberschule anfangen zu können. Ich würde dir gern noch mehr von ihm erzählen, aber vielleicht noch das: Es kribbelt in meinem Bauch, wenn ich an ihn denke. Ja, so ist es, deine Freundin Judith hat sich ernsthaft verliebt!

Ich höre dich sagen: »Das wurde aber auch langsam Zeit!« Ja, du hast Recht, es wurde Zeit, Max loszulassen.

Du dagegen bist mit deinem Richard bereits zwei Jahre verheiratet. Wie du es schreibst, ist er deine große Liebe. Und nun bekommt ihr euer erstes Kind. Wie aufregend!

Das freut mich sehr, dass wir wohl beide Glück in der Liebe haben.

Und ich bin stolz auf dich – dein eigenes Nähatelier hast du aufgemacht und kannst dich vor Aufträgen aus der Züricher Oberschicht nicht retten. Wie willst du es weiterführen, wenn euer Kind auf der Welt ist? Das muss aufregend sein, Mutter zu werden, wenngleich es mir dafür noch zu früh wäre.

Bei meinem Studium habe ich nun Halbzeit. In den nächsten Semesterferien gehe ich als Hilfslehrerin an eine Mädchenschule und werde erste Unterrichtserfahrungen sammeln.

Mein Leben ist spannend und ich könnte dir noch mehr erzählen. Aber nun muss ich aufhören, denn bald holt Tomás mich ab.

Dir und deiner lieben Familie wünsche ich eine gesegnete Adventszeit. Ich werde an dich denken, wenn ich morgen die erste Adventskerze anzünde. Weißt du noch, wie aufgeregt wir früher als Kinder waren?

Du musst mir bald zurückschreiben und erzählen, wie es euch geht!

Sei herzlich gegrüßt von
deiner Freundin Judith

• • •

Wie immer, wenn Judith an Karolina schrieb, überprüfte sie, ob es Inhalte gab, die ihr Schwierigkeiten machen würden, wenn der Brief der Postzensur in die Hände fiele. Sie empfand ihn als unverfänglich. Nach all den Jahren der Diktatur schaltete sich bei ihrem Schreiben von selbst ein Zensor ein. Ähnlich ging es Judith bei Diskussionen im Studium. Nur in ihrer Familie und mit Tomás wagte sie es, ihr Denken und Fühlen ganz preiszugeben.

Wie gern hätte sie Karolina von dem berichtet, was sie wirklich beschäftigte! Etwa ihre Verzweiflung darüber, dass kaum noch neue Emigranten in die Stadt kamen. Denn dies bedeutete nicht, dass es keine Menschen mehr gab, die fliehen mussten. Es bedeutete vielmehr, dass ihnen inzwischen der Weg nach Lissabon und damit der letzte freie Seeweg heraus aus Europa verwehrt waren.

Wie anders war es dagegen kurz nach Max` Ausreise im Juni 1940 gewesen! Da kamen innerhalb von Tagen hunderte, meist jüdische, Flüchtlinge in Lissabon an. Fast alle hatten ein im portugiesischen Konsulat von Bordeaux ausgestelltes Visum, unterschrieben von dem damaligen Generalkonsul Aristides de Sousa Mendes, der auch das Visum von Max unterzeichnet hatte. Einer der Flüchtlinge, den Judith von Amt zu Amt begleitete, erzählte ihr, wie er an das Visum gekommen war.

»Es war der 19. Juni. Fünf Tage zuvor war Paris in die Hände der Deutschen gefallen und die Regierung nach Bordeaux geflohen. Die Panik unter uns Flüchtlingen wurde immer größer. Würden wir es noch rechtzeitig aus Frankreich schaffen, bevor die Deutschen auch den Süden einnahmen? Auch ich war eben erst in Bordeaux angekommen und stellte mich bereits im Morgengrauen vor dem portugiesischen

Konsulat an. Es gab viele, die vor mir dort waren und bereits die ganze Nacht warteten. Also rechnete ich mir keine großen Chancen aus, ein Visum zu bekommen.«

Doch das Wunder geschah. Als um acht Uhr das Konsulat öffnete, sammelte ein Bediensteter von allen Wartenden in einem Sack die Ausweise ein. Nur wenige Stunden später bekamen sie ihren Pass mit einem kurzen Text für ein dreißigtägiges Transitvisum zurück. Unterschrieben vom Generalkonsul Sousa Mendes.

»Leider konnte ich diesem Mann, der mein Lebensretter wurde, nicht persönlich danken«, erzählte er mit brechender Stimme und feucht schimmernden Augen. »Ohne uns zu kennen, hat er sich allen Anweisungen widersetzt und für jeden, der ein Visum brauchte, eines ausgestellt.«

Die letzten Visa stellte Sousa Mendes Ende Juni 1940 aus, danach fand Judith seinen Namen nicht mehr in den Pässen. Zu diesem Zeitpunkt unterzeichnete Frankreich den Waffenstillstand mit Deutschland und die Deutschen marschierten in Bordeaux ein. Vermutlich war der Konsul zeitgleich seines Amtes enthoben worden, wenn nicht sogar sehr viel Schlimmeres geschehen war.

Weshalb Judith gerade jetzt wieder an diesen mutigen Mann dachte? Wohl, um sich bewusst zu machen, dass ihr Tun nicht vergeblich war. Selbst wenn sie durch ihre Arbeit bei der Hilfsorganisation nur wenigen Menschen bei der Flucht aus Lissabon helfen konnte, war es doch ungleich mehr als nur tatenlos zuzusehen. Und inzwischen hatte sie einen Partner gefunden, der ihr Engagement verstand und sie unterstützte.

Tomás, der als gebürtiger Portugiese keine persönliche Beziehung zum Thema Flucht hatte, war nach einem Studienseminar, das für die niedrigeren und die höheren Semester gemeinsam angeboten wurde, auf Judith zugekommen und hatte sie angesprochen.

»Entschuldige, dass ich so direkt bin. Ich habe deinen Namen gehört und mich gefragt, wo du herkommst.«

»Aus Lissabon.«

»Nein, ich meine, wo du geboren bist.«

»In Deutschland. Wieso willst du das wissen?«

»Weil ich gern mehr von dem verstehen möchte, was in unserer Welt passiert und weshalb Lissabon voller Flüchtlinge ist. Aus unseren Zeitungen erfahre ich das nicht. Magst du einen Kaffee mit mir trinken?«

Judith war in den vergangenen Monaten immer wieder von Kommilitonen angesprochen und eingeladen worden, doch stets hatte sie abgelehnt. Bisher hatte sie das Gefühl gehabt, die Männer interessierten sich nur für ihr Äußeres, aber nicht für ihre Gedanken. Bei Tomás war das anders. Er wollte ihr Innenleben kennenlernen, und wenn er auch ihr Äußeres ansprechend fand, sollte es ihr recht sein. Denn ihr gefielen sogleich seine angenehm tiefe Stimme und sein offener, warmer Blick, der während des kurzen Gesprächs auf ihr ruhte.

Dieser Eindruck verstärkte sich bei ihrem ersten Austausch in einem kleinen Café nahe der Universität. Schnell fanden sie im Gespräch zu einer Vertrautheit. Vielleicht kam das, weil Tomás sich nicht nur für die Judith interessierte, die vor ihm saß, sondern wissen wollte, was sie zu dieser Person hatte werden lassen, überlegte Judith, während sie

● ● ●

Tomás von den letzten Monaten vor ihrer Flucht aus Deutschland berichtete. Immer wieder hakte er nach, wollte etwas noch näher wissen. Dann erzählte er ihr von sich und seiner Kindheit. Tomás war zusammen mit einer Schwester und einem Bruder auf einem kleinen Weingut in der Nähe von Porto aufgewachsen. Sein Vater war trotz der harten landwirtschaftlichen Arbeit an Literatur und Geschichte interessiert. Er ermunterte Tomás schon früh, sich ebenfalls dafür zu begeistern. Auch seine Mutter, die aus einer kinderreichen Familie stammte und die Schule nach nur vier Jahren verlassen hatte, bestärkte ihn zu lernen.

»Nutze, was dir an Bildung geboten wird, Tomás. Ich hätte auch gern mehr gelernt, aber für Frauen meines Alters war es unüblich. Und ich hatte sogar noch Glück – viele Frauen meiner Generation können weder lesen noch schreiben.«

Dies alles und mehr erzählte Tomás ihr bei ihrer ersten Begegnung. Sie fühlten sich wohl miteinander.

»Darf ich dich verführen, Judith?« Sie errötete.

»Würdest du mit mir hier sitzen bleiben und das Seminar schwänzen? Es ist viel spannender, mich mit dir zu unterhalten, als dem Professor zu folgen.«

Mit diesen Worten hatte ihre Beziehung begonnen, denn bereits nach dem ersten Treffen verabschiedete sich Tomás in einer geschützten Ecke mit einem Kuss von ihr. Nicht ohne Judith vorher um Erlaubnis gefragt zu haben. Sie willigte ein, indem sie ihm ihre Lippen zum Küssen anbot. Ein wunderbar warmes Gefühl hatte sich in ihr eingenistet und hinter ihren geschlossenen Augäpfeln war es auf einmal ganz hell.

• • •

Doch nun genug der Erinnerungen! Sie würde sich sputen müssen, um fertig zu sein, wenn Tomás sie abholte. Viel war nicht zu tun, mit dem »hübsch machen« war es etwas übertrieben, denn Tomás und sie wollten zum jüdischen Hilfsverein in der Travessa do Noronho im Bairro Alto, nahe des Botanischen Gartens, um Essen und Kleidung auszuteilen. Seit die meisten Flüchtlinge, nicht einmal das Nötigste zum Leben hatten, öffneten die Suppenküche und die Kleiderkammer auch am Wochenende. Drei Mal in der Woche versorgte ein Arzt die Kranken, das war besonders wichtig. Vom Staat gab es für die Emigranten keine Unterstützung. Sie waren auf die Hilfsbereitschaft der Bevölkerung angewiesen, und die war immer noch ungebrochen groß. Obwohl viele Menschen in diesem Winter selbst eng haushalten mussten, gaben viele bereitwillig Lebensmittel für die Bedürftigen.

Wie anders sah doch ihr Leben im Vergleich zu dem ihrer Freundin Gertrud aus! Die saß im Kreise der jungen Frauen beim Bund deutscher Mädchen, strickte Socken und schnürte Versorgungspakete für die deutschen Soldaten.

War Gertrud noch ihre Freundin? Das fragte sich Judith immer öfter. Beide studierten sie, Gertrud Pharmazie, aber ihre Einstellung zum Leben, ihre Sichtweisen auf die Welt waren zu verschieden. Sie begegneten sich nur noch selten, denn Judith und ihre Familie blieben seit ein paar Monaten den Gottesdiensten der deutschen evangelischen Kirche fern. Der Pfarrer war ihnen weiterhin wohlgesonnen und distanzierte sich in Gesprächen eindeutig von nationalsozialistischen Gedanken. Aber viele Mitglieder der Gemeinde vermieden den Kontakt zu den Cohns. Und als dann auch noch versteckte Bemerkungen fielen, was »die Juden« beim Abendmahl zu suchen hatten, reichte es den Cohns.

• • •

»In diese Kirche setze ich erst wieder einen Fuß, wenn der ganze Spuk vorbei ist«, verkündete Judiths Vater. Dem hatten seine drei Frauen nichts hinzuzufügen.

Seitdem fühlten sie sich heimatlos, was ihre Religion anbelangte. Häufig fragte Judith sich, ob es Gott wirklich gab oder ob er nur ihrem Wunschdenken entsprang.

Da klingelte es und alle trüben Gedanken wurden jäh verscheucht, als Judith die Tür öffnete und Tomás sie mit einer bergenden Umarmung und zärtlichen Küssen liebevoll begrüßte.

6

Lissabon, Mittwoch, 8. Mai 1946

Liebe Karolina,

vor genau einem Jahr hat Deutschland kapituliert. Vor einem halben Jahr ist mein über alles geliebter Vater im Alter von nur vierundfünfzig Jahren gestorben. Er hatte einen Herzinfarkt. Obwohl er gekämpft hat, war nicht mehr genug Lebenskraft in ihm. Ich glaube, der Grund für sein Herzensleid waren all die Menschen, denen er als Anwalt nicht bei der Emigration helfen konnte.

Und alle jene, die er nicht vor den Foltergefängnissen Salazars retten konnte, aber dies durfte Judith nur denken und nicht schreiben.

Mein lieber, starker Vater, der uns weitsichtig früh nach Portugal geführt hat, war plötzlich ganz schwach. Er fehlt uns allen unendlich. Natürlich besonders Mutter, denn er war ihre große und einzige Liebe. Es ist gut, dass sie ihre Stelle beim Arzt hat. Seit drei Monaten arbeitet sie den ganzen Tag.

Auch Sara ist schwer zu trösten. Mit zweiundzwanzig Jahren bereits den Vater zu verlieren, das ist viel zu früh. Glücklicherweise hat sie viele gute Freundinnen. Und sie stürzt sich umso verbissener in ihr Studium der Medizin.

Obwohl Vater mir sehr nahe stand, komme ich vielleicht von uns dreien am besten damit zurecht, dass wir uns in diesem Leben nicht wiedersehen. Ich war in seinen letzten Augenblicken bei ihm, habe das Vaterunser gebetet und die Kirchenlieder vorgesungen, die er gern mochte. Plötzlich hat sich der Druck seiner Hand verstärkt und seine Lippen umspielte ein leichtes Lächeln. Wenige Augenblicke später starb er. Da wusste ich: für ihn ist gesorgt, er ist ins Licht gegangen.

Mir gibt mein über alles geliebter Tomás Halt. Er war mir in diesen Wochen und Monaten eine große Hilfe. Immer war er zum richtigen Zeitpunkt für mich da und hat andererseits gespürt, wann ich meinen Rückzug brauchte. Er konnte Abschied von Vater nehmen, solange dieser noch ansprechbar war, und versprach ihm, gut auf mich aufzupassen. Vater hat noch erfahren, dass ich Tomás Frau werde. Dieses Wissen hat Vaters Gesicht bei aller Erschöpfung friedvoll aussehen lassen.

Der Zweite Weltkrieg forderte damit in unserer Familie ein weiteres, spätes Opfer, neben meinen lieben Großeltern. Und das, obwohl Portugal bis zum Schluss nicht direkt in die Kriegshandlungen verwickelt war.

Natürlich ist das nicht zu vergleichen mit den Familien, die gänzlich ausgelöscht wurden. Erst nach Ende des Krieges

• • •

haben wir vom wahren Ausmaß der systematischen Judenver-
nichtung in Konzentrationslagern wie Auschwitz und Dachau
erfahren. Zu welch unvorstellbaren Verbrechen sind wir
Menschen fähig!? Ich frage mich immer wieder: »Wo war Gott,
als all dies Fürchterliche geschah?«

Wie geht es dir damit, in wenigen Wochen in das Land zurück-
zukehren, in dem all diese Gräuel geschahen? In ein Land,
das übersät ist mit tiefen Wunden? Ich habe gehört, dass auch
unsere Heimatstadt Stuttgart von Bombenangriffen stark zer-
stört wurde.

Dennoch finde ich es mutig und richtig, dass ihr zurückkehrt.
Nun sind Menschen gefragt, die nicht mitgemacht haben bei
den Verbrechen und Gräueln. Menschen wie ihr sind wichtig,
wenn es um den Neuaufbau Deutschlands geht. Ich wünsche
euch dabei viel Glück! Mir ist Deutschland fremd geworden.
Mein Lebensmittelpunkt ist in Lissabon, bei meinem geliebten
Tomás. Seine Familie hat mich wie eine Tochter aufgenommen.
Hier ist meine äußere und innere Heimat.

Auch in Portugal gibt es so etwas wie eine Entnazifizierung.
Der Vater meiner alten Freundin Gertrud, der während des
Zweiten Weltkrieges bei der Deutschen Gesandtschaft gear-
beitet hat, verlor seine Arbeitsstelle und sollte als ehemaliger
deutscher Diplomat außer Landes gewiesen werden. Nur weil
Gertruds Mutter als Folge eines Krebsleidens gestorben ist,
Gertrud und ihre zehn Jahre jüngere Schwester hier geboren
und deshalb portugiesische Staatsbürgerinnen sind, durfte er
schließlich bleiben. Ein wenig hat er dies auch Vater zu
verdanken, der positiv über ihn aussagte bei der Entnazifi-
zierungsanhörung. Also noch ein Vermächtnis meines Vaters.
Er hat sehr viele segensreiche Spuren auf dieser Welt hinter-
lassen. Mein lieber Vati, er fehlt mir!

• • •

Meine Arbeit als Lehrerin an einer Mittelschule für Mädchen gefällt mir sehr gut. Ich unterrichte gern, und die Arbeit stiftet Sinn. Es ist ein gutes Gefühl, dazu beizutragen, dass meine Schülerinnen einmal bessere Chancen im Leben haben werden als ihre Mütter, die zum Teil nie die Schule besucht haben. Langsam wird der Bildungsstand für Frauen auch in Portugal besser. Das führt bei ihnen zu einem steigenden Selbstbewusstsein.

Von Max habe ich gestern nach langer Zeit wieder einmal einen Brief bekommen. Er hat vor wenigen Monaten einen Roman zu dem Thema Emigration veröffentlicht und scheint für sein Schreiben endlich wieder die Anerkennung zu bekommen, die er verdient. Er hat mir den Roman auf Englisch geschickt. Und als ich die ersten Seiten des Buches durchgeblättert hatte, stand da als Widmung, für alle Menschen lesbar: »Für Judith und ihre Eltern – dank ihnen habe ich mich in Lissabon wieder als Mensch gefühlt.« Mutter und mir standen die Tränen in den Augen, als wir es gelesen hatten. Auch Tomás war berührt.

»Das würden sicherlich viele Menschen über dich und deine Familie schreiben«, waren seine Worte.

Tomás und ich haben eine Wohnung gefunden. Obwohl wir beide arbeiten, müssen wir haushalten, denn die Waren sind knapp und teuer. Im September, wenn wir geheiratet haben, können wir die Wohnung beziehen. Wir bleiben hier im Stadtteil Graça wohnen, in einer kleinen Seitenstraße. Ganz in der Nähe des Miradouro da Graça, der für mich der schönste Aussichtspunkt Lissabons ist. Man sieht das Castelo de São Jorge, das Viertel Baixa und den Tejo, oft in zaubervolles Licht gehüllt. Die Wohnung gehört einem Patienten meiner Mutter und ist bezahlbar. Stell dir vor, wir werden drei Zimmer haben

• • •

*und sogar einen Balkon zum Innenhof! Das Schicksal meint es
gut mit uns.*

Ich muss aufhören, denn morgen klingelt der Wecker früh.

*Schreib mir bald und erzähle mir, wie es dir mit deinen beiden
Männern geht, dem großen und dem kleinen. Es muss aufregend sein, Mutter zu sein!*

*Es grüßt dich herzlich
deine Judith*

Es wurde Zeit, dass Tomás und sie eine eigene Wohnung
bekamen. Dies dachte Judith, als sie wieder einmal heimlich
mit auf Tomás Zimmer schlich. Seine Vermieterin war für ein
paar Tage bei Verwandten auf dem Land und merkte
dadurch nicht, dass Tomás Judith mit in sein Zuhause
nahm. Obwohl Tomás und Judith seit zwei Jahren verlobt
waren, erlaubte sie es nicht.

Seit fast vier Jahren waren sie nun ein Paar. Von Anfang an war zwischen ihnen neben der inneren auch die
körperliche Anziehung groß gewesen. Nach einem Jahr spürten sie, dass sie nicht länger warten wollten, sich einander
ganz zu schenken. Die schweren Jahre hatten ihnen gezeigt,
wie kostbar und kurz das Leben war. Wie über die meisten
Themen hatten sie sich auch hier über ein Gespräch ange-
nähert, dann schwiegen mit einem Mal die Worte zwischen
ihnen und sie entdeckten eine neue Ebene der
Verständigung.

Beide waren sie noch unerfahren, und doch fanden
ihre Körper schon bald zu einer wundervollen

• • •

Übereinstimmung. Judith genoss es, wenn Tomás Hände ihren Körper liebevoll erkundeten und die Stellen aufsuchten, an denen sie voller Lust aufstöhnte. Sie konnte nicht genug bekommen von seinen zärtlichen und stürmischen Küssen und Berührungen, von den rhythmischen Bewegungen des Gleichklangs ihrer Körper und ihrer Seelen. Tomás ging es ebenso.

»Es ist eine wundervolle Aussicht, dass du bald meine Frau wirst! Ich freue mich, Tag und Nacht mit dir zu verbringen.«

Nun war der Tag da, den Judith und Tomás seit Monaten herbeigesehnt hatten. Am Samstag, dem 17. August 1946, heirateten sie auf dem Weingut von Tomás' Eltern, in der Nähe von Porto. Getraut wurden sie von dem katholischen Pater des Ortes, der Tomás bereits getauft hatte. Judith entschied sich, zum katholischen Glauben überzutreten. Tomás und sie wünschten sich den kirchlichen Segen für ihre Ehe, auch wenn Judith weiterhin unsicher war, ob es einen Gott gab.

Von Judiths Seite waren ihre Mutter und ihre Schwester mit nach Porto gereist. Auch Allessandro und Emilia kamen; sie waren Studienfreunde von Tomás. Als Judith in sein Leben trat, wurden sie beste Freunde, bildeten schon bald eine verschworene Viererrunde, die durch dick und dünn ging.

Wie Judith und Tomás hatten auch sie eine kritische Haltung zur Diktatur Salazars, die vier konnten sich in aller Offenheit austauschen. Neben aller Ernsthaftigkeit genossen sie das Leben, gingen miteinander tanzen, wandern, ins Theater oder kochten. Emilia und Allessandro hatten ein

• • •

halbes Jahr vor ihnen geheiratet und bereits eine gemeinsame Wohnung.

Lange hatte Judith überlegt, auch Gertrud einzuladen, aber der Krieg hatte sie entfremdet.

Wie gern hätte sie dagegen Karolina an ihrer Seite gehabt – ihre älteste Freundin aus der Kindheit, die sie seit dreizehn Jahren nicht mehr gesehen hatte. Aber deren Sohn war erst wenige Monate alt und so wäre die lange Reise mit dem Schiff nicht nur zu teuer, sondern auch zu beschwerlich gewesen.

Karolina war dennoch auf ihre Weise an diesem Festtag dabei, denn sie hatte Judith als Hochzeitsgeschenk ein Brautkleid aus Spitze geschneidert – ein bodenlanges, schmal geschnittenes Kleid, mit halblangen Ärmeln und einem tiefen Ausschnitt, der Judiths schönes Dekolleté betonte. Sie hatte sich Judiths Maße per Brief mitteilen lassen, eine Schneiderin in Lissabon nahm die Endanpassung vor und Judith war begeistert, welche Nähkünstlerin ihre Freundin war.

Statt ihres Vaters hatte ihr Schwiegervater es übernommen, sie am Eingang der Kirche an seinen Sohn zu übergeben. Als Tomás Judith in ihrem Kleid erblickte, standen ihm vor Rührung Tränen in den Augen.

»Du siehst aus wie ein Engel. Erlebe ich das alles wirklich oder ist es nur ein zauberhafter Traum?«
Es wurde eine beglückende Feier. Ihre Mutter, ihre Schwiegermutter und Sara hatten unter Zitronen- und Apfelsinenbäumen im Garten eine lange, festliche Tafel gedeckt, an der rund vierzig Personen Platz fanden. Tomás' Verwandtschaft nahm Judith herzlich in die Familie auf. Anders als in

Portugal üblich hatten Judith und Tomás sich gewünscht, nur im engsten Kreis zu feiern, und seine Eltern hatten es mit Rücksicht auf ihren erst kürzlich verstorbenen Vater verstanden.

In seiner Rede erzählte Tomás, wie Judith und er sich kennengelernt hatten. Er ließ die Gäste teilhaben, was ihn an ihr immer wieder aufs Neue begeisterte.

»Du bist nicht nur die schönste Frau, die mir je begegnet ist. Du bist auch warmherzig, klug, mutig und voller Humor. Ich bin stolz, dein Mann sein zu dürfen. Lasst uns auf diese wundervolle Frau anstoßen, die ich mein ganzes Leben und darüber hinaus lieben werde!« Dann nahm er Judith, die vor Rührung weinen musste, in seine Arme, und sie besiegelten ihre Liebe mit einem langen, innigen Kuss.

Während des Essens stand ihr Schwiegervater auf und hielt eine Rede. Seine letzten Worte ließen nicht nur Judiths Augen, sondern auch die ihrer Mutter feucht schimmern.

»Wie gern hätten wir deinen lieben Vater bei uns gehabt! Aber ich bin mir sicher, er schaut vom Himmel zu uns herunter und freut sich an eurem Glück. Mir ist klar, dass dein Vater Joseph nicht zu ersetzen ist, liebe Judith. Aber du sollst wissen, dass du für uns wie eine Tochter bist. Alicia und ich sind für dich da, wenn du uns brauchst. Nun erhebe ich mein Glas auf das wunderschöne Brautpaar.«

Auch Judiths Mutter war glücklich. Das erste Mal seit dem Tod ihres Mannes fühlte sie sich unbeschwert. Sie spürte, dass Portugal nun ihre Heimat war, denn hier lebten die Menschen, denen sie sich verbunden fühlte.

»Meine liebe Judith! Durch deine Heirat mit Tomás hast du nun endgültig eine Heimat gefunden in diesem Land, das uns offen empfangen hat, als wir aus Deutschland fliehen mussten.«

Judith und Tomás genossen ihre Feier mit allen Sinnen. Alles fühlte sich richtig an für sie, alles war endlich gut an diesem Tag, an dem die Sonne mit fünfunddreißig Grad von einem wolkenlosen Himmel schien, es im Schatten der Bäume aber angenehm temperiert war und die Lichter der Kerzen bis spät in die Nacht Helligkeit spendeten. Viel wurde gelacht, gesungen und getanzt an diesem Tag und in der Nacht.

7

In der Nähe von Porto, Samstag, den 14. August 1948

Liebe Karolina,

dein lieber Brief liegt neben mir, während ich an dich schreibe. Wir haben uns sehr über das Päckchen zur Geburt unseres kleinen Elias gefreut. Den von dir selbstgenähten Matrosenanzug werden wir ihm voller Stolz anziehen, sobald er ihm passt, und dann mit ihm an den Atlantik nach Cascais fahren. Das verspielt illustrierte Buch »Die Häschenschule« erfreut Tomás und mich bereits sehr. Ich bringe Tómas seit einigen Monaten Deutsch bei, denn wir möchten, dass Elias zweisprachig aufwächst. Wer weiß, wohin es ihn später einmal verschlägt? Sprachen sind das Tor zur Welt.
Ich habe Ruhe zum Schreiben, denn Tomás ist mit Elias und meinen Schwiegereltern zum Kaffeebesuch bei einer Tante, die

● ● ●

um die Ecke wohnt. Alle haben gesagt: »Du bleibst heute hier, du sollst endlich einmal Zeit für dich haben.« Da habe ich eingewilligt und mich gefreut. Tomás hat eine große Verwandtschaft, alle haben uns eingeladen, um Elias kennenzulernen. Du kannst dir vorstellen, was für ein Freudentrubel das immer ist.

Nun sitze ich faul auf einem bequemen Stuhl im Schatten der Orangen- und Zitronenbäume, unter denen wir vor zwei Jahren Hochzeit gefeiert haben, und vermisse meine beiden Männer, den großen und den kleinen, bereits jetzt.

Tomás hat Schulferien und muss erst Anfang September wieder arbeiten. Vor zwei Wochen sind wir der brütenden Hitze in der Lissaboner Altstadt entflohen und mit dem Zug hierher zu meinen Schwiegereltern Alicia und Antonio gereist.

Sie haben uns voller Freude aufgenommen und sind unendlich stolz auf ihren kleinen Enkel. Die Traubenernte hat noch nicht begonnen und so hat insbesondere Alicia viel Zeit, uns zu verwöhnen.

Die größte Hitze des Tages – das Thermometer hat heute Mittag sechsunddreißig Grad angezeigt – ist vorbei und es lässt sich im Schatten gut aushalten. Vor mir stehen ein Krug mit kühler Zitronenlimonade und eine Schale mit Obstsalat, die hat mir meine Schwiegermutter vor ihrem Aufbruch gebracht. Mir geht es sehr gut. Und ich weiß gar nicht wohin mit meinem ganzen Glück! Da habe ich gedacht, ich schreibe an dich, meine Freundin aus alten Tagen. Du bist selbst Mutter und verstehst es, wenn ich dir stolz von unserem Elias erzähle.

Er ist ein ausgesprochen hübsches Baby – das finden nicht nur wir, sondern alle, die ihn sehen. Das hängt sicherlich auch damit zusammen, dass er schon früh angefangen hat, seinen süßen Mund zu einem Lächeln zu verziehen. Und dieser Mund kann noch etwas anderes: kräftig schreien, wenn er Hunger hat, leider auch mitten in der Nacht. Ich habe seine Wiege neben meinem Bett stehen, nehme ihn dann schlaftrunken hoch und lege ihn an meine prall gefüllte Brust. Da nuckelt er selig vor sich hin, und ich bin dankbar, dass dieses kleine Wesen nun zu Tomás und mir gehört.

Auch Tomás ist ganz vernarrt in seinen Sohn und macht allerlei Unsinn mit ihm. Ständig erzählt er mir begeistert, was Elias gemacht hat: »Schau mal, wie er lächelt. Ach, wie süß er das Bäuerchen macht! Er hat eindeutig deine Nase. ...«

Und zusammen singen wir ihm abends das deutsche Schlaflied vor: »Weißt du, wieviel Sternlein stehen?«

Es geht mir sehr gut als Mutter, aber dennoch wird es mir fehlen, nach den Ferien nicht wieder wie Tomás zum Unterrichten in die Schule zu gehen. Dabei könnten wir das Geld gut gebrauchen, denn nur mit seinem Verdienst wird es knapp werden. Ich habe mir überlegt, Nachhilfe zu geben, um etwas hinzu zu verdienen. Und wenn Elias abgestillt ist, wird meine Mutter an einem Tag in der Woche auf ihn aufpassen. Vielleicht kann ich dann wieder ein paar Stunden als Lehrerin unterrichten.

Du hast es als Schneiderin mit deinem Nähatelier zu Hause leichter, das Kind, den Haushalt und die Arbeit unter einen Hut zu bringen.

Es freut mich sehr, dass ihr wieder gut Fuß gefasst habt in Stuttgart und dein lieber Richard eine respektable Stelle als Architekt bei der Stadt gefunden hat. Er trägt mit dazu bei, dass der Aufbau der zerstörten Stadt vorangeht.

Und du machst mit deinen Nähkünsten die Frauen der Stadt attraktiver und schenkst ihnen dadurch neuen Mut.

• • •

Wie geht es dir, eurem Kleinen und deinem Mann? Immer wieder betrachte ich die Fotos von euch, die du deinem letzten Brief beigelegt hast. Schön anzusehen seid ihr und glücklich seht ihr aus.

Und ich bin aufgeregt. Ihr überlegt, im kommenden Sommer zu uns nach Lissabon zu reisen! Mit dem Zug nach Paris zu fahren und dann mit dem Flugzeug nach Lissabon zu fliegen. Wie großzügig, dass deine Schweizer Verwandten euch die Reise schenken wollen.

Natürlich seid ihr willkommen bei uns! Ich habe bereits mit Tomás darüber gesprochen. Er freut sich sehr, euch kennen-zulernen, und bemüht sich, noch mehr Deutsch zu lernen. Elias habe ich vorhin erzählt, dass ihr uns besuchen kommt. Er hat vergnügt zu glucksen begonnen und sein strahlendes Lächeln gezeigt. Du merkst also, wie sehr wir uns freuen!!!

Jetzt muss ich Schluss machen. Ich möchte noch einen Brief an meine Mutter schreiben. Sie harrt im heißen Lissabon aus.

An dieser Stelle hielt Judith inne. Das Verhältnis zu ihrer Mutter war seit dem Tod ihres Vaters schwieriger geworden. Marthas Stimmungen schwankten. Manchmal klammerte sie eng, dann stieß sie ihre Tochter von sich. Sie seufzte tief, bevor sie den Brief an ihre Freundin beendete.

Und dann möchte ich ein wenig im Liegestuhl hier im Schatten schlafen. Du kennst das selbst – Nächte mit einem Kind sind manchmal sehr kurz. Aber ich kann mir trotzdem nichts Schöneres vorstellen als ein Leben mit meinen zwei Männern.

• • •

Bald sehen wir uns wieder. Ja, bald, denn was ist ein knappes Jahr im Vergleich zu den sechzehn Jahren, die wir uns nicht gesehen haben?

Sei von Herzen gegrüßt von deiner Freundin
Judith

Voller Vorfreude schmiedete Judith in den nächsten Wochen Pläne für den Besuch ihrer Freundin in Lissabon. Sie war beglückt, Karolina nach den vielen Jahren endlich wiedersehen zu können. Und dann erreichte Judith mit Datum von Anfang Dezember ein Brief, der ihre Vorfreude jäh zerstörte. Karolina erzählte ihr in einer Mischung aus Freude und Enttäuschung, dass sie wieder schwanger war. Das Kind sollte Ende Juni des kommenden Jahres auf die Welt kommen. Sie würde sich natürlich sehr freuen, sei aber zugleich unendlich traurig, dass sie das Wiedersehen noch einmal verschieben müssten.

Den Brief bekam Judith an einem Tag, an dem der Lissabonner Himmel seine Schleusen geöffnet hatte. Judith und der Kinderwagen waren beim Einkaufen von einem Taxi, das durch eine Schlaglochpfütze fuhr, nassgespritzt worden und Elias, der sonst meist still und zufrieden vor sich hin brabbelte, fing immer wieder an zu schreien.

»Vermutlich spürt er, wie traurig ich bin«, dachte Judith, die sich verzweifelt mühte, den Ofen in der Küche zu entzünden. Denn es war nicht nur nass geworden, sondern auch kalt – fünf Grad hatte das Thermometer auch am Mittag nicht überschritten. So strahlend hell und mild Lissabon im Frühling, Sommer und Herbst war, im Winter war es in der Stadt oft schwer auszuhalten. Die Luft war von dem Qualm der Schornsteine versmogt, die meisten Wohnungen waren feucht und kalt, die Stadt wirkte grau und abweisend. Und dann war da noch die restriktive Politik Salazars, die dazu führte, dass viele Bevölkerungsschichten arm, unwissend und rückständig aufwuchsen.

Harte Kämpfe musste der Schuldirektor von Tomás ausfechten, um zumindest die gleichen Schulmittel wie im Vorjahr zu erhalten: Auch die Gehälter der Lehrer waren niedrig. Wenn Judith nicht mit Nachhilfe dazuverdient und sie von Tomás` Eltern und von ihrer Mutter nicht immer wieder eine Finanzspritze bekommen hätten, wäre am Monatsende manchmal nicht einmal mehr Geld für das Nötigste gewesen. Dennoch waren sie um vieles besser dran als der Großteil der Bevölkerung. All dies ging Judith durch den Kopf, als der Briefträger ihr Karolinas Brief brachte.

Als Tomás eine Stunde später von seinem Schultag nach Hause kam, fand er Judith mit roten Augen weinend am Küchentisch sitzen. Elias lag schreiend neben ihr in seinem Stubenkorb.

»Um Himmels willen, Judith, was ist geschehen? Auf dich scheint sich die ganze Schwermut der Stadt gelegt zu haben.« Er nahm seine Frau in seine Arme und küsste ihre Tränen ab.

Schließlich erzählte Judith ihm von Karolinas Brief.

»Weißt du, Karolina und ich haben uns viele, viele Jahre nicht gesehen. Ich hatte mich sehr auf sie gefreut.«

»Ja, das ist sehr schade. Aber sie schreibt, dass sie den Besuch nur verschieben muss. Wenn ihr zweites Kind ein wenig größer ist, wird sie uns in Lissabon besuchen kommen. Ihr müsst leider nochmals Geduld haben.«

Auch dieser Gedanke tröstete Judith nicht. Sie fing erneut an zu weinen, während Tomás sie zärtlich in seinen Armen hielt. Immer wieder brach es aus ihr hervor. Endlich konnte sie um ihren Vater weinen, den sie sehr geliebt und viel zu früh verloren hatte. Judith weinte um den Verlust ihrer deutschen Heimat und ihrer Herkunftssprache. Es war wie eine Häutung, immer mehr Schichten kamen zum Vorschein, während Elias erschöpft in seinem Körbchen schlief und Tomás ruhig und verständnisvoll neben seiner Frau saß. Noch nie hatte er sie so schwach erlebt, stets hatte sie den Stürmen des Lebens standgehalten. Doch auch die Judith, die er nun kennenlernte, liebte er über alles.

»Es tut dir sehr weh, all diese Verluste erlitten zu haben. Aber ich glaube, es ist befreiend, dass endlich alles seinen Weg herausgefunden hat aus dir. Es wäre viel schlimmer, wenn du es weiterhin in dir verschlossen hättest. Du weißt, wir Portugiesen sind Meister darin. Uns wird nachgesagt, dass wir eine tiefe Form des Weltschmerzes, der Sehnsucht in uns tragen – die ‚saudade‘. Viel besser ist es, dem Schmerz Worte geben zu können. Ich wünschte, ich könnte das auch.«

Noch lange saßen sie im Halbdunkel beieinander. Tomás hatte Kerzen angezündet, einen Tee gekocht und Brot abgeschnitten, das sie in Olivenöl tauchten und mit Salz bestreuten. Später schenkte er ihnen ein Glas Portwein ein, vom Weingut seines Vaters. Dazu aßen sie ein »Pastel de Nata«. Judith liebte diese süßen Vanilletörtchen und hatte heute beim Brotkauf nicht widerstehen können, je eines für Tomás und sich mitzunehmen. Schon lange hatten sie keines

• • •

mehr genossen, denn in diesen kargen Zeiten waren sie ein teures Luxusgut.

Neben allem Schweren, das ausgesprochen im Raum schwebte, erfüllte beide eine tiefe Wärme und Geborgenheit. Das lag weniger an der Hitze des Ofens, sondern vielmehr an der Nähe und Liebe, die sie füreinander empfanden.

8

Fast zwanzig Jahre später

Lissabon, den 15. Juni 1968

Liebe Karolina,

in einem Monat wirst du um diese Zeit mit deiner Tochter Angelika zu uns kommen. Ich freue mich sehr auf euch! Und auch für Tomás und mich haben dann die Sommerferien begonnen. Wir wollen mit euch nicht allzu lange in der Hitze Lissabons bleiben, sondern hinaus ans Meer fahren und auf das Weingut von Tomás Eltern in der Nähe von Porto. Sie haben genug Platz für uns alle und freuen sich, dass wir kommen.

Sechs Jahre ist es bereits her, seit wir uns das letzte Mal sahen. Damals war Angelika noch ein Mädchen, inzwischen ist sie eine zauberhafte junge Frau, dies konnte ich auf den Fotos sehen.

Es erleichtert mich sehr, dass du deine Lebensfreude wieder-gefunden hast. Es muss eines vom Schwersten sein, sein Kind zu verlieren. Es ist tragisch, dass die deutsche Medizin, die doch zu einer der besten zählt, euren Sohn Christian nicht retten konnte. Blutkrebs gilt als unheilbar. Ihr habt euer Möglichstes getan und wart immer an seiner Seite, habt Christian noch viele seiner Wünsche erfüllt, bevor er vor nunmehr drei Jahren sein junges Leben lassen musste. Es ist gut, dass ihr dennoch wieder voller Gottvertrauen in die Zukunft blickt.

Es wird dich ablenken, nach Lissabon zu kommen. Schade, dass dein lieber Richard nicht mitkommen kann; gern hätten wir ihn wiedergesehen.

Auch Tomás und Elias sind gespannt auf euch beide. Wie hätte meine Mutter sich gefreut! Fast zwei Jahre ist es her, dass wir von ihr Abschied nehmen mussten. Aber vierundachtzig zu werden, ist ein respektables Alter. Fast bis zum Schluss war sie selbstständig, ganz so, wie sie es sich gewünscht hatte. Viel Freude hatte sie daran, Elias aufwachsen zu sehen. Glücklicherweise musste er erst kurz nach ihrem Tod für achtzehn Monate seinen Grundwehrdienst ableisten. Tomás und ich sind jeden Tag dankbar, dass er wohlbehalten zu uns zurückgekehrt ist, doch dazu beim Wiedersehen mehr.

Ich wünsche euch eine gute Reise und grüße dich herzlich voller Vorfreude,
deine Judith

Seit 1961 führte Portugal Krieg in seinen Kolonien, zu denen unter anderem Angola, Guinea, Mozambique und Macao gehörten. Andere Länder, hatten ihre Kolonialansprüche längst aufgegeben, doch dazu war Portugal nicht bereit. Das Land war auf die Rohstoffe seiner überseeischen Territorien angewiesen. Mit über zwei Millionen Quadratkilometern war das Übersee-Imperium fast dreiundzwanzigmal so groß wie das Mutterland. In den besetzten Ländern kam es immer häufiger zu bewaffneten Widerständen in der Bevölkerung, die das portugiesische Militär brutal niederschlug.

Die Kriege führten dazu, dass rund vierzig Prozent der Staatsausgaben in das Militär flossen und das Pro-Kopf-Einkommen der Portugiesen immer weiter sank. Portugal galt als eines der ärmsten Länder Europas. Im Januar war die Wehrpflicht auf vier Jahre erhöht worden. Zwei Jahre davon mussten die Wehrpflichtigen seitdem Dienst an der Waffe in einer der Kolonien leisten.

Elias war noch mit achtzehn Monaten Wehrpflicht davongekommen. Er war bei der Marine eingesetzt gewesen und an keinen unmittelbaren Kampfhandlungen beteiligt. Der Drill und die Gehorsamspflicht setzten Elias zu. In seinem Elternhaus war er zu einem freiheitlich denkenden Menschen erzogen worden. Bevor er seinen Wehrdienst antrat, hatten seine Eltern eindringlich mit ihm gesprochen.

»Elias, es ist für dich überlebenswichtig, dass du deinen Vorgesetzten bei der Marine gehorchst. Durch offene Widerrede wirst du das System nicht verändern, aber dich selbst gefährden.« An diese Worte seines Vaters musste Elias denken, wenn er kurz davor war, gegen sinnlose Kommandos und Schikanen seiner Vorgesetzten aufzubegehren.

Judith und Tomás waren informiert über die wahren Zustände in ihrem Land. Sie erfuhren davon nicht aus den von der Pressezensur überwachten Zeitungen, sondern aus den Nachrichten der BBC und von politisch gut vernetzten Freunden.

So gern Judith mit ihrer Familie in Lissabon lebte und dieses wundervolle Land und seine gastfreundlichen Menschen liebte – Tomás und sie verzweifelten immer mehr an der restriktiven Politik Salazars.

Umso mehr sehnte Judith unbeschwerte Sommerwochen mit ihrer alten Freundin Karolina und ihrer Familie herbei.

Es erfüllte sie mit tiefer Dankbarkeit, dass sich ihre Freundschaft über all die Jahrzehnte, Unterschiede, Landesgrenzen und politischen Systeme hinweg hielt, obwohl sie sich in den vielen Jahren nur bei drei Besuchen gesehen hatten.

Es war gut, dass Karolina in Westdeutschland lebte und nicht in Ostdeutschland. Die Teilung Deutschlands war unvorstellbar für Judith.

Sie war bisher nicht nach Deutschland zurückgekehrt. Es lag nicht allein an den hohen Kosten, die solch eine Reise verursacht hätte. Ihr widerstrebte die Vorstellung, das Land zu besuchen, das ihre Großeltern und mehrere Millionen anderer Juden auf dem Gewissen hatte und Judith mit ihrer Familie aus allem Gewohnten vertrieben hatte. Aber sie haderte nicht mit ihrem Schicksal. Ganz im Gegenteil, Judith war dankbar, in Portugal zu leben und dadurch Tomás, der Liebe ihres Lebens, begegnet zu sein. Sie liebte das Land, seine Menschen, den Fluss, das Meer, das helle Licht, die Sonne, die faszinierenden Landschaften, die Kultur, aber nicht die Diktatur.

Finanziell ging es ihnen deutlich besser als den meisten Portugiesen. Tomás war zum stellvertretenden

Schuldirektor ernannt worden und Judith arbeitete seit einigen Jahren wieder an der Mädchenschule, mit halbem Stundendeputat. Zudem hatten sie Rücklagen: Bei ihrem ersten Besuch brachte Karolina Judiths Mutter ein verschnürtes Päckchen ihrer Eltern. Es war ihr gelungen, es an den Grenzkontrollen vorbei zu schmuggeln. Judiths Großeltern hatten es kurz vor ihrem Freitod im Jahr 1939 Karolina übergeben und darum gebeten, es ihrer Tochter Martha zu bringen. Das Päckchen enthielt eine Familienbibel, Fotos aus der Kindheit Marthas, Briefe ihrer Eltern und ihr Erspartes in Form mehrerer kleiner Goldbarren von insgesamt einem Kilogramm. Schon vor der Weltwirtschaftskrise hatte ihr Großvater von seinem mühsam Ersparten und einem kleinen Erbe Gold gekauft. Und legte damit unbeabsichtigt die Basis für ein sicheres Auskommen seiner in Portugal lebenden Enkelin, denn seine Tochter Martha rührte ihr Erbe nicht an. Ihr reichten die Rente und der Ertrag von zwei vermieteten Zimmern. Einige Monate vor ihrem Tod schenkte sie das Gold Judith.

»Ihr könnt das viel besser gebrauchen. Mein Enkel Elias soll einmal studieren.«

Auch die beengte Wohnungssituation verbesserte sich. Nach dem Tod ihrer Mutter übernahmen sie deren Vier-Zimmer-Wohnung und renovierten sie von Grund auf, auch ein neues Bad gönnten sie sich. Tomás war handwerklich begabt, Judith eine gute Assistentin und Elias half, wann immer er von der Marine Freigang hatte. Den zusätzlichen Raum gestalteten sie als kombiniertes Arbeits- und Gästezimmer. In diesem Raum würden Karolina und Angelika bei ihrem Besuch wohnen können, bis sie zu Tomás Eltern aufbrechen würden.

• • •

Das meiste Gold diente ihnen als Reserve für schlechte Zeiten. Einen Teil spendeten sie einer sozialen Organisation, die täglich Lebensmittel und ein warmes Essen an Bedürftige ausgab, deren Gruppe sich stetig zu vergrößern schien. Nicht nur Judith war dies durch ihre eigene Geschichte wichtig. Ihre Familie hätte es in den ersten Monaten ihrer Flucht schwer gehabt, ohne die vorbehaltlose Unterstützung anderer zurechtzukommen – dies blieb ihr stets in Erinnerung.

»Ich finde auch, wir sind verpflichtet, etwas abzugeben«, sagte Tomás, der ihre Entscheidung unterstützte. »Uns geht es gut. Auf diese Weise können wir wenigstens ein bisschen die Not derer lindern, denen das Nötigste zum Leben fehlt.«

Dem portugiesischen Volk würde es deutlich besser gehen, wenn die Diktatur endlich gestürzt würde. Mit ihren engsten Freunden Allessandro und Emilia, mit denen sich Judith und Tómas regelmäßig trafen, kam es in letzter Zeit immer wieder zu hitzigen Diskussionen. Sie fragten sich, was sie tun könnten, damit sich gesellschaftlich etwas ändern würde. Nur wenige Tage zuvor hatte Allessandro es zum ersten Mal deutlich ausgesprochen.

»Es kann nicht sein, dass unsere Söhne für diesen sinnlosen Kolonialkrieg geschlachtet werden. Vielleicht sollten wir im Widerstand aktiv werden und uns bei einer der Untergrundzeitungen engagieren. Die Menschen müssen endlich aufwachen und wissen, was bei uns los ist.«

Nachdem er diese Sätze ausgesprochen hatte, hing die Stille bleischwer im Raum. Da durchbrach Judith das Schweigen.

● ● ●

»Du hast Recht, Allessandro. Wir können nicht einfach tatenlos zusehen. Aber lass uns bis zum Ende der Sommerferien warten, bevor wir uns endgültig entscheiden. Wir sollten uns vollkommen klar darüber sein, ob wir das können und wollen, schließlich riskieren wir viel.«

Alle stimmten ihr zu. Die Freunde vereinbarten, sich nach den Sommerferien erneut zu treffen, um sich mit der Idee auseinanderzusetzen.

Die Wochen, die dem Gespräch folgten, waren unbeschwert und leicht. Vielleicht, weil Judith und Tomás das Gefühl hatten, die Schönheit des Lebens nun umso mehr auskosten zu wollen?

Karolina und Angelika landeten am 13. Juli auf dem Lissaboner Flughafen und blieben zwei Wochen – so lang und so kurz zugleich.

9

Porto, den 16. August 1968

Liebe Karolina,

nun gehören unsere gemeinsam verbrachten Wochen schon wieder der Vergangenheit an. Wohltuend waren die Tage mit euch, ich möchte keinen Augenblick davon missen!
Tage voller Unbeschwertheit, Wärme und Nähe. Dankbar bin ich, dass wir einander nicht fremd geworden sind. Wie schön du bist in der Blüte deiner Jahre! Ein Blick aus deinen aus-

drucksvollen Augen umhüllt andere Menschen mit Liebe. Wie zauberhaft du aussahst in den von dir selbst entworfenen Kleidern, mit deinen langen, locker hochgesteckten Haaren. Auch dass du etwas fülliger geworden bist, was dich offensichtlich stört – es passt zu dir. Du bist ganz Frau. Du hast selbst gemerkt, wie sich die Männer nach dir umgedreht und dir Komplimente gemacht haben.

Ich bin ein ganz anderer Typ – wie hast du mich doch beschrieben? »Die schöne, geheimnisvolle Fremde, mit dem sehnsuchtsvollen Blick, mit sinnlichen Lippen und einer grazilen Gestalt, die Stärke und Zartheit zugleich vermittelt.« Dieses Kompliment habe ich gern gehört. Ich finde, für unsere achtundvierzig Jahre können wir uns sehen lassen! Glücklicherweise scheinen unsere Männer das genauso zu empfinden.

Vieles haben wir miteinander beredet in diesen Tagen, aber auch das Schweigen und Genießen kam nicht zu kurz – etwa am Strand von Estoril, mit Blick auf das Meer. Beim Eintauchen in die Fluten und beim entspannten Dahintragenlassen von den sanften Wellen. Zwischendurch waren wir fast wie Kinder, haben einander nassgespritzt und Muscheln gesucht. Unser Elias und deine Angelika warfen sich kopfschüttelnde Blicke zu. Es freut mich, dass die zwei sich verstehen und offensichtlich viel Gemeinsames haben, worüber sie sich gern ausgetauscht haben. Deine Angelika ist ein ausgesprochen hübsches Mädchen und dazu selbstbewusst. Die portugiesischen Mädchen sind meist sehr schüchtern und zurückhaltend. Ich glaube, Elias hat sich sehr gern mit ihr gezeigt. Und er ist dankbar, dass ich darauf bestanden habe, dass er deutsch lernt; sie konnten sich gut miteinander verständigen.

Wunderbar waren auch die Tage auf dem Weingut meiner Schwiegereltern. Ich liebe es, mit vielen mir nahestehenden Menschen an einer langen Tafel im Garten zu sitzen, das Essen und den Wein zu genießen. Wie sehr die Herzenssprache zählt, habt ihr im Austausch mit Tomás` Eltern gezeigt. Sie können kein Deutsch, ihr kein Portugiesisch, und dennoch habt ihr euch auf einer tiefen Ebene verstanden.

Ich danke dir auch für das Album mit den Fotos, die die Wege und Plätze meiner Kindheit in Stuttgart zeigen, wie es jetzt dort aussieht. Dazu deine Texte, die manche Erinnerung an unsere gemeinsame Zeit wecken. Du hast es gemerkt, ich habe keine Sehnsucht mehr nach dieser Stadt. Mir gefällt es, in Portugal zu leben, auch wenn ihr in der Bundesrepublik Deutschland wirtschaftlich viel besser dasteht. Ich liebe Land und Leute hier – besonders natürlich meine zwei Männer.

Du wunderst dich vielleicht, weshalb ich aus Porto schreibe. Tomás überraschte mich gestern damit, dass er hier in der Altstadt ein zauberhaftes kleines Hotelzimmer für drei Nächte reservierte und einmal wieder Zeit nur mit mir verbringen möchte. Vorhin ist er allein aufgebrochen. Was er vorhat, verriet er nicht. Vielleicht hat es mit unserem Hochzeitstag zu tun? Morgen sind wir zweiundzwanzig glückliche Jahre miteinander verheiratet. Ich liebe meinen Mann immer noch mehr ...

Jetzt möchte ich Schluss machen und den Brief, den ich vorhin an Tomás für morgen geschrieben habe, noch einmal durchlesen.

Nun warte ich gespannt auf deinen Bericht und hoffe, dass euch euer Leben in Stuttgart wieder freundlich aufgenommen hat.

• • •

Herzliche und dankbare Grüße schickt dir
deine Freundin Judith

Während der vier Tage in Porto entdeckten Judith und Tomás die Unbeschwertheit ihrer Liebe aufs Neue. Es waren Tage voller Sinnlichkeit, Sehnsucht, Leidenschaft und Innigkeit. Während die Mittagshitze sich unbarmherzig über die Stadt legte, zogen sie sich in das abgedunkelte, angenehm kühle Hotelzimmer zurück und verloren sich aneinander. Tage voller Liebe und Begehren, einer großen Tiefe und Leichtigkeit, die sie der Zeit und des Raumes zu entheben schien, erlebten sie. An ihrem Hochzeitstag steckte Tomás Judith einen Ring mit einem leuchtend gelben Stein an, auf eine Karte hatte er geschrieben:

»Für die Sonne meines Herzens. Ich werde dich immer lieben, ganz gleich, was geschieht. Dein Mann Tomás.«

An den Abenden suchten sie eines der kleinen Lokale am Flussufer auf, wählten einen Platz auf der Terrasse und tauschten sich bei leckerem Essen – meist gab es Fisch, Gemüse und Wein – über ihre gemeinsamen Jahre aus. Voller Dankbarkeit darüber, was sie bereits zusammen erlebt hatten, auch mit ihrem Sohn Elias, und voller Vertrauen auf ihr zukünftiges Leben.

Diese Leichtigkeit des Seins fand seine Fortsetzung auf dem Weingut der Schwiegereltern. Auch Elias war dabei und sie führten tiefe Gespräche miteinander.

● ● ●

Was Judith und Tomás vermieden, war ein Austausch darüber, was verborgen in ihrem Inneren arbeitete. Wie sollten sie sich entscheiden? Würden sie sich weiterhin mit dem Unrechtsregime ihrer Heimat arrangieren und »wegschauen«? Oder würden sie aktiv werden und versuchen, etwas daran zu verändern?

Am letzten Abend vor der Rückreise nach Lissabon sprachen sie endlich darüber. Die anderen Familienmitglieder waren bereits ins Bett gegangen, nur Judith und Tomás saßen noch auf der Terrasse bei einem Glas Wein im Kerzenschein beieinander.

»Judith, bevor wir abreisen, sollten wir reden. Wie stehst du zu dem letzten Gespräch mit Allessandro und Emilia?«

Judith wusste sofort, worum es ging, obwohl sie das Thema in den ganzen Wochen vermieden hatten.

»Ich weiß nicht. Unser Leben ist gut, so wie es ist. Wollen wir das aufs Spiel setzen?«

»Mir geht es ähnlich. Ich glaube, ich bin einfach zu feige. Was können wir ausrichten gegen das Regime?«

»Andererseits, wenn sich in den dreißiger Jahren mehr Menschen gegen Hitler gewandt hätten!«

»Ich weiß. Es ist schwer, die richtige Entscheidung zu treffen. Lass sie uns vertagen, bis wir mit unseren Freunden noch einmal in Ruhe alles besprochen haben.«

Mit dem Zug fuhren sie nach Lissabon zurück. Noch eine Woche blieb ihnen, bevor für Tomás und Judith der Schulalltag und für Elias eine Ausbildung als Drucker begann. Er wollte vor einem Studium einen praktischen Beruf erlernen. In einer renommierten Buchdruckerei hatte er einen der begehrten Ausbildungsplätze bekommen.

• • •

Die Tage waren heiß in der Stadt, aber auf die Abende und Nächte legte sich ein Hauch von Frische, der die aufgeheizten Wohnungen langsam abkühlen ließ. Nach den Wochen auf dem Land freuten sie sich auf das quirlige Treiben Lissabons, einer Stadt, die weder bei Tag noch bei Nacht zur Ruhe kam. Drei Tage waren sie wieder zu Hause und saßen entspannt beim Frühstück, da klingelte es an der Tür. Tomás öffnete. Vor ihm stand ein Soldat in Uniform und salutierte.

»Ich habe einen Einberufungsbefehl für den Soldaten Elias Cohn Fernandes. Können Sie ihn bitte holen?«

»Das muss ein Missverständnis sein, mein Sohn ist erst kürzlich aus der Armee entlassen worden.«

Leider war es kein Missverständnis. Kurz nachdem Elias seinen Grundwehrdienst beendet hatte, war im Januar die abzuleistende Zeit auf vier Jahre erhöht worden. Da der Nachschub an Soldaten zur Bekämpfung der zahlreichen Aufstände in den Kolonien nicht ausreichte, erhielten jene jungen Männer wie Elias einen erneuten Einberufungsbefehl.

Drei Tage später machte sich Elias auf den Weg, um sich bei seiner Einheit zu melden. Zuvor hatte er mit seinen Eltern nach Möglichkeiten gesucht, sich dem Befehl zu entziehen. Sogar eine Flucht nach Deutschland, zu der Familie von Karolina, erwogen sie.

Seit einiger Zeit konnten die Portugiesen nicht mehr einfach ihr Land verlassen. Wegen der schlechten Lebens- und Arbeitsbedingungen – Portugal galt als das Armenhaus Europas – hatte eine Auswanderungswelle der Bevölkerung eingesetzt. Dadurch fehlten den Unternehmen die billigen

● ● ●

Arbeitskräfte und die Regierung verhängte 1967 einen Aus-
wanderungsstopp.

Doch der Gedanke, dann staatenlos zu werden,
bedrückte Elias zu sehr. Und die Gefahr, bei der Flucht aufgegriffen zu werden, war groß. Mit der Zuversicht, dass sich
alles zum Guten wenden würde, verabschiedete er sich von
seinen Eltern.

»Habt Vertrauen, wir werden uns bald wiedersehen,
liebe Mutter, lieber Vater!« Elias umarmte seine Eltern nochmals, schulterte den Seesack und verließ die Wohnung.

In diesem Sommer 1968 setzte tatsächlich ein vorsichtiger
Wandel ein. Der Diktator Salazar hatte im Juli bei einem
Sturz von einem alten zusammengebrochenen Stuhl in
seinem Haus einen Hirnschlag erlitten und war
regierungsunfähig. Hinter vorgehaltener Hand sagte man
über ihn: »Das zeigt, wohin Geiz führen kann.« Das Amt des
Ministerpräsidenten übernahm Marcelo Caetano. Er regierte
liberaler. Hunderte Oppositionelle durften aus dem Exil
zurückkehren, darunter Mário Soares mit seiner Familie aus
São Tomé und Principe. Würde es endlich einen
grundsätzlichen Wandel geben?

Mit ihren Freunden Allessandro und Emilia diskutierten Judith und Tomás diese Möglichkeit. Sie beschlossen,
nicht aktiv in den Widerstand zu gehen, sondern im Rahmen
des Legalen ihre Mittel und Möglichkeiten auszuschöpfen,
um die politische Wende herbeizuführen. Auch der Sohn
ihrer Freunde kämpfte im Kolonialkrieg – die Sorge um ihre
Söhne nahm ihnen Kraft, wenn sich auch ihr innerer Widerstand gegen das politische System vergrößerte.

● ● ●

Ihre Arbeit als Lehrer gab ihnen Möglichkeiten, Einfluss zu nehmen, indem sie ihre Schülerinnen und Schüler zu einem freiheitlichen, kritischen und demokratischen Mitdenken herausforderten, ohne diese Begriffe je zu verwenden.

Bei Gesprächen mit Nachbarn oder beim Einkaufen bezogen sie vorsichtige Gegenposition, wenn die Regierung und der Kolonialkrieg verherrlicht wurden.

Sie unterstützten die im Untergrund agierenden Zeitungen mit Spenden, um diese wichtige Oppositionsarbeit zu fördern.

War der Sommer licht und hell gewesen, wurden der Winter und der Jahreswechsel trostlos und dunkel. Täglich warteten sie auf neue Nachricht von Elias. Der letzte Brief lag über drei Monate zurück. Sie hatten von ihm erfahren, dass er in Portugiesisch-Guinea stationiert war und vorerst dem Versorgungstrupp angehörte, der sich wohl nicht an unmittelbaren Kampfhandlungen beteiligte. Elias schilderte die malerische Landschaft, tierische »Mitbewohner«, das feuchtheiße Klima und die Begegnung mit Einheimischen. Alles war positiv formuliert, klang aber seltsam fremd. Es war zu erkennen, dass Elias um die Zensur und Kontrolle des Briefes wusste. Seine Eltern erfuhren zwar, dass er lebte, aber nicht, wie es ihm wirklich ging.
Seit diesem Brief herrschte Funkstille. Tomás und Judith machten sich Mut, dass dies kein schlechtes Zeichen sein musste, dass vermutlich nur die Postverteilung zusammengebrochen war. Schließlich klappte in diesem Winter so manches nicht.

Die Versorgungslage der Bevölkerung wurde immer schwieriger. Je mehr Geld die Regierung für das Militär ausgab, desto weniger Geld stand der Bevölkerung zur Verfügung. Die Gehälter der Lehrer wurden gekürzt, die Schlangen in den Läden länger, die Inflation stieg, und viel Zeit verging mit der Organisation des Alltäglichen. Manchmal musste Judith stundenlang in Läden anstehen, bevor sie Grundlebensmittel wie Butter, Milch und Brot bekam.

Einzig ihre tiefe Liebe zueinander gab ihnen Kraft zum Durchhalten. Sie lebten von einem Tag auf den anderen und hofften, dass Elias wohlbehalten zu ihnen zurückkehren würde.

Judith und Tomás gewöhnten sich an, wann immer es ihnen möglich war, die nahegelegene Igreja da Graça zu besuchen. Die Stille in dieser im zwölften Jahrhundert errichteten Kirche und der Schein der Opferkerzen schenkte ihnen Trost, wenn sie nicht wussten, wohin mit ihrer Sorge um Elias. In der Stille des Gebetes fühlten sie sich ihrem Sohn verbunden.

Weitere Wochen voller Unsicherheit und Sorge vergingen. An einem Sonntag klingelte es am frühen Abend an ihrer Haustür. Judith und Tomás, die im Wohnzimmer vertieft in die Lektüre eines Buches saßen, schreckten zusammen. Eine ungewöhnliche Zeit für einen Besuch. Sie erwarteten niemanden. Tomás erhob sich aus dem Sessel.

Das nächste, was Judith vernahm, war ein Freudenschrei: »Unser Elias ist wieder da! Komm schnell!« Rasch stand sie auf, und endlich, nach fast einem halben Jahr, konnte sie ihren Sohn in die Arme schließen. Abgemagert und mit tiefen Ringen unter den Augen stand er vor ihnen. Erschüttert blickte Judith in Elias Augen, die wie erloschen

● ● ●

wirkten. Sein Blick zeigte ihr, dass er Schlimmes erlebt hatte. Und sie fragte sich, was es gewesen war.

Nachdem Elias sich gewaschen und frische Kleidung angezogen hatte, trat er schweigend zu seinen Eltern in die Küche. Judith hatte Bratkartoffeln mit Zwiebeln, Speck und zwei Rühreiern zubereitet, ganz so wie sie es von ihrer Mutter gelernt hatte. Dazu erhitzte sie zwei der Mettwürste, die vor wenigen Tagen im Lebensmittelpaket von Tomás` Eltern gewesen waren. Tomás schenkte Wein ein. Wie in alten Zeiten saßen sie vereint am Küchentisch.

Bevor Elias mit dem Essen begann, sprach Judith ein Dankgebet. Noch nie hatte es dies in ihrer Familie gegeben, aber nun verspürte sie ein dringendes Bedürfnis nach der Rückkehr ihres verloren geglaubten Sohnes – an diese Geschichte der Bibel musste Judith denken.

»Nach dem, was ich erlebt und gesehen habe, glaube ich nicht, dass es Gott gibt.« Fast tonlos und mit gesenktem Blick sprach Elias diese Worte.

Judith und Tomás warteten ab, ob Elias mehr sagen wollte, doch er blieb still. Schweigend und voller Gier aß er die große Portion auf. Als Judith den Teller abräumte, strich sie ihrem Sohn liebevoll über die Schulter und den Rücken, der sich dabei versteifte.

»Wie mager du geworden bist! Sag, Elias, willst du uns erzählen, was du erlebt hast? Vielleicht hilft dir das.«

Elias stockte kurz, dann begann er zu erzählen, fast chronologisch, ohne Ausdruck in der Stimme. Von der beschwerlichen Reise mit dem Schiff, der Ankunft in Portugiesisch-Guinea, der Schönheit der Landschaft, den fremd aussehenden Einheimischen, die sichtlich Angst hatten vor ihnen, den Soldaten. Von den völlig unzureichenden sanitären Anlagen, von der Verpflegung, von Gerüchten über die Gräuel der Soldaten der aufständischen Bevölkerung gegenüber. Er erzählte, begleitet von einem tieftraurigen Blick, wie er nachts in der Mannschaftsbaracke wach lag und nicht schlafen konnte, weil er Angst hatte, er müsste gegen die Einheimischen kämpfen.

»Und eines Tages musste ich das bei einem Aufstand.« Dies waren seine einzigen Worte zu dem, was ihn offensichtlich weiterhin tief verstörte.

»Als ich krank wurde, war ich dankbar dafür. Die Moskitonetze waren ausgegangen, und so war es nur eine Frage der Zeit, wann ich an Malaria erkranken würde. Die Krankheit kam mit Macht. Die Medikamente zur Behandlung waren ausgegangen, der Nachschub ließ auf sich warten.«

»Was geschah dann?« Judith war besorgt.

»Vier Wochen lang ging es mir sehr schlecht. Erst dann konnte meine Behandlung beginnen. Bald war klar, dass ich nicht mehr kämpfen konnte. Deshalb bin ich wieder hier.« Während des Essens, in der gewohnten Umgebung, war etwas vom alten Elias zurückgekehrt. Kurz darauf erlosch es wieder.

»Ich gehe jetzt ins Bett«, sagte er, bevor er mit einem wie zu einem Pfeil gespannten Körper die Umarmung seiner Eltern zu erdulden schien.

»Nun bist du wieder da, das ist die Hauptsache. «

Elias war seit ein paar Wochen fieberfrei gewesen, aber körperlich so geschwächt, dass er als »dienstuntauglich« aus der Armee entlassen worden war. Mit einem Versorgungsschiff war er vor über zwei Wochen in Afrika aufgebrochen und nun endlich in Lissabon eingetroffen.

● ● ●

Sandro, dem Sohn von Allessandro und Emilia, war es schlechter ergangen. Er wurde in Angola bei Kämpfen gegen die Rebellen angeschossen. Sein linker Unterarm konnte nicht mehr gerettet werden, er kehrte als gebrochener Mann zu seinen Eltern zurück. Wie Elias fand er nur langsam in den Alltag zurück.

Elias und Sandro wurden einander zu wichtigen Gefährten. Sie verbrachten viel Zeit gemeinsam. Worüber sie sprachen, erfuhren ihre Eltern nicht. Je mehr Wochen vergingen, desto stabiler und fröhlicher wirkten beide. Nur gelegentlich, in unbeobachtet geglaubten Augenblicken, umschattete Elias ein in die Ferne gerichteter Blick voller Traurigkeit.

Für beide war es schwer, dass ihre Wege sich wieder trennen würden, denn Sandro wollte nach Frankreich, sich eine Arbeit besorgen und parallel dazu studieren. Er versuchte, Elias zu überzeugen, mit ihm zu kommen. Lange diskutierten sie. Nur illegal, über spanische Schleichpfade, würde ihr Weg sie nach Frankreich führen können. Elias beschloss schließlich, in Portugal zu bleiben.

»Hier ist meine Heimat, trotz allem. Schon bald wird sich hoffentlich alles wandeln. Die Diktatur hat ausgedient, dann beginnt auch hier ein freies Leben.«

Elias wollte seinen Teil beisteuern, sein Land auf dem Weg zur Freiheit des Denkens zu begleiten. Journalist wollte er werden und mit seinen Artikeln dazu beitragen, dass sich Portugals Gesellschaft wandeln würde.

Während Sandro nach mühsamer Flucht wohlbehalten in Frankreich ankam und wegen seiner Kriegsversehrung bleiben und studieren durfte, machte Elias zunächst wie geplant eine Lehre in der Druckerei.

• • •

Freunde führten ihn in eine kleine linksgerichtete politische Untergrundorganisation ein. Für diese verfasste er Flugblattartikel über das Unrechtsregime und half, Papiernachschub für deren Druck zu organisieren.

Seit seiner Rückkehr aus dem Kolonialkrieg beherrschte Elias das Prinzip der Verstellung; niemand merkte, dass er ein Doppelleben führte, nicht einmal seine Eltern.

10

18. Mai 1974

Liebe Karolina,

vor einer Woche bist du nach Stuttgart zurückgekehrt. Ich bin voller Dankbarkeit, dass du in der schwersten Zeit meines Lebens treu an meiner Seite warst. Die erste Woche war auch deine Tochter Angelika dabei und regelte zusammen mit meinem Elias alles, was zu regeln war.
Danke, dass ihr den nächstmöglichen Flug gebucht habt, um hierher zu kommen. Du bist eine verlässliche Freundin.

Jeden Morgen kostet es mich weiterhin unendlich Kraft, beim Erwachen neben mich auf das leere Bett zu blicken. Das Laken ist kalt, und der Duft meines über alles geliebten Tomás hat sich verflüchtigt.
Immer wieder hadere ich mit unserem Schicksal. Wir haben davon geträumt, gemeinsam alt zu werden. Und nun musste

ich, mussten wir von diesem herzensguten Mann für immer Abschied nehmen. Nur fünfundfünfzig Jahre alt wurde Tomás.

Ich kann es nicht begreifen und finde es ungerecht. Manchmal schreie ich zu Gott im Gebet und frage: »Warum, mein Gott, hast du das zugelassen?«

Fast achtundzwanzig Jahre durfte ich mit diesem wundervollen Mann verheiratet sein. Und nie haben wir in all diesen Jahren an unserer Liebe gezweifelt.

Ich bin froh, dass wir jeden Tag als ein neues Geschenk wahrnehmen konnten und das Beste daraus machten.

In seinen letzten Tagen hier auf Erden konnte Tomás noch erleben, wie sein Protest mit dazu beigetragen hat, dass wir Portugiesen auf dem Weg zu einer freiheitlichen Demokratie sind. Bei aller Trauer bin ich dafür unendlich dankbar.

Für die Welt geht der 25. April 1974 als »Nelkenrevolution« in die Geschichte ein. Der Putsch einer linksgerichteten Armeegruppe beendete mit Unterstützung des Volkes endlich die fast fünf Jahrzehnte dauernde Diktatur. Rote Nelken in den Gewehrläufen der Befreier sorgten für einprägsame Bilder.

Wie stand es in einer deutschen Zeitung über diesen Tag? »Der Putsch verlief weitgehend widerstandslos – lediglich vier Menschen starben, als verbleibende regimetreue Truppen vor den Stützpunkten der Geheimpolizei in Lissabon auf unbewaffnete Demonstranten feuerten.«

Vier Menschen zu viel. Und Tomás war der fünfte. Denn auch er war zu dieser Zeit zum Demonstrieren an diesem Ort, wurde am Arm angeschossen. Zuerst sah alles harmlos aus, doch die medizinische Versorgung war schlecht in diesen Tagen. Die Wunde entzündete sich und es folgte eine Blutvergiftung, an der Tomás starb.

Bitte verzeih, liebe Freundin, dass ich dir all das, was du bereits weißt, noch einmal schreibe. Aber es hilft mir zu begreifen, was geschehen ist.

Tomás war tapfer, als er bereits ahnte, dass er es nicht schaffen würde. Ich glaube, ich habe dir noch nicht erzählt, was er mir mit auf den Weg gab. »Liebste Judith, wie gern würde ich in einem freien Portugal leben! Aber im Leben mit dir habe ich die größtmögliche Freiheit erfahren. Dich zu lieben und von dir geliebt zu werden, was gibt es Größeres? Welch ein Lebensglück!« Mit seinem Blick umhüllte er mich dabei liebevoll und legte meine Hand in seine, die schon ganz schwach war.

Immer wieder taucht diese Erinnerung auf. Sie macht mich glücklich und traurig zugleich.

Wenn Elias nicht wäre, wüsste ich nicht, ob ich meine Tage nicht einfach im Bett verbringen würde. Er kauft ein, kocht und hält die Wohnung sauber. Eigentlich wollte er ausziehen, aber er hat versprochen, noch eine Weile zu bleiben, bis es mir wieder besser geht. Ich sollte mich nicht an ihn klammern, sondern ihm sein eigenes Leben lassen. Aber in ihm entdecke ich Tomás, und es tut mir gut, wenn er bei mir ist.

Bis zu den Ferien ließ ich mich von der Schule beurlauben. Im Herbst möchte ich wieder anfangen zu unterrichten. Ich hoffe, dass ich bis dahin soweit sein werde.

Liebe, treue Freundin, wieder einmal habe ich dir mein Herz ausgeschüttet. Es kommen auch wieder andere Zeiten.

Du musst mir von dir erzählen. Wie ist die Modenschau mit deiner Kollektion gelaufen? Hast du Läden gefunden, die deine Kleider verkaufen wollen? Ich bin stolz auf dich, wie weit du es gebracht hast!

• • •

Und wie geht es Angelika bei ihrer Arbeit im Krankenhaus? Ich bewundere es, dass sie solch einen schweren Beruf ausgewählt hat. Aber ich denke, sie ist die Richtige dafür. Sie vermittelt Fröhlichkeit und Schwung, das tut den Kranken gut. Elias wirkte traurig, als Angelika wieder zurückgereist ist nach Stuttgart. Ist dir das auch aufgefallen? Meinst du, unsere Kinder empfinden mehr füreinander? Diese Frage kann ich Elias nicht stellen. Er ist in solchen Dingen sehr verschlossen. Sicherlich hat er schon Freundinnen gehabt, aber Tomás und mir hat er keines dieser Mädchen vorgestellt.

Es ist nicht einfach, wenn das eigene Kind plötzlich erwachsen ist und seine eigenen Wege geht. Geht dir das mit deiner Tochter auch so?

Für heute komme ich etwas abrupt zum Ende. Die Sonne scheint fröhlich ins Zimmer und ich möchte am Tejo spazieren gehen. Das habe ich mir einmal am Tag verordnet. Ich merke, es tut mir gut.

Sei herzlich gegrüßt von deiner
Judith

Judith schleppte sich von einem Tag zum anderen. Äußerlich nahm sie am Leben teil – sie besuchte Freunde und empfing Besuch, kaufte ein, kochte, ging spazieren. Aber in ihr, da waren nur Kälte und eine tiefe Traurigkeit. Seit Tomás gestorben war, hatten die Tage und Nächte für sie ihren Sinn verloren. Vierundfünfzig war sie und fühlte sich seit seinem Tod gealtert. Vielleicht wurden ihr noch viele Lebensjahre

● ● ●

geschenkt, aber Judith war sich nicht sicher, ob sie diese überhaupt erleben wollte.

Immer war sie eine Frau gewesen, die sich den Herausforderungen des Lebens gestellt hatte, doch nun fühlte es sich an, als schwanke der Boden unter ihren Füßen und trüge sie nicht weiter durch das Leben.

Sie spürte, dass sie zu einer Belastung für andere wurde. Besonders für ihren Sohn, für Elias, der sich liebevoll um sie kümmerte und der Einzige war, der es schaffte, sie aus ihrer Dunstglocke zu befreien. Durch seine begeisterten Erzählungen bekam sie mit, welchen gesellschaftlichen Wandel die Nelkenrevolution in Portugal angestoßen hatte. Das Land war auf dem besten Weg, eine Demokratie zu werden. Maßgeblich voran trieb diesen Prozess Mário Soares, der kurz vor der Revolution in Bad Münstereifel in Deutschland die Sozialistische Partei Portugals gegründet hatte. Drei Tage nach dem Putsch war er mit dem Zug von Paris aus nach Lissabon zurückgekehrt. Am Bahnhof Santa Apolónia begrüßte ihn die jubelnde Menge. Sofort übernahm er wichtige Aufgaben bei der Demokratisierung der Republik.

»Ihr solltet diesen Mann erleben. Wie anpackend er ist! Trotz seiner eigenen schweren Geschichte ist er voller Begeisterung für unser Land!« Elias hatte am Krankenbett seines Vaters von Soares' Rückkehr erzählt. Auch er war unter den Menschen gewesen, die ihn euphorisch begrüßt hatten. Zwei Tage vor Tomás Tod war dies gewesen.

»Dann ist alles gut für Portugal und uns«, war das einzige, was Tomás dazu sagte, mit einem friedlichen Lächeln im eingefallenen grauen Gesicht. Es waren seine letzten Worte. Und jetzt, es war inzwischen Ende Juli, begriff Judith endlich, dass dieses Wissen Tomás geholfen hatte, sein

• • •

Leben loszulassen. Er wusste, dass es für Judith und Elias in Portugal eine gute Zukunft geben würde.

»Ist das wirklich so?« fragte Judith sich zum wiederholten Male. Seit Tomás Tod fühlte sie sich heimatlos in dieser Stadt, in der sie einst Zuflucht gefunden hatte. Was sollte noch kommen in ihrem Leben?

Je mehr sie sich solche Fragen stellte, desto stärker klammerte sie sich an ihren Sohn, den einzigen Menschen, der ihr noch wichtig zu sein schien.

Mit seinen sechsundzwanzig Jahren verspürte Elias das Bedürfnis, sein eigenes Leben zu führen, und wollte ausziehen – doch nun blieb er zu Hause wohnen, um seine Mutter nicht allein zu lassen. Manchmal erdrückte ihn die Liebe und Fürsorge von Judith, die sich voll auf ihn konzentrierte, aber er sagte nichts, da seine Mutter eine schwere Zeit durchlebte. Ablenkung schenkte ihm sein Studium. Er freute sich daran, tief in die Themen einzudringen, die ihn fesselten. Als Studienfächer hatte er Geschichte und Politik gewählt und sich für den neu eingerichteten Studiengang Publizistik entschieden. Die ersten Professoren, die wegen ihren staatsfeindlichen Ansichten in Zeiten der Diktatur ihre Lehrbefähigung verloren hatten, waren an die Universitäten zurückberufen worden und andere, die wegen des politischen Systems emigriert waren, kehrten ebenfalls zurück. An den Universitäten wehte ein frischer Wind, seit der neue starke Mann der Regierung, General António de Spínola, wenige Tage nach der Nelkenrevolution die Freiheit des Denkens, der Rede und der Tat garantiert hatte.

Elias wollte dazu beitragen, dass die »Herrschaft des Schweigens«, diese totale politische Friedhofsruhe, endlich ein Ende nahm. Während der Diktatur hatte eine geknebelte

Presse dem Volk nur von der Obrigkeit gefilterte Informationen geliefert. Lediglich die Untergrundzeitungen hatten einen kleinen Teil der Bevölkerung über die wahren Verhältnisse aufgeklärt. Viel hatte Elias sich vorgenommen. Das Aneignen von Wissen und das Einordnen in gesellschaftspolitische Zusammenhänge wurden für viele Jahre sein Lebensinhalt.

Lissabon, den 15. Juni 1976

Meine liebe Karolina,

die zwei Wochen eures Besuches gehören schon wieder der Vergangenheit an. Wundervolle Tage waren das! Ich habe das Gefühl, dass der Boden, der seit Tomás` Tod ständig geschwankt hat, mir endlich wieder einen festen Stand gibt. Danke für diese unbeschwerten Tage miteinander.
Deine Tochter Angelika hat viel Frische in unser Leben gebracht. Ich kann kaum glauben, dass sie schon siebenundzwanzig ist. Eine attraktive, moderne und selbstbewusste junge Frau ist sie. Ihr neuer Kurzhaarschnitt steht ihr ausgesprochen gut. Hast du bemerkt, wie die Männer sich nach ihr umgedreht haben? Blonde Frauen sind hier selten – und dazu dieses strahlende Lächeln, das sie der Welt schenkt. Aber als Mutter hast du da noch feinere Antennen als ich.
Wunderbar ist auch, dass Elias und Angelika sich gut verstehen. Sie wirkten sehr vertraut miteinander, inzwischen kennen sie sich ja viele Jahre.
In den Tagen eures Besuchs hatte ich gelegentlich Angst, dass sie sich ineinander verlieben. Angst deshalb, weil ich mir nicht

• • •

vorstellen kann, wie das gehen sollte. Elias in Portugal, Angelika in Deutschland – einer oder eine von beiden würde sich dann wohl aufmachen in die Fremde. Auch wenn das egoistisch ist – ich gebe es offen zu, ich glaube, es würde mir das Herz brechen, erst Tomás und dann auch noch Elias zu verlieren. Es ist gut, dass Angelika nun wieder in Stuttgart und Elias hier in Lissabon ist.

Dir geht es sicherlich ähnlich, du musstest früh Abschied nehmen von deinem Sohn und bist aktuell in großer Sorge um deinen Mann. Es tut mir leid, dass seine Firma kurz vor seinem Ruhestand Stellen gestrichen hat. Das ist nun auch für dich nicht leicht. Beruhigend ist, dass er wenigstens eine Abfindung bekommen hat; die wird euch helfen, bis er seine Rente erhält. Viel schwerer wiegt wohl, dass er bisher keine Zeit hatte zu überlegen, was er im Ruhestand tun will. Aber vielleicht hat Richard Lust zum Reisen und ihr kommt mich bald einmal gemeinsam besuchen? Das würde mich sehr freuen. Immerhin sind wir seit dem letzten Jahr eine demokratische Republik und dabei, den Rückstand in Europa aufzuholen. Wie hat Angelika es beschrieben? „Ein frischer Wind weht durch Lissabon." Nach über vier Jahrzehnten Diktatur kann ich das selbst kaum glauben!

Besonders stolz bin ich, dass Elias seinen Teil dazu beitragen wird, unsere fragile Demokratie zu stabilisieren. Wie? Durch seine Berichte in der Zeitung. Gestern erhielt er die Zusage – in einem Monat fängt er bei der größten Lissabonner Tageszeitung im Ressort »Politik« an. Dort hat er während des Studiums bereits als freier Mitarbeiter geschrieben, nun bekommt er eine der wenigen begehrten Festanstellungen.

Morgen bricht er zu seinen Großeltern auf und will zwei Wochen bleiben. Es wird ihm gut tun, denn er wirkt oft

• • •

nachdenklich und traurig. Ich habe ihn neulich gefragt, ob ihn etwas belastet. Elias antwortete, dass er traurig ist, weil das Studium beendet ist.

Da noch keine Ferien sind, kann ich nicht mitkommen. Aber ich bin froh darüber. Mich erinnert dort alles sehr viel mehr als hier daran, dass Tomás nicht mehr bei mir ist. Und das tut weiterhin sehr weh.

Ich beende meinen Brief, denn zur Feier seiner neuen Arbeitsstelle führt Elias mich zum Essen aus. Ich bin sehr stolz auf meinen Jungen.

Schreibe mir bald wieder, ich muss hören, wie es dir geht. Du fehlst mir!

Viele liebe Grüße, auch an Angelika und Richard, sendet dir deine Freundin Judith

• • •

TEIL III

1

Stuttgart, Mitte März 2018

Mirjam schreckte hoch. Es war dunkel. Wo war sie?

Dann erinnerte sie sich. Sie lag im Bett in der Wohnung ihrer Mutter in Möhringen, die nun ihr Zuhause war. Die heruntergelassenen Rollläden sperrten das Licht des Tages aus.

Ihr Traum vor dem Erwachen war noch ganz präsent. Ihre Großmutter Karolina, deren Freundin Judith und ihr Sohn Elias, ihre Mutter Angelika und sie selbst kamen darin vor. Nebeneinander lagen sie am Strand, die Sonne schien von einem wolkenlosen Himmel warm herab, das Wasser war strahlendblau. Das letzte, woran sich Mirjam erinnern konnte, war eine große Welle, die auf den Strand zurollte. Da war sie erwacht.

Es war ein berührender Traum gewesen und zugleich verstörend. Angelika und Mirjam waren im gleichen Alter gewesen, etwa Ende zwanzig, Elias etwas älter als sie beide, Karolina und Judith beide schon ergraut und dennoch voller Frische. Unbeschwert und fröhlich waren sie miteinander gewesen, bis zu dem Augenblick, als die Welle auf sie zurollte. Wie wäre der Traum weitergegangen?

Mirjam verwunderte es nicht, wer in ihrem Traum alles aufgetaucht war. Am Vorabend, vor dem Öffnen des ersten Briefes, war sie erschöpft gewesen von den Strapazen des Umzugstages, doch sie hörte nicht auf, bis sie alle Briefe gelesen hatte.

• • •

Bereits nach wenigen Seiten war sie tief eingetaucht in den Sog der Lebensgeschichte einer fremden Familie, die ihr zugleich viel von ihrer eigenen Familiengeschichte offenbarte. Beide schienen miteinander verwoben.

Mirjam verfügte über eine ausgeprägte Vorstellungskraft. Was während des Lesens der Briefe mit ihr geschehen war, war ihr dennoch unerklärlich. Sie hatte das Gefühl, in Judiths Schuhe zu schlüpfen und deren Alltag in Lissabon zu erleben. Sie fühlte und litt mit, bei den Höhepunkten und den Widrigkeiten des Lebens.

Die Leerstellen, die Zeit, die ungeschrieben zwischen den Briefen lag, füllte Mirjam mit der Kraft ihrer Phantasie. Durch Fotos, die Judith vielen der Briefe beigelegt hatte, wurden ihr die handelnden Personen vertrauter. Sie sah Judith erwachsen werden, lernte deren Eltern kennen, dann Max und später Tomás und sah schließlich Elias heranwachsen.

Sie spürte die Bedrängnis in der Zeit des Zweiten Weltkrieges und während der Diktatur.

Sie weinte, als sie erfuhr, dass Elias an seiner Seele verwundet aus dem Kolonialkrieg zurückkehrte, und als Tomás an den Folgen seiner Schussverletzung bei der Nelkenrevolution starb. Sie litt mit Judith über diesen Verlust und ärgerte sich später über sie, weil sie Elias klammernd festhielt.

Auch Lissabon – die vielfältigen Plätze, der Tejo, der Atlantik mit den benachbarten mondänen Küstenstädten Estoril und Cascais – wurden ihr seltsam vertraut, obwohl sie dort noch nie gewesen war.

Wiederholt stellte sie sich beim Lesen die Frage: »Was hat das Ganze mit mir zu tun, was will Mutter mir sagen?«

Als sie den letzten Brief zur Seite legte, fand Mirjam darauf keine eindeutige Antwort, doch sie hatte eine Ahnung. Umso ratloser ließ sie der letzte Brief zurück. Warum gab es keine weiteren Briefe? Alles war offen. Sie hoffte, dass das Tagebuch ihrer Mutter ihr Antworten auf ihre Fragen geben würde.

Während Mirjam unter dem warmen Wasserstrahl der Dusche stand, machte die Nacht Platz für den Tag. Alles vor wenigen Stunden Gelesene und Erlebte kam ihr surreal vor. Dennoch ahnte sie, dass es eine Wirklichkeit gab, die ihr bisheriges Leben in Frage stellte.

Mit einem Espresso in der Hand trat sie auf den Balkon und versuchte, die wild in ihrem Kopf durcheinander schwirrenden Gedanken und Gefühle zu ordnen. Die Sonne schien an diesem Tag von einem tiefblauen Himmel, an den Bäumen zeigte sich das erste Blättergrün. Fröhliches Lachen war zu hören. Eine Gruppe Kinder war auf dem Weg zu der Streuobstwiese, auf der seit wenigen Tagen die Kälber des mitten im Ort liegenden Biobauernhofes friedlich im Freien leben und grasen durften.

Mirjam ging alles zu schnell. Ihr ganzes Leben stand Kopf. Vor wenigen Wochen war ihre Mutter gestorben, vor zwei Tagen hatte sie sich von Stefan getrennt, gestern war sie endgültig ausgezogen. Und nun sollte sie auch noch erfahren, wer ihr leiblicher Vater war? Nach all den Jahren, in denen sie in einem schmerzhaften Prozess endlich gelernt hatte zu akzeptieren, dass sie dies wohl nie wissen würde?

• • •

Sie spürte, dass sie etwas Abstand brauchte, um das Gelesene auf sich wirken zu lassen, doch dafür hatte sie keine Zeit, denn das nächste Ereignis wartete schon. Am nächsten Vormittag startete der Intercity-Express, der sie und ihre Freundin Anabel nach Hamburg bringen würde. Anabel hatte dort eine Besprechung. Sie arbeitete bei einem Architekten, der in Stuttgart und in Hamburg eine Niederlassung hatte. Zwei Tage blieben übrig, um gemeinsam die Stadt zu entdecken. Vor zwei Wochen hatte Anabel sie gefragt, ob sie mitkommen wolle.

»Die letzten Monate waren anstrengend für dich, eine Reise wäre genau das Richtige. Es würde mich freuen, wenn du mit mir kommst. Und teuer wird es nicht. Über mein Büro wurde eine Ferienwohnung gemietet, in der genügend Platz für uns beide ist. Was meinst du?«

Nach kurzem Zögern hatte Mirjam Ja gesagt. Der letzte Urlaub lag schon länger zurück, die Betreuung ihrer Mutter und der Abschied von ihr hatten viel Kraft gekostet; vermutlich würde ein Ortswechsel sie ablenken. Sie kannte Hamburg nicht und freute sich, die Stadt gemeinsam mit Anabel zu entdecken. Vielleicht könnte sie sogar einen Reisebericht schreiben? Da wären ihre Reisespesen gedeckt. Mit der Hafencity und der Elbphilharmonie war Hamburg noch attraktiver geworden.

Mirjam räumte ihre Wohnung auf und packte ein paar der Umzugskartons aus. Wenn sie von der Reise zurückkehrte, wollte sie nicht von Chaos, sondern von einer gemütlichen Wohnung empfangen werden, die ihre Handschrift trug und in der sie sich nicht wie ein Gast fühlte. Die äußere Ordnung würde ihr helfen, wieder ausgeglichener zu werden.

• • •

Die nächsten Stunden vergingen rasch. Es tat Mirjam gut, die Kleidung in den Schrank zu räumen und die Bücher in das Regal einzusortieren. Oft blitzten kurze Erinnerungen an das Gelesene auf. Es gab Werke, von denen sie wusste, dass sie ihr als schnelle Kost Unterhaltung geschenkt hatten, aber mehr nicht. Diese Romane kamen in eine Kiste für die Möhringer Stadtbibliothek. Mirjam wollte sich von Ballast befreien und nicht Dinge ansammeln, die keine Bedeutung mehr für sie hatten.

Als fast alle Kisten ausgeräumt waren, gönnte Mirjam sich eine kurze Pause, kochte Spaghetti mit einer selbstgemachten Tomaten-Paprika-Sauce, die Robert am Vortag mitgebracht hatte. Jeden Muskel spürte sie schmerzhaft. Es war Zeit aufzuhören. Sie musste ihre Sachen für die Reise packen.

Irgendwann war alles verstaut, die Wohnung ordentlich, nur in Mirjam regierte weiterhin das Chaos. Die Gedanken fuhren Achterbahn. Sie kehrten zu Judiths Briefen zurück und zu dem Vermächtnis ihrer Mutter. Endlich würde sie wohl die Antwort auf die Frage erhalten: »Wer ist mein Vater?«

Eine weitere Verzögerung gestattete Mirjam sich – einen Spaziergang und eine Zigarette am Rande des Maisfeldes. Die Sonne war längst untergegangen und niemand war mehr unterwegs. Mirjam war allein mit sich und dem Himmel, der sich sternenklar über ihr wölbte. Als sie den letzten Zug ihrer Zigarette genommen hatte, fixierte sie einen der hellsten Sterne, der einen Verbindungspunkt des Großen Wagens bildete.

»Mutti, ich bin hier. Du auch? Ich werde nun nach Hause gehen. Du weißt, was ich dort tun werde. Wünsche mir Glück!«

2

17. Januar 2018

Liebe Mirjam, meine geliebte Tochter,

vor zwei Tagen habe ich den ersten Brief an dich geschrieben. Wann du ihn wohl gelesen hast? Wann die Briefe von Judith an deine Großmutter? Wie ist es dir danach ergangen, und wie geht es dir jetzt, wo du diesen Brief liest? Ich weiß es nicht und werde es leider nicht mehr erfahren. Was ich weiß, ist, dass du viel Stärke in dir hast. Und wenn du etwas willst, dann schaffst du es auch. So warst du bereits als kleines Mädchen – du konntest ein Trotzkopf sein. Mir hat es gefallen, dass du nicht einfach alles gemacht hast, was wir Erwachsenen von dir wollten. Schon als Kind hattest du deine eigenen Pläne und Vorstellungen. Du wirst bald wissen, wie du mit dem umgehen kannst, was ich dir endlich mitteilen möchte.
Nach dem Lesen von Judiths Briefen hast du schon eine Ahnung. Und ich möchte dir endlich ohne Umschweife die Wahrheit sagen: Elias Cohn Fernandes ist dein Vater.
Endlich finde ich den Mut dazu. Aber wenn nicht mehr viel Lebenszeit bleibt, lässt sich nichts aufschieben. Oft habe ich in den letzten Jahren damit gerungen, es dir endlich zu erzählen.

● ● ●

Doch ich war ängstlich, wie du reagieren würdest. Robert, du und ich hatten es gut miteinander, da fand ich es einfacher, an der Lüge festzuhalten.

Als Mutter und ich im Juni 1976 zwei Wochen in Portugal verbracht haben, waren Elias und ich ein Liebespaar. Bereits bei unserem ersten Besuch waren wir uns sehr sympathisch; jetzt gab es noch viel stärkere Empfindungen zwischen uns. An einem Abend waren wir zusammen auf einem Fado-Konzert, tranken Wein und schließlich küssten wir uns. Unsere Mütter waren über das Wochenende ans Meer gefahren, die Wohnung gehörte uns. Da wollten wir nicht mehr warten. Voller Freude haben wir einander entdeckt. Obwohl wir verliebt waren, entschieden wir, dass nicht mehr aus uns werden sollte. Nach dem Urlaub würde jeder von uns wieder seine eigenen Wege gehen. Elias konnte sich nicht vorstellen, aus Portugal wegzugehen; ich konnte mir nicht vorstellen, Deutschland zu verlassen. Nicht einmal schreiben wollten wir uns, damit wir frei für neue Begegnungen blieben.

Wieder in Stuttgart angekommen, habe ich Elias vermisst, aber ich wollte unsere Abmachung nicht brechen und verbot es mir, Kontakt zu ihm aufzunehmen. Ich arbeitete wieder in der Klinik und war abgelenkt und gefordert. Die Sommertage mit ihm wurden immer mehr zu einer wundervollen Erinnerung, die langsam verblasste. Als meine Periode das dritte Mal in Folge ausblieb, habe ich mich nicht länger vor der Wirklichkeit verschlossen. Ein Test brachte endgültige Klarheit – ich war schwanger und Elias der Vater, denn ein anderer Mann war nicht in meinem Leben gewesen.

Auch wenn du es mir vielleicht nicht glaubst: Mein erstes Gefühl war eine große Freude. Schließlich war ich bereits

• • •

achtundzwanzig und wünschte mir schon länger ein Kind, nur den passenden Vater hatte ich noch nicht gefunden.

Die Schrift, die immer schwächer geworden war, brach ab, Roberts Handschrift wurde sichtbar.

Bitte verzeih, liebe Mirjam, aber das tiefe Eintauchen in die Vergangenheit und das gleichzeitige Schreiben strengen mich zu sehr an. Ich diktiere Robert daher, was ich dir noch sagen möchte.

Elias erschien mir durchaus als der passende Vater, auch wenn er dies nie erfahren sollte. Diesen Entschluss fasste ich sehr rasch. Er war liebevoll, intelligent und gutaussehend.

Einige Tage nach dem Test weihte ich meine Eltern ein, dass ich ein Kind bekomme und es allein großziehen wolle. Sie waren zunächst geschockt. Natürlich wollten sie gern Großeltern werden, aber bitte in geordneten Verhältnissen! Als sie durch stetes Bohren schließlich erfuhren, wer der Vater war, meinte Mutter plötzlich: »Wir schaffen das schon. Mein Nähatelier will ich ohnehin in jüngere Hände geben, jetzt, da dein Vater in Rente ist. Wenn du arbeitest, können wir uns um dein Kind kümmern.«

Mir war schnell klar, weshalb sie ihre Meinung geändert hatte. Sie hatte Angst, ich würde nach Portugal zu Elias gehen. Um dies zu verhindern, war ihr jedes Opfer recht, sogar das, ihren jahrzehntelangen tiefen Kontakt zu Judith »einschlafen« zu lassen. Denn das erkannte Mutter sogleich – ihrer alten Freundin würde sie nichts vormachen können. Die Abstände zwischen den Briefen ließ sie immer länger und die Briefe selbst immer kürzer werden, bis auch Judiths Briefe kürzer und seltener wurden. Kurz nachdem du geboren wurdest, war der Kontakt schließlich ganz eingeschlafen. Die letzten Briefe habe ich in Mutters Nachlass nicht mehr gefunden. Ich

• • •

vermute, dass sie diese vernichtet hat, da der Abschied von Judith für sie zu schmerzhaft war. Es muss ihr sehr schwergefallen sein, ihre Freundin zu verlieren, und das auf eine unehrliche Weise. Mir hat es sehr wehgetan, daran schuld zu sein.

Kaum warst du auf der Welt, unser kleiner Sonnenschein, rückte alles andere in den Hintergrund. Mutter hat ihr Wort gehalten und mir den Rücken freigehalten und mein Vater war, während der Zeit, die ihm noch blieb, ein guter Großvater.

Auch ohne Vater bist du voller Liebe aufgewachsen. Als ich Robert kennenlernte, der die große Liebe meines Lebens ist, da fand ich es vollends unnötig, dir mitzuteilen, wer dein leiblicher Vater ist. Denn Robert ist dein Herzensvater, und du bist seine Herzenstochter. Das sagt ihr beide immer wieder.

Doch nun merke ich, dass ich dir gegenüber nicht länger unehrlich sein darf.

Mein liebe Mimi, ich hoffe, du bist nun nicht zu verärgert und enttäuscht, nicht zu traurig.

Ich möchte nichts Unerledigtes haben, wenn ich bald sterbe. Bitte vergib mir, was ich dir mit dem Verschweigen angetan habe.

Wie gern würde ich noch mehr erzählen, aber es strengt mich zu sehr an. Bilder sagen oft mehr als Worte. In meinem Tagebuch findest du einige Fotos aus diesem besonderen Sommer.

Wenn du meine Nachricht ein wenig verarbeitet hast, wirst du spüren, was du tun willst.

Gehe deinen Lebensweg weiter voller Vertrauen, auch wenn der Boden unter deinen Füßen ins Wanken gerät.

Eine liebevolle Umarmung schickt dir

deine dich ewig liebende Mutti

• • •

Mirjam ließ den Brief sinken, den sie bereits mehrmals gelesen hatte. Beim ersten Mal nahmen ihre Tränen ihr die Sicht auf die Schlusszeilen. Beim zweiten Mal wurden die Augen nur noch feucht. Jetzt fühlte Mirjam sich innerlich leer.

Nach Judiths letztem Brief hatte sie schon geahnt, dass Elias ihr Vater war. Doch es war etwas anderes, dies von ihrer Mutter zu erfahren.

Widerstreitende Impulse beherrschten Mirjam. Der erste war, ihren Rechner hochzufahren und im Internet zu forschen, was sie über Elias Cohn Fernandes herausfand. Der zweite, in Angelikas Tagebuch zu lesen, das mit einem Lederband umwickelt vor ihr lag. Dem dritten Impuls schließlich gab sie nach.

Noch einmal holte sie die Briefe Judiths an ihre Großmutter hervor. Sie entnahm ihnen die Fotos, die auf der Rückseite datiert waren, und legte sie in zeitlicher Reihenfolge auf den Esstisch. Das also sollten die Menschen sein, mit denen sie verwandt war.

Durch die Briefe waren sie ihr bereits seltsam vertraut geworden. Je länger sie einzelne Fotos, vor allem die von Judith und Elias, betrachtete, desto mehr Ähnlichkeiten fielen ihr auf, gerade mit Judith im mittleren Alter. Diese dunkelbraunen, leicht lockigen Haare, die feinen Gesichtszüge und die schlanke Figur – all das ähnelte ihr sehr. Auch in Elias fand sie sich wieder: Wenn sie seine Augen betrachtete, meinte sie, ihre Augen zu sehen. Und das, obwohl Mirjams Augen mandelförmig und groß, die Augen ihres Vaters dagegen schmaler wirkten. Gleich war der Blick: Es waren wache, offene, aber zugleich nachdenklich in die Welt schauende Augen – besonders beim letzten Foto, bei dem

Elias Ende zwanzig gewesen war. »Was hatten diese Augen alles gesehen?« fragte Mirjam sich. »Wie blicken sie heute in die Welt?« Da wurde Mirjam schmerzhaft bewusst: Sie hatte keinerlei Anhaltspunkte, dass ihr Vater noch lebte.

Was wäre, wenn er, ebenso wie ihre Mutter, schon früh gestorben wäre? Wie würde sie mit dieser Enttäuschung umgehen können – zu wissen, wer ihr Vater war, ihn aber nicht mehr persönlich kennenlernen zu können?

Aber wollte sie ihm überhaupt begegnen? Wie würde er reagieren, wenn er erfuhr, dass er Vater einer in Deutschland lebenden einundvierzigjährigen Tochter war? Fragen über Fragen, die Mirjam in einer Endlosschleife durch den Kopf gingen und sie noch lange wachhielten, als sie gegen elf erschöpft ins Bett fiel.

3

Auf die Minute pünktlich fuhr der Intercity-Express um 16.35 Uhr im Hauptbahnhof ein. Bei grauem Nieselwetter waren Mirjam und Anabel vor fünf Stunden in Stuttgart aufgebrochen; Hamburg empfing sie mit blauem Himmel, wattigen Wolken und kräftigen Windböen.

Auf der Fahrt mit dem Taxi zu ihrer Ferienwohnung kamen sie im letzten Tageslicht an der Binnenalster über den Jungfernstieg an stolzen Gebäuden der Flaniermeile vorbei. Nach kurzer Fahrt bog das Taxi ab und suchte sich seinen Weg entlang der zahlreichen Kanäle. Am Wasser standen große, aus Backstein errichtete Speicher. Viele waren restauriert und dienten längst anderen Zwecken als der Lagerung von Waren.

Schließlich bog das Taxi in ein Viertel mit schmaleren Straßen ein, in dem die meisten Häuser einfacher wirkten, aber auch restaurierte Gebäude die Straßen säumten. Viele Restaurants und Kneipen lagen am Weg.

»Sie sind ganz in der Nähe unserer neuen Attraktion, der Elbphilharmonie und des Hafens. Wir haben fast neuntausend Schiffsanläufe pro Jahr. Es ist der größte deutsche Hafen und einer der leistungsstärksten der Welt – wussten Sie das?« erzählte der Taxifahrer, der sich ungefragt als Fremdenführer betätigte und offensichtlich stolz auf seine Heimatstadt war.

»So, da sind wir, meine Damen. Ich wünsche Ihnen angenehme Tage in Hamburg.«

Während Anabel bezahlte, holte Mirjam ihr Gepäck aus dem Kofferraum. Sie standen vor einem vierstöckigen roten Klinkerbau, der Mirjam gefiel.

»Ich finde die Backsteinhäuser viel ansprechender als unsere langweilig verputzten Häuser. Die strahlen Behaglichkeit aus.«

Im dritten Stock wurden sie von einem Mitarbeiter der Ferienwohnungsagentur erwartet. Er zeigte ihnen die maritim eingerichtete Dreizimmerwohnung und wies auf Details hin wie die Bedienung des Herdes.

»Allerdings würde ich Ihnen raten, essen zu gehen. Hier im Portugiesenviertel gibt es viele hervorragende Lokale, in denen Ihnen fangfrischer Fisch serviert wird.«

Nachdem sie allein in der Wohnung waren, ausgepackt hatten und sich mit einem Glas Leitungswasser zuprosteten, wandte sich Anabel Mirjam zu.

• • •

»Du wirkst immer wieder abwesend, seit wir in Stuttgart aufgebrochen sind. Ich weiß, dass bei dir viel los war, aber das ist es nicht. Als der Vermieter vorhin von diesem Viertel erzählt hat, wurdest du ganz blass. Was ist los?«

»Du hast recht, ich bin durcheinander. Du weißt doch, dass ich früher gern wissen wollte, wer mein Vater ist. Nun habe ich es erfahren«, begann Mirjam stockend. Sie versuchte, ihrer Freundin alles, was sie bisher wusste, möglichst knapp zu erzählen.

»Das ist eine Geschichte wie aus einem Roman, Mirjam! Und du hast all die Jahre nichts geahnt?«

»Nein. Und ich habe auch nicht mehr damit gerechnet, es zu erfahren. Das bringt mich nun durcheinander. Ich weiß nicht, ob ich das Tagebuch meiner Mutter überhaupt lesen will.« Blass und mit ernstem Gesicht schaute Mirjam ihre Freundin an.

»Das Wichtigste weißt du bereits. Vielleicht verrät es dir noch mehr über deinen Vater. Deine Mutter erlaubt es dir ausdrücklich, also was hält dich zurück?«

Das wusste Mirjam selbst nicht genau. Eigentlich wollte sie nichts lieber als das Tagebuch lesen – und doch zögerte sie. Anabel hatte die Wohnung verlassen, um pünktlich bei der abendlichen Besprechung ihrer Firma zu sein, während Mirjam wie ein Tiger, der in einem engen Gehege gehalten wurde, in der Wohnung umherlief, ohne Ruhe zu finden.

Schließlich beschloss sie, die Zeit für eine Erkundungstour zu nutzen, auch wenn es bereits dunkel war. Sie packte den Stadtplan und nach kurzem Zögern das Tagebuch ihrer Mutter in ihren braunen Lederrucksack.

* * *

Der Wind wies Mirjam den Weg zur Elbe. Bereits nach wenigen Minuten stand sie am Fluss, der an diesem windigen Tag mit kleinen Wellen ans Ufer schlug. Links lag die »Hafencity« mit der Elbphilharmonie, rechts sah sie die St. Pauli Landungsbrücken und den Hafen. Die Umgebung war in zahllose vielfarbige Lichter getaucht, die sich im Wasser spiegelten. Sie verdeutlichten Mirjam die Dimensionen dieser Stadt mit fast zwei Millionen Einwohnern. Es herrschte quirliges Treiben, viele Touristengruppen waren unterwegs. Mirjam dagegen spürte, wie ihre kurzfristige Unternehmungslust verpuffte und sich stattdessen ihr Appetit meldete. Seit einem Käsebaguette um die Mittagszeit hatte sie nichts mehr gegessen. Sie kehrte ins Portugiesenviertel zurück, um essen zu gehen. Die Auswahl war groß, aber die meisten Lokale sprachen sie nicht an. Zurückgesetzt in einer Seitenstraße fand sie ein kleines Restaurant mit dem Namen »Casa del Sabor«, das ihr mit seinen braunen, schlichten Holztischen und Stühlen und den bis auf Sitzhöhe blau gekachelten Wänden gefiel.

»In einem ähnlichen Lokal könnte Mutti mit Elias in Lissabon gewesen sein«, ging es Mirjam beim Eintreten durch den Kopf. In dem Restaurant schienen alle Tische besetzt zu sein, verführerische Essensdüfte umhüllten Judith. Sie hatte wenig Hoffnung auf einen Platz, da wurde sie von einem freundlich blickenden Mann um die sechzig mit einer wohltönenden Stimme und leichtem Akzent angesprochen.

»Senhora, herzlich willkommen bei uns. Sie haben Glück – eigentlich sind alle Tische reserviert, aber eben haben Gäste abgesagt. Wenn Sie bleiben möchten, führe ich Sie zu Ihrem Tisch.«

»Ja, sehr gern, danke!«

• • •

An einem Zweiertisch in einer Ecke des Raumes nahm Mirjam Platz. Sie konnte das Restaurant überblicken, ohne selbst im Mittelpunkt zu sein. Etwa dreißig Gäste waren im Lokal. Sie unterhielten sich angeregt oder waren genussvoll am Speisen. Obwohl Mirjam allein war, fühlte sie sich nicht einsam, die Atmosphäre war behaglich.

»Senhora, ich bringe Ihnen die Karte. Besonders empfehlen kann ich Ihnen heute unseren gegrillten Seeteufel mit Gambas am Spieß. Dazu reichen wir Grillkartoffeln und einen Beilagensalat. Meine Frau kocht gut, das kann ich Ihnen versprechen!«

»Das klingt verlockend. Ich muss gar nicht mehr in die Karte sehen. Bringen Sie mir dazu bitte ein Glas von Ihrem roten Hauswein und eine Karaffe Wasser.«

»Eine gute Wahl!« Mit einem freundlichen Lächeln nahm der Besitzer ihre Bestellung entgegen.

Während Mirjam auf ihr Essen wartete, beobachtete sie die Menschen an den anderen Tischen. Im Stimmengewirr machte sie nur selten deutsche Sprachfetzen aus. Meist lief die Unterhaltung temperamentvoll in einer für Mirjam gänzlich unbekannten Sprache, vermutlich portugiesisch. Da sie noch nie in Portugal Urlaub gemacht hatte, war ihr dieser Klang fremd.

So also klang es, wenn ihr Vater und seine Familie miteinander sprachen, schoss es Mirjam durch den Kopf. Ihr Vater – wie fremd und zugleich verlockend der Gedanke war.

»Senhora, hier sind Ihr Wein und ein Gruß des Hauses. Eine selbstgemachte Olivenpaste mit frischem Brot.«

»Vielen Dank! Sagen Sie, sind die meisten Ihrer Gäste Portugiesen?«

»Ja, mein Lokal ist fest in den Händen meiner Landsleute, die hier ein Stück ihrer alten Heimat finden. Viele sind in den sechziger oder siebziger Jahren aus Portugal weggegangen, weil die Lebensbedingungen schlecht waren. Und in den vergangenen Jahren sind jüngere Portugiesen hierher gezogen, um in Hamburg zu arbeiten.«

Das temperamentvolle Sprachenwirrwarr vermittelte Mirjam Geborgenheit, die sich beim Trinken des samtroten Weins mit dem Geschmack nach wilden Beeren und einem Hauch von Schokolade noch steigerte. Als der Fisch serviert wurde, aß Mirjam das erste Mal seit dem Tod ihrer Mutter mit Genuss und großem Appetit. Dabei dachte sie an das Tagebuch ihrer Mutter, das im Rucksack darauf wartete, von ihr gelesen zu werden. Wann war dafür der richtige Zeitpunkt? Mitten in ihre Gedanken hinein trat der Wirt, um ihren Teller abzuräumen.

»Wie ich sehe, hat es Ihnen geschmeckt.«

»Oh ja, es war sehr gut. Ich habe noch nie einen so köstlich zubereiteten Fisch gegessen. Sagen Sie das bitte Ihrer Frau!«

»Sehr gern, da wird sie sich freuen. In einer Stunde gibt es etwas Besonderes. Ich habe derzeit Besuch von einer Cousine, die in Portugal eine bekannte Fado-Sängerin ist. Sie gibt ein kleines Konzert für meine Gäste und mich. Ich würde mich freuen, wenn Sie bleiben. Ich kann mir vorstellen, dass Ihnen der Gesang gefallen wird. Ich glaube, Sie tragen viel Sehnsucht in sich.« Mit einem gütigen, lange auf ihr ruhenden Lächeln nickte er ihr zu und zog sich zurück, ohne eine Antwort abzuwarten. Nach seinem letzten Satz standen Mirjam Tränen in den Augen. Sie nahm ihre Tasche, ließ die Jacke am Platz und trat vor das Lokal. Dort atmete sie ein

● ● ●

paar Mal tief die frische Frühlingsluft ein, die einen Hauch von Salz und Meer in sich trug. Danach fühlte sie sich besser und widerstand sogar der Versuchung, eine Zigarette zu rauchen. Zu angenehm wirkten die Aromen des köstlichen Essens nach.

Als sie an ihren Tisch zurückkehrte, hatte sie zweierlei beschlossen – sie würde die Einladung zum Konzert annehmen und sie würde die bis dahin verbleibende Zeit nutzen, um im Tagebuch ihrer Mutter zu lesen. Wo könnte dafür ein passenderer Ort sein als hier? Mirjam bestellte ein weiteres Glas Wein, holte das Tagebuch hervor und löste das Lederband. Eingelegt war ein Brief, den sie als erstes entfaltete.

16. April 1977

Meine liebe, kleine Tochter Mirjam,

heute bist du einen Monat alt geworden. Ich kann mein Glück immer noch nicht fassen. Ich betrachte dich und staune. Du siehst zauberhaft aus mit deinen dichten schwarzen Haaren, deinen winzigen Füßen und Händen. Und du verzauberst deine Großeltern und mich, wenn du uns anlächelst! Dann wird uns allen warm ums Herz.
Bisher bist du ein äußerst liebes Baby – du trinkst genügend, wenn ich dir die Brust gebe, und lässt mich nachts meist fünf Stunden am Stück schlafen, bevor du irgendwann am frühen Morgen durch Schreien verkündest, dass du Hunger hast.
Du fängst an, deine Umgebung neugierig zu betrachten, und krähst vergnügt, wenn ich dich im Kinderwagen über die Wege

● ● ●

zwischen den Streuobstwiesen schiebe und die Vögel fröhlich
für uns zwitschern.
Du bist ein zufriedenes Baby. Alle gratulieren mir zu meinem
»Sonnenschein«. Du wirkst, als wenn es dir an nichts fehle,
und ich hoffe, dass das so bleibt.
Diese Zeilen schreibe ich auf unserem Balkon. Du liegst im
Stubenwagen neben mir, nur leicht zugedeckt, denn heute ist
mit dreiundzwanzig Grad im Schatten ein ungewöhnlich
warmer Frühlingstag. Es ist ein Tag, an dem ich besonders oft
an den letzten Sommer und meine Reise, gemeinsam mit
Mutter, zu ihrer Freundin Judith und ihrem Sohn Elias nach
Lissabon denken muss.
Der heutige Tag erscheint mir als der richtige, um mein damals
geführtes Tagebuch symbolisch an dich zu übergeben. In
diesem Buch erfährst du mehr von diesen besonderen
Sommerwochen in Portugal, denn ohne diese hätte es dich nie
gegeben.
Du wirst erfahren, was ich mit deinem Vater Elias erlebt habe.
Damals wurde noch nicht viel fotografiert, aber ein paar
gemeinsame Fotos gibt es von ihm und mir – diese findest du
ebenfalls im Tagebuch.
Ich bin gespannt, wann du dieses Buch einmal lesen wirst.
Wann werde ich den Mut haben, dir zu sagen, wer dein Vater
ist? Werde ich da noch auf dieser Welt sein? Übergebe ich dir
das Buch selbst, oder findest du es, wenn du irgendwann
nach meinem Tod meine Sachen aufräumst? Ich weiß es nicht.
Ich hoffe, du verzeihst mir, dass ich dir deinen Vater
vorenthalte. Und kannst es vielleicht sogar verstehen. Ich war
in Elias verliebt, solange wir zusammen waren, trotz allem
hätte ich mich nicht ein Leben lang an ihn binden wollen. Er
hatte sein Leben in Portugal, ich meines in Stuttgart. Wir leben

• • •

*in verschiedenen Welten und das, was es gemeinsam von uns
gibt, bist du, meine kleine süße Mia. Dankbar denke ich an
seine große Wärme, Herzlichkeit und seine Wachheit und
Neugierde auf das Leben. Ich bin sehr froh, dass gerade Elias
dein Vater ist, er ist ein wunderbarer Mensch.*
Ich freue mich sehr, dass du mir geschenkt wurdest!
*Ich werde dich immer aus tiefstem Herzen lieben, was auch
geschieht.*

Deine Mama

Nachdenklich blickte Mirjam auf den Brief ihrer Mutter. Wie
bewusst sie die Entscheidung getroffen hatte, sie allein
großziehen zu wollen, erstaunte sie. Dabei schien ihre Mutter
ihren Vater geliebt zu haben. Aber eines war Angelika noch
nie gewesen – romantisch veranlagt und unrealistisch. Sie
schien vorausgesehen zu haben, wie kompliziert ihr Leben
geworden wäre, wenn sie Elias geheiratet und zu ihm nach
Portugal gezogen wäre.

   Dies widerstrebte zudem Angelikas Drang nach Freiheit und Unabhängigkeit, denn Frauen standen in dem von
der katholischen Kirche geprägten Portugal in den siebziger
Jahren in großer Abhängigkeit von ihren Ehemännern.

   Obwohl Mirjam traurig und immer wieder auch
wütend war, bisher ihres Vaters beraubt worden zu sein – sie
konnte ihre Mutter verstehen. Vielleicht hätte sie sich
ähnlich entschieden.

   Mirjam schlug die erste Seite des Tagebuchs auf und
begann zu lesen.

• • •

Es ist wunderbar. Seit gestern sind Mutter und ich wieder in Lissabon, bei Mutters Freundin Judith und ihrem Sohn Elias. Zwei Jahre haben wir uns nicht gesehen. Es gab ein großes »Hallo«, mit tränenreicher Begrüßung vor allem von Judiths und Mutters Seite. Als die beiden sich das letzte Mal gesehen haben, war Judiths geliebter Mann Tomás kurz zuvor gestorben, ihr ging es damals sehr schlecht. Umso mehr freute auch ich mich, dass sie wieder fröhlich ist. Mit ihren sechsundfünfzig Jahren, ihrer schlanken Figur, den lockigen schwarzgrauen Haaren, die sie neuerdings kurz geschnitten trägt, ist sie eine attraktive Frau. Nur wer genau hinsieht, bemerkt, dass in ihrem Blick eine tiefe Melancholie wohnt. Aber ich bin mir sicher, dass Mutter sie aufzumuntern weiß.

Als ich ihr sagte, wie sehr es mich freut, dass es ihr besser geht, antwortete sie: »Ja. Ich habe in den letzten Monaten gelernt anzunehmen, was ist.« Eine Lebenshaltung, die ich nachahmenswert finde.

Elias begrüßte uns sehr herzlich. Er ist selbstsicherer geworden und trägt sein lockiges Haar halblang, dazu einen kurzen Bart. Das steht ihm sehr gut. Er hat sein Studium beendet und sich um eine Stelle bei der Zeitung beworben. Ich drücke ihm die Daumen, dass er genommen wird. Wie sein Vater hat er gegen die Diktatur aufbegehrt – ich wünsche ihm, dass er nun »die Früchte ernten« und von der Demokratie berichten kann.

Ich habe noch nicht viel von Lissabon gesehen, aber gleich geht es los. Elias bot mir wie in alten Zeiten an, mich durch seine Stadt zu führen.

• • •

Lissabon, den 4. Juni 1976

Bevor Elias und ich gleich zu einem weiteren Stadtrundgang aufbrechen, möchte ich ein paar Zeilen ins Tagebuch schreiben. Ich weiß sonst nicht wohin mit all meinen Gefühlen, die ich für Elias habe.

Der gestrige Tag mit Elias war wundervoll. Stundenlang führte er mich durch die Gassen seiner Heimatstadt, treppauf, treppab. Immer wieder sind wir stehengeblieben – an einem besonderen Aussichtspunkt, vor einem mit bunten Azulejos verzierten Haus oder wir lauschten der Musik eines Straßenkünstlers. Im Café Brasileira, in dem sich zu früheren Zeiten Portugals berühmteste Künstler und Literaten trafen, lud Elias mich zu Kaffee und einem köstlichen Vanilletörtchen ein. Im Gespräch vergaßen wir die Zeit, so viel hatten wir einander zu erzählen, so viel gab es miteinander zu lachen. Ich lernte eine neue Seite an Elias kennen. Bei unserem letzten Besuch war er ernst und melancholisch; in diesen Tagen zeigt er mir seine humorvolle, fröhliche und charmante Seite. Er ist ein begnadeter Unterhalter, aber ein ebenso guter Zuhörer, und dazu verfügt er über ein enormes Wissen. Obwohl er erst achtundzwanzig ist und damit nur ein Jahr älter als ich, ist er sehr ernsthaft. Das hat mit der Vergangenheit seiner Familie zu tun: Eine Mutter, die mit ihren Eltern aus Deutschland fliehen musste. Elias selbst, der im Kolonialkrieg gekämpft hat und dann aufbegehrt hat gegen das Regime. Ein Vater, der im Widerstand bei der Nelkenrevolution gestorben ist. Endlich, nach Jahrzehnten der Diktatur, ist die Demokratie da und zeigt ihre ersten, wenn auch noch zarten Pflänzchen. Ich bewundere Elias für seinen Mut!

• • •

Wie unspektakulär dagegen ist mein Leben bisher verlaufen!
Welche Spuren habe ich hinterlassen?

Lissabon, den 5. Juni 1976

Vor einer Stunde sind Mutter und Judith nach Estoril aufge-
brochen. In dem mondänen Küstenort buchten sie für drei
Nächte ein Hotelzimmer und wollen die »Sommerfrische« ge-
nießen. Mutter war zunächst enttäuscht, weil ich lieber in
Lissabon bleiben möchte, hat es aber akzeptiert. Es tut Judith
und ihr gut, einmal viel Zeit ungestört miteinander zu
verbringen.
Ich finde es spannender, zusammen mit Elias Lissabon zu
entdecken. Er hat sich darüber gefreut.
Er und ich verstanden uns schon immer gut, aber etwas ist
anders bei diesem Besuch. Wenn ich wie jetzt an ihn denke,
dann klopft mein Herz. Ich sehe seine attraktive Gestalt und
seine mich liebevoll anblickenden Augen vor mir – dann
wünschte ich mir, er würde mich wieder, wie bei unserer Be-
grüßung, in seine Arme schließen.
Ich mag es sehr, wenn er mit mir spricht: konzentriert die
deutschen Worte suchend, mit melodischem Akzent und seiner
angenehm temperierten Stimme. Als ihm einmal ein Wort nicht
einfiel und ich den Satz für ihn vervollständigte, sagte er
lachend: »Ihr Deutschen wisst alles besser.«

● ● ●

Meine Welt hat sich verändert – das Licht scheint noch strahlender und die Luft, die ins Zimmer strömt, noch milder zu sein. Aus der Küche höre ich klappernde Geräusche und verführerische Düfte ziehen ins Zimmer. Es ist kurz nach zwei.

Ich liege noch im Bett und kann nicht recht glauben, was geschehen ist. Aber es fühlt sich warm und richtig an.

Den ganzen Tag erkundeten Elias und ich gestern die Stadt. Er ist ein bewanderter Stadtführer und zeigte mir auch Ecken, die abseits der Touristenströme liegen. Immer wieder verweilten wir, oft am Ufer des Tejo. Dort sahen wir lange träumend dem träge fließenden Fluss zu.

Dann wieder waren wir ausgelassen wie die Kinder. Auf dem Rossio mit seinem wellenförmigen Pflaster hüpften wir von einer Welle zur anderen – zunächst allein, bis Elias meine Hand nahm und wir gemeinsam sprangen.

Danach rannte ich davon, bis er mich gefangen nahm und in seinen Armen hielt, damit ich ihm nicht mehr entwische. Lange sahen wir uns in die Augen, bis Elias schließlich mein Gesicht zärtlich in seine Hände nahm und mich sanft küsste. Einfach so, ohne zu fragen. Ich küsste zurück, denn es war ein wundervolles Gefühl, seine Lippen auf den meinen zu spüren und unsere Münder ineinander verschmelzen zu lassen. Er duftete, wie Männer für mich riechen müssen – nach dem Rauch seiner Zigaretten und einem würzigholzigen Aftershave.

Alles fühlte sich richtig an. Auch dass wir händchenhaltend weitergingen, immer wieder nach einer Ecke Ausschau haltend, in der wir uns erneut küssen konnten. Der Abend hatte begonnen, wir spürten, dass wir Hunger hatten. Inzwischen waren wir in der Alfama angekommen, dem

• • •

maurischen Stadtteil mit seinen weißen, kubischen Häusern. In einer Gasse fanden wir ein kleines Lokal, ein Zweiertisch war noch frei. Dort stärkten wir uns mit leckerem Fisch, Gemüse und Kartoffeln, tranken Rotwein, fühlten uns leicht und frei. Wir schwiegen, da waren nur unsere Blicke, die einander nicht mehr loslassen wollten, und der sehnsuchtsvolle Gesang einer Fado-Sängerin, die auch unsere Sehnsucht immer größer werden ließ. Irgendwann war die Karaffe Wein ausgetrunken. Jeder bestellte noch ein Glas, nicht recht wissend, wie es weitergehen sollte mit uns. Nachdem wir auch das ausgetrunken hatten, fragte Elias mich, ob wir aufbrechen und in die Wohnung zurückkehren wollten. Meine ehrliche Antwort: »Ja, ich möchte gern mit dir allein sein.« So einfach kann es sein, wenn der Körper nur noch ein einziges Sehnen nach dem anderen ist. Wenn Raum, Zeit, Länder, Grenzen, Vergangenheit, Gegenwart und Zukunft an Bedeutung verlieren.

Obwohl ich schon mit anderen Männern zusammen war und Elias mit anderen Frauen, waren wir gehemmt und aufgeregt, als wir in seinem Zimmer voreinander standen. Kaum fanden unsere Lippen zum Kuss zurück, waren unsere Körper erneut voller Sehnen und wussten von allein, was sie spüren und erkunden wollten. Wogen unendlichen Glücks, Augenblicke der Ewigkeit und eine warme Geborgenheit durchfluteten mich, als wir eins wurden. So wundervoll kann Liebe sein, war mein Gedanke, als ich danach in Elias Armbeuge lag. Lange noch tauschten wir zärtliche Berührungen aus, bevor wir einschliefen.

• • •

Lissabon, den 10. Juni 1976

So viel Zeit wie möglich verbringen Elias und ich miteinander. Es ist nicht leicht, vor unseren Müttern geheim zu halten, dass wir zusammen sind. Aber wir waren uns schnell einig, dass sie es nicht erfahren sollen. Obwohl wir uns sehr zueinander hingezogen fühlen, wissen wir, dass wir nach diesen gemeinsamen Sommerwochen getrennte Wege gehen werden. Weder Elias noch ich können uns vorstellen, die Welt des anderen zur eigenen Welt werden zu lassen – alles Bisherige aufzugeben, um in einem fremden Land zu leben.

Mit dieser Freiheit, die wir einander schenken, ist unser Zusammensein umso kostbarer. Wir genießen uns, wann immer es geht, mit allen Sinnen und mit einer Lust und Zärtlichkeit, die losgelöst ist von allen Verpflichtungen.

Uns beiden ist klar, dass der Abschied schwer werden wird, aber diesen Preis sind wir zu zahlen bereit.

Stuttgart, den 15. Juni 1976

Eben lese ich den letzten Eintrag in meinem Tagebuch. Ja, die Trennung von Elias, wie schwer sie mir gefallen ist, wie schwer sie auch ihm gefallen ist. Wir konnten es einander nicht einmal richtig zeigen, denn da waren unsere Mütter, die am Flughafen ebenfalls »Adeus« zueinander sagten.

Den eigentlichen Abschied gab es in der Nacht davor. Nachdem unsere Mütter schliefen, schlich Elias in mein Zimmer, das am weitesten von den anderen entfernt lag. Auf der schmalen Gästecouch liebten wir uns ein letztes Mal mit all unserer Sehnsucht und all unserem Verlangen, aber auch mit

● ● ●

dem Hauch und der Bitterkeit des Abschieds. Elias fragte mich wie auch schon in den Tagen zuvor: »Soll das wirklich vorbei mit uns sein?« Ich antwortete ihm: »Ja, alles andere wäre nur noch schwerer.« Nicht einmal schreiben werden wir uns – auch diese Zusage habe ich ihm abgerungen und bereue sie bereits, während ich diese Zeilen niederschreibe. Nach außen wirke ich meist stark und kontrolliert, aber wer jetzt in mein Inneres sehen könnte, würde etwas ganz anderes finden – Verwirrung und lauter unbeantwortete Fragen. Als Trost sage ich mir, dass die besondere Stimmung Lissabons einen Liebeszauber auf uns gelegt hat, der im Alltag schnell verfliegen würde. Ein Liebeszauber – das sind Überlegungen, die gar nicht zu mir passen.

Helfen wird, dass morgen mein Arbeitsalltag wieder beginnt. Der bringt mich schnell auf andere Gedanken, denn meine Stelle als Pflegedienstleiterin der Inneren Klinik im Bürgerhospital fordert mich.

Stuttgart, den 30. Juni 1976

Einige Tage dachte ich weniger an Elias und das Erinnern tat nicht mehr ganz so weh. Aber noch immer fehlt mir der Appetit. Als ich die Eltern vergangenen Sonntag zum Essen besuchte, war Mutter ganz besorgt. »Du bist ganz schmal und blass geworden. Isst du auch genug, mein Kind?« Ich erzählte, wie anstrengend meine Arbeit derzeit sei. Ständig fielen auf den Stationen Krankenschwestern aus und ich müsste kurzfristig für Ersatz sorgen, dazu die Einführung einer neuen Pflegedokumentation – manchmal wüsste ich nicht, wo mir der Kopf stünde.

• • •

Vorhin rief Mutter mich an. Sie hatte einen Brief von Judith bekommen und wollte mich an dem Inhalt teilhaben lassen. Mein Herz fing an zu klopfen. Ich hatte Angst und hoffte zugleich, dass darin auch das Neueste von Elias stand. Doch zunächst war es ein Rückblick auf unseren Besuch. Sie schrieb positiv von mir, erzählte aber zugleich von ihren Ängsten, Elias an mich zu verlieren, weil er und ich uns ineinander verlieben könnten. Eingeprägt hat sich mir der Satz: »Ich glaube, es würde mir das Herz brechen, erst Tomás und dann auch noch Elias zu verlieren.« Und auch, dass es meinen Eltern vermutlich ähnlich gehen würde, da sie früh ihren Sohn verloren und nun nur noch mich als einzige Tochter haben.

Die Erinnerungen an die wundervollen Tage mit Elias waren wieder ganz nahe. Fast meinte ich, seine zärtlichen Berührungen auf meinem Körper zu spüren. Aber zugleich war jede Hoffnung fortgewischt, er oder ich könnten uns aufmachen, unsere Heimat verlassen, alles hinter uns lassen, um in Lissabon oder Stuttgart ein gemeinsames Leben zu führen. Es hat keinen Zweck. Ich will versuchen, die Zeit mit ihm als einmalige Erinnerung zu bewahren. Wenn ich die wenigen Fotos, die es aus diesen zwei kostbaren Sommerwochen gibt, ansehe, halte ich es vor Sehnsucht fast nicht aus. Meine Seele, mein Körper, mein Herz – sie alle wollen zu Elias. Nur mein Verstand, der hält mich hier.

Stuttgart, den 25. Juli 1976

Draußen hat es nach sechs am Abend noch über dreißig Grad. Am Morgen ließ ich alle Jalousien herunter, bevor ich aufbrach, dennoch staut sich die Wärme in den Räumen. In der

• • •

Innenstadt, wo ich arbeite, ist die Hitze noch schlimmer. Mir tun unsere Patienten leid, vor allem die bettlägerigen. Die Schwestern hängen feuchte Laken über die Bettbügel, das bringt kurzfristig Erleichterung.

Hier in Möhringen weht ein leichter Wind, und in den Nächten kommt vom Sindelbach, den Streuobstwiesen und den Feldern ein wenig Abkühlung. Ganz Deutschland leidet unter der Hitze und Dürre. Seit Wochen hat es nicht mehr geregnet.

Wie die Sommer für mich in Lissabon wären, frage ich mich manchmal. Die Hitze muss dort leichter zu ertragen sein, denn vom Tejo weht auch dann oft eine Brise.

Ja, ich gebe es zu, meine Gedanken kehren oft zu Elias und Judith zurück. Fünf Wochen sind es, seit wir uns verabschiedet haben – ein Abschied ohne Wiederkehr? Wie verhalte ich mich, wenn Mutter im kommenden Jahr erneut zu Judith nach Lissabon reist und ich sie begleiten soll? Ich möchte nicht noch einmal in diesen Gefühlsstrudel geraten. Nur langsam kann ich ohne eine Sehnsucht, die mich zu zerreißen droht, an Elias denken. Würde ich ihn wiedersehen, begänne alles von neuem. Ich müsste mir eine Ausrede einfallen lassen.

Im Krankenhaus arbeitet ein Oberarzt, zehn Jahre älter als ich, der sich auffallend um mich bemüht. Er sieht gut aus, ist nett und charmant, dennoch prallen seine Avancen an mir ab. Ich spüre, wie mein Herz weiterhin an Elias hängt.

Stuttgart, den 22. August 1976

Es ist Hochsommer. Die Felder und Wiesen, sie dürsten nach Wasser. Ich habe mir angewöhnt, vor dem Dienst ins Mineralbad Berg zu fahren und im achtzehn Grad kalten Wasser eine

• • •

halbe Stunde meine Bahnen zu ziehen. Zwar muss ich sehr früh aufstehen, aber das stört mich nicht. Bei dieser Hitze ist mein Schlaf ohnehin unruhig. Morgens sind nur wenige andere Badegäste da, ich kann ungestört schwimmen. Erfrischt komme ich im Dienst an und bin gewappnet für den Tag.

Gestern Abend wurde ich von Dietmar, so heißt unser Oberarzt, zum Essen eingeladen. Wir saßen vor einem Lokal beim »Hans-im-Glück-Brunnen« und hatten einen kurzweiligen Abend. Dietmar war sehr höflich, galant, und es war offensichtlich, dass ich ihm gefalle. Aber gefällt er mir? Die Zeit wird es zeigen.

In den vergangenen Tagen dachte ich wieder häufig an Elias. Es gibt einen Grund: Zweimal bereits setzte meine Periode aus. Als wir in Lissabon zusammen waren, nahm ich die Pille nicht, da ich keinen Partner hatte. Zu Elias sagte ich, er müsse nicht verhüten, da ich derzeit keine fruchtbaren Tage hätte. Nun frage ich mich, ob ich mich verrechnet habe. Was ist, wenn ich schwanger bin? Dies geht mir unentwegt durch den Kopf. Ich habe Angst …

Zwar spüre ich seit zwei Jahren eine Sehnsucht, Mutter zu werden, aber doch nicht ungeplant! Zu meinem Bild gehören ganz klassisch drei Personen, die zusammenleben: Vater (Wer?), Mutter (ich) und unser Kind.

Sicherlich wäre Elias ein guter Vater. Er ist liebevoll, intelligent, humorvoll und sieht auch gut aus, aber er wohnt zu weit weg, kommt aus einem anderen Land. Wir kennen uns zu kurz. Ob unsere Urlaubsliebe dem Alltag standhielte, bezweifle ich. Es ist alles kompliziert.

Vielleicht blieb die Periode nur weg, weil ich beruflich viel Stress habe?

• • •

Ich warte noch zwei Wochen, aber dann will ich Klarheit haben.

Stuttgart, den 6. September 1976

Seit heute habe ich Gewissheit: Ich werde Mutter. Die Worte meines Frauenarztes zerstreuten die letzten Zweifel: »Frau Neumann, ich gratuliere Ihnen! Sie erwarten ein Kind. Mitte März nächsten Jahres wird es auf die Welt kommen. Da wird sich der werdende Vater freuen.«

Ich habe ihn nicht korrigiert. Als Dr. Pauli mir mit einem strahlenden väterlichen Lächeln die Botschaft verkündete, war es ein Augenblick des Staunens und der tiefen Freude. Die Frucht der Liebe zwischen Elias und mir wächst in mir.

Dennoch wird es schwer. Ich werde das Kind allein großziehen, auch das weiß ich. Das macht mich traurig. Wie soll das gehen? Ich werde Tag und Nacht für mein Kind da sein müssen, ganz gleich wie es mir geht. Das ist viel Verantwortung und ganz anders als im Beruf, bei dem ich irgendwann Feierabend habe. Ich werde mich abends nicht mehr einfach mit Freunden treffen und feiern können. Ich werde das Kreisen um mich aufgeben müssen. Stattdessen muss ich bereit sein, die Bedürfnisse eines kleinen Wesens zu erfüllen, das mir anfangs nicht einmal sagen kann, was es will. Aber ich werde diesem Menschenkind all die Liebe schenken, die ich in mir trage.

Da ist die Trauer über den endgültigen Abschied von der Jugend – vom Gefühl, alle Türen des Lebens stehen mir offen, und ICH kann entscheiden. Werde ich in naher Zukunft erneut offen für die Liebe zu einem Mann sein? Wird dieser auch

● ● ●

bereit sein, sich nicht nur auf mich einzulassen, sondern auch auf das Kind, das nicht sein Kind ist?

Fragen über Fragen und bisher keine Antworten.

Angst habe ich auch vor dem, was die anderen von mir denken, wenn sie erfahren, dass ich Mutter werde. Was werden die Eltern sagen, die Nachbarn, meine Freunde? Was antworte ich, wenn die unweigerliche Frage nach dem Vater des Kindes gestellt wird? Wie wird es meinem Kind gehen, wenn es in den Kindergarten kommt, in die Schule? Fast alle anderen Kinder haben zwei Elternteile, leben in einer »normalen« Familie. Mein Kind wird dagegen allein mit mir, seiner Mutter, aufwachsen.

Stuttgart, den 7. September 1976

Die letzten zwei Arbeitstage dieser Woche meldete ich mich krank. Es geht mir nicht gut. Die ganze Nacht habe ich mich schlaflos im Bett herumgewälzt und gegrübelt – wie das gehen soll als alleinerziehende Mutter. Wovon sollen wir leben? Ich werde nicht mehr Vollzeit arbeiten können, sondern mich um mein Kind kümmern müssen.

Mein Kind – das hört sich fremd an. Zugleich liegt ein Versprechen darin. Ich frage mich: Schaffe ich das, ganz allein? Bin ich stark genug? Reicht meine Liebe auch an schweren Tagen?

• • •

155

Stuttgart, den 8. September 1976

Stundenlang bin ich gestern und heute, nur mit kleinen Ruhepausen, durch Feld, Wald und Weinberge gewandert, bei wunderbar spätsommerlichem Wetter mit milden Temperaturen. Ich habe versucht, nicht viel zu denken, sondern mich auf das Gehen und die Natur zu konzentrieren. Das hat mir geholfen, meine Ängste und Sorgen kleiner werden zu lassen. Irgendwo, mitten im Wald, als eine Amsel besonders fröhlich sang, aber ansonsten Stille herrschte, hatte ich nur noch einen Gedanken: Trotz allem, was sich in meinem Leben verändert – ich freue mich, freue mich, freue mich, Mutter zu werden! Ich spürte ein tiefes »Ja, du bist willkommen« zu meinem Kind.

Für morgen habe ich die Eltern zum Kaffeetrinken eingeladen. Ich hoffe, dass ich den Mut aufbringe, ihnen zu sagen, dass sie Großeltern werden. Wie werden sie reagieren? Wird meine Mutter auf Elias tippen? Werde ich ihnen verraten, wer der Vater ist? Ich weiß es nicht. Ich weiß nur, dass ich meine Sorge, aber auch meine Freude mit ihnen teilen möchte. Ich hoffe sehr, dass sie trotz allem glücklich sind, Großeltern zu werden! Oder werden sie nur das Gerede der Leute in Möhringen fürchten? Hier lebt es sich fast wie in einem Dorf. Die Nachricht wird sich entsprechend schnell verbreiten: Die Angelika von den Neumanns erwartet ein lediges Kind! Wie wird das sein für meine Eltern?
Andererseits, jetzt, wo Vater in Pension ist, freut er sich vielleicht sogar, wenn er eine neue Aufgabe hat. Und Mutter wollte ihr Modeatelier ohnehin in jüngere Hände übergeben.

• • •

Hoffentlich rede ich mir nicht nur alles schön. Wie werde ich finanziell über die Runden kommen? Wie lässt es sich bei der Arbeit regeln?

Immerhin muss ich nicht auf Wohnungssuche gehen. Die drei Zimmer, die ich habe, reichen für das Kind und mich. Ich habe einen Balkon und dazu noch das Grün direkt vor der Tür. Und ich habe eine Arbeitsstelle mit einem ordentlichen Einkommen. Alles in allem beste Startbedingungen für ein neues Leben – wenn da nur nicht der fehlende Vater wäre.

Stuttgart, den 9. September 1976

Bei dem Besuch der Eltern gestern hatte ich tatsächlich den Mut, ihnen zu erzählen, dass sie Großeltern werden. Zunächst fielen sie aus allen Wolken. Da ich keinen Partner habe, hatten sie nichts geahnt. Natürlich fragten sie gleich, wer der Vater sei. Mutter äußerte mit brüchiger Stimme eine Vermutung.

»Als wir in Lissabon waren, hast du dich mit Elias sehr gut verstanden. Ihr wirktet vertraut und innig. Ist er der Vater?«

Da wollte ich nicht lügen und habe erzählt, dass Elias und ich in Lissabon ein Paar waren und, ja, dass er der Vater ist. Mutter wurde blass, ihre Augen schimmerten feucht: »Judith lag richtig mit ihrer Angst. Dann werden wir dich und unser Enkelkind wohl nach Portugal hergeben müssen. Aber ich weiß nicht, ob ich das verkrafte, nach deinem Bruder nun auch noch dich zu verlieren.«

Mit dieser Reaktion lieferte sie mir eine Steilvorlage. Ich erzählte den Eltern, dass die gemeinsamen Tage mit Elias unvergesslich gewesen seien, dass ich dennoch nicht beab-sichtige, zu ihm nach Lissabon zu ziehen. Nein, ich hätte mich

● ● ●

entschieden, mein Kind allein großzuziehen, und wolle Elias auch nicht über die Vaterschaft informieren. Das müsse ohnehin geheim bleiben.

Nach dieser Antwort wirkten die Eltern erleichtert und versuchten es auch nicht zu verbergen. Mutter meinte mit nun wieder fester Stimme: »Angelika, wir schaffen das zusammen. Vater hat viel Zeit, und ich werde bald mein Modeatelier abgeben. Wenn du wieder anfängst zu arbeiten, kümmern wir uns um die Kleine.« Sie sagte »die Kleine« – wird sie sich ebenso freuen, wenn es ein Junge würde?

Stuttgart, den 13. November 1976

Heute ist ein Tag, den ich am liebsten verschlafen würde. Grau und ungemütlich, mit starkem böigen Wind von West. Mir hängt eine Begegnung des gestrigen Tages nach. Da traf ich eine ehemalige Klassenkameradin, die einen Kinderwagen schob. Als sie mich mit meinem nicht mehr zu übersehenden Babybauch erblickte, begrüßte sie mich überschwänglich. »Schon lange haben wir uns nicht mehr gesehen, Angelika! Wie ich sehe, wirst du auch Mutter. Das ist schwer, wenn man ein Kind allein großziehen muss.«

Ich wechselte noch ein paar Worte und ging dann weiter. Ich war traurig und wütend zugleich und wünschte mich in die Anonymität der Großstadt. Hier in Möhringen scheint es inzwischen die Runde gemacht zu haben, dass ich Mutter werde und es keinen Vater dazu gibt. Manchmal trifft mich ein mitleidiger Blick, ein anderes Mal werde ich besonders freundlich behandelt und dann wieder spüre ich, wie sich schnell ein Blick abwendet, wenn ich in die Nähe komme –

• • •

auch Getuschel habe ich schon vernommen. Auf den Wochen-
markt gehe ich nicht mehr, es ist ein Spießrutenlauf. Sicherlich
nehme ich manches auch übersteigert wahr. Dennoch würde
ich den Menschen am liebsten zurufen: »Ja, ich, Angelika
Neumann, bekomme ein Kind einer kurzen, aber großen Liebe.
Das ist vielleicht mehr als ihr je erlebt habt! Ich freue mich auf
mein Kind, und ich werde es euch allen noch zeigen!« Solche
Gedanken habe ich allerdings nur in Augenblicken, in denen
es mir gut geht, und nicht an einem trüben Tag wie heute.

Stuttgart, den 17. November 1976

Heute war ein angenehmer Tag. Bei der Arbeit hat mir eine
Krankenschwester, die im nächsten Monat pensioniert wird,
mehrere Paare selbstgestrickter Babysocken in verschiedenen
Größen geschenkt. Noch mehr berührte mich, was sie sagte.
»Frau Neumann, Sie werden eine liebevolle und gute Mutter
sein. Wissen Sie, manchmal ist es besser, wenn Kinder nur bei
der Mutter aufwachsen. Viele Väter stören nur. Meinen
Kindern hätte das auch besser getan. Sie schaffen das schon!«
Die Reaktionen im Krankenhaus sind überhaupt meist positiv
und viele freuen sich mit mir. Dietmar wollte nicht nochmals
mit mir ausgehen, aber er wäre ohnehin nicht der richtige
Mann für mich.
Meine zwei engsten Freundinnen hatten sich von mir
zurückgezogen, weil sie nicht verstanden, dass ich ihnen nicht
erzählen wollte, wer der Vater meines Kindes ist.
»Hast du kein Vertrauen?« fragten sie mich.
Ich konnte diese Frage nicht beantworten. Es ist komplizierter.
Ich möchte nicht, dass jemand außer meinen Eltern weiß, wer

der Vater ist. Mein Kind soll es einmal von mir erfahren und nicht aus Versehen von anderen Menschen. Aber das konnte oder mochte ich ihnen gegenüber nicht in Worte fassen.

Vor ein paar Tagen riefen Sabine und Marlene an, um sich nach der Arbeit mit mir zum Essen zu verabreden. Wir verbrachten gestern einen entspannten Abend miteinander, redeten lange und offen. Sie akzeptieren inzwischen meine Entscheidung, sie über die Vaterschaft nicht ins Vertrauen zu ziehen, und sagten mit einem offenen Lächeln: »Auf uns kannst du zählen! Und wenn du Patentanten für dein Kind brauchst, wir würden uns freuen!«

Stuttgart, den 4. Dezember 1976

Das Wochenende ist da zu meiner Freude. In meiner Schwangerschaft geht es mir gesundheitlich sehr gut; dazu trägt sicherlich auch das regelmäßige Schwimmen bei. Aber ich merke, dass jetzt zu Beginn des siebten Monats alles beschwerlicher wird. Das Gute ist, ich arbeite nur noch zwei Wochen. Dann habe ich Resturlaub, bevor Anfang Februar mein Mutterschutz beginnt.

Mein Kind ist recht aktiv geworden. Packt mich einmal die Traurigkeit, was in diesen dunklen, trüben Wochen vorkommt, verpasst es mir mal sanfte, mal energische Tritte, als wolle es sagen: »Hallo Mama, hier bin ich. Du brauchst nicht traurig zu sein. Wir schaffen das!« Auch habe ich das große Glück, dass meine Eltern für mich da sind und mich unterstützen – auch beim Renovieren des Kinderzimmers; Vater baute sogar ein Schränkchen zur Wickelkommode um. Mit beiden suchte ich

• • •

vor einigen Tagen einen Kinderwagen aus, den sie mir schenkten. Alles ist bereitet für mein Kind.

Von Elias und Judith hörte ich nichts mehr und habe mich bei Mutter auch nicht mehr nach ihnen erkundigt. Mutter fällt es schwer, ihrer langjährigen Freundin etwas vorzuspielen und bestimmte Themen einfach auszuklammern. Sie hat angefangen, die Abstände zwischen den Briefen länger werden zu lassen. Der Inhalt klingt unpersönlicher. Sie hofft, dass dadurch der Kontakt zwischen ihnen langsam einschläft.

Ich habe manchmal ein schlechtes Gewissen. Über viele Jahrzehnte und Widrigkeiten hinweg schafften es diese beiden Frauen, ihre Freundschaft aufrechtzuerhalten, und nun zerbricht sie, weil ich ein Kind von Elias erwarte und wir dieses Wissen für uns behalten wollen.

Elias, wie es ihm wohl geht? Das beschäftigt mich weiterhin: Er ist mir nicht gleichgültig. Ich hoffe, er fühlt sich wohl und seine Tätigkeit als Journalist erfüllt ihn.

Bin ich glücklich, obwohl mein Leben etwas kompliziert geworden ist? Es erstaunt mich – an vielen Tagen kann ich diese Frage mit Ja beantworten. Denn da ist eine nicht in Worte zu fassende Freude über das Menschenkind, das schon bald auf die Welt kommen wird. Ich freue mich sehr darauf, Mutter zu werden. Wenn das Kind, wie jetzt im Augenblick, in meinem Bauch herumzappelt und mich manchmal auch etwas unsanft tritt, dann singe ich ihm Kinderlieder vor oder erzähle mit sanfter Stimme aus meinem Leben und auch von seinem Vater Elias. Sehr schnell wird es ruhiger und scheint zu schlafen. Es ist ein Wunder, das ich erleben darf, und ich bin sehr dankbar für dieses unverhoffte Geschenk.

Ein neues Jahr hat begonnen, ein Jahr mit der größten Veränderung meines bisherigen Lebens. Heiligabend feierte ich bei den Eltern. Als wir nach der Bescherung vor den flackernden Kerzen des Tannenbaums saßen, sagte meine Mutter mit einem Lächeln: »Stell dir vor, wie die Kerzen beim nächsten Weihnachten in den Augen deines Kindes funkeln werden, Angelika.« Und da waren wir plötzlich von großer Vorfreude und einem tiefen Frieden erfüllt. Ich bin dankbar, wie Mutter und Vater mich unterstützen, wie sie sich freuen, Großeltern zu werden. Sicherlich hätten sie es sich anders gewünscht, aber das lassen sie mich nicht spüren.

Den Jahreswechsel verbrachte ich bei Marlene. Sabine war mit ihrem Partner beim Skifahren; Marlene ist wie ich derzeit nicht liiert. Wir machten es uns mit zwei weiteren Freundinnen von ihr gemütlich. Es gab Fondue, wir sahen uns »Dinner for one« im Fernsehen an und amüsierten uns wie jedes Jahr köstlich. Die Zeit bis Mitternacht verging mit Scrabble und Tanzen schnell. Mit meinem dicken Bauch sorgte ich bei dem Versuch, einen verführerischen Bauchtanz hinzulegen, für großes Gelächter. Das Feuerwerk um Mitternacht sahen wir uns auf Marlenes Balkon an; sie wohnt im dritten Stock einer Wohnung im Stuttgarter Westen mit Blick zum Bahnhof. Noch lange hingen Nebel und Schwefelgeruch in der Luft. Ich verschwand wenig später im Gästezimmer. Das lange Sitzen war mir irgendwann zu anstrengend. Mit dem Schlafen ist es auch nicht mehr einfach. Mal ist es die ungewohnte Schlafposition auf dem Rücken, mal sind es die schmerzenden Knochen oder die volle Blase, die mich nachts wecken. Bin ich endlich eingeschlafen, wecken mich Tritte meines Babys. Tagsüber lässt es

• • •

mich eher in Ruhe, aber nachts macht es eifrig Turnübungen, tritt gegen die Bauchdecke oder es hat einen Schluckauf. Aber mich freut, dass es aktiv ist. Ich nehme es als Zeichen, dass es ihm gut geht und es langsam begierig darauf ist, die Welt zu entdecken. Erstaunlich ist, dass es ruhiger wird, wenn ich Kinderlieder singe.

Stuttgart, den 5. Februar 1977

Den ganzen Winter schneite es nur wenig. Doch seit gestern Abend scheint Frau Holle dies aufzuholen. Es schneit und schneit, und die Schneedecke wird immer dicker. Mutter und Vater haben es vorausgesehen – oder vielmehr die Wettervorhersage aufmerksam verfolgt – und kamen gestern mit Körben voller Lebensmittel und Getränken zu mir. Meine liebe Mutti brachte mir wohlschmeckendes vorgekochtes Essen in Tupperdosen mit, die nun in meinem Gefrierschrank lagern.
Nun stört es mich nicht, in diesen Tagen nicht hinauszugehen. Mit meinem ballonartigen Bauch bin ich inzwischen unbeweglich, kurzatmig und sehne die Geburt meines Kindes herbei. In Gedanken ertappe ich mich, dass ich an »meine Tochter« denke. Was »es« wohl tatsächlich wird? Hauptsache, mein Kind kommt gesund zur Welt. Alle Vorbereitungen sind getätigt und im Flur steht eine gepackte Tasche. Selbst wenn die Wehen früher einsetzen – ich bin bereit.
Also, alles ist im Lot? Nein! Immer wieder bin ich traurig und weine grundlos. Wie wird es sein, wenn mein Kind auf der Welt ist? Jetzt im Bauch ist es geborgen und versorgt. Komme ich mit der Verantwortung für dieses kleine Menschlein zurecht? Meine Mutter, der meine Stimmungsschwankungen

• • •

aufgefallen sind, hat mich beruhigt. »Das ist normal, dass du so denkst. Aber du wirst sehen, du wirst eine wunderbare Mutter sein. Und du hast noch uns.«

Ja, ich habe sie, aber keinen Mann, der sich um das Kind und um mich kümmern kann. Manchmal zweifle ich, ob ich die richtige Entscheidung getroffen habe, das Kleine allein großzuziehen, ohne seinen Vater Elias. Aber wie sollte es anders gehen? Unsere Lebenswelten sind zu verschieden, und ich brauche meine Unabhängigkeit.

Mir hilft, was Judith bei unserem letzten Besuch sagte: »Ich habe gelernt anzunehmen, was ist.« Diese Lebensweisheit seiner portugiesischen Großmutter möchte ich meinem Kind irgendwann mit auf den Weg geben.

Wenige Stunden später

Vorhin war ich erschöpft und legte mich gegen elf noch einmal hin. Mein Kind spürte es. Bis halb drei ließ es mich ruhig schlafen. Der Schlaf schenkte mir neue Energie. Ich sehe meiner Zukunft wieder zuversichtlicher entgegen, stehe zu der Entscheidung, allein für mein Kind sorgen zu wollen.

Wie zauberhaft die verschneite Landschaft aussieht! Dick in Watte gehüllt. Alles sieht verändert aus – wie mein Leben. Nie hätte ich es mir vor wenigen Monaten vorstellen zu können, so schnell Mutter zu werden. Doch jetzt, wo es bald soweit ist, kann ich sagen: Ich bin bereit. Ich freue mich!

* * *

Während ich diese Zeilen schreibe, liegt meine süße kleine Tochter Mirjam wohlig in ihrem Stubenwagen und schläft. Eben habe ich sie gestillt, nun ist sie satt und zufrieden. Am 16. März 1977 kam sie um 19.02 Uhr in der Frauenklinik auf die Welt – mit fünfzig Zentimetern Länge und dreitausendeinhundert Gramm Gewicht, dichten schwarzen Haaren und strahlend blauen Augen. Wie alle Babys zerknittert, aber für mich als Mutter war und ist sie das schönste Kind der Welt. Mit einem kräftigen Schrei eroberte sie die Welt.

Die Geburt war unkompliziert, aber dennoch schlimmer als ich es mir vorgestellt hatte. Die stundenlangen Wehen, diese Schmerzen ... Ich bin froh, dass ich vorher nicht wusste, was auf mich zukommt. Aber kaum legte mir die Hebamme meine Tochter in die Arme, war aller Schmerz vergessen. Da gab es nur noch eine Freude, die so groß war, dass ich dafür keine Worte finde.

Lange hatte ich überlegt, welchen Namen mein Kind bekommen soll. In Erinnerung an die Wurzeln ihres Vaters entschied ich mich für den hebräischen Namen Mirjam. Er hat einen besonderen Klang. Die Bedeutung »Die Widerspenstige, Ungezähmte« gefällt mir, denn ich möchte, dass meine Tochter ihren eigenen Willen entwickelt. Ihr Name soll mich daran erinnern.

In ihrer Geburtsurkunde steht als Eintrag »Vater unbekannt«. Ich hoffe, dass ich meiner Tochter damit das Leben nicht erschwere.

Nun muss ich aufhören, denn ich möchte die Zeit nutzen, in der Mirjam schläft, um zu kochen und aufzuräumen. Heute

• • •

Abend kommen Freunde zum Essen, die meine Kleine unbedingt kennenlernen wollen.

Es ist wundervoll, Mutter zu sein! Stundenlang kann ich Mirjam betrachten und entdecke immer wieder neue zauberhafte Details in ihrem Gesicht, den Händen, den Füßen, ihren Augen …

Ich bin gespannt, was das Leben für meine Tochter bereithalten wird. Ich hoffe, sie ist vom Glück gesegnet. Ich hoffe, dass uns möglichst viele Jahre miteinander geschenkt werden hier auf dieser Erde, die noch reicher geworden ist, seit es Mirjam gibt. Meine Tochter – ein Glücksversprechen liegt für mich in diesen zwei Worten!

Lange starrte Mirjam auf diese Zeilen, dem letzten Eintrag im vor ihr liegenden Tagebuch. Erst jetzt nahm sie die Geräusche um sich herum wieder wahr – das Lachen und die Unterhaltung der Gäste, das Geklapper von Geschirr und das Stimmen der Gitarren.

Beim Lesen hatte sie sich außerhalb von Raum und Zeit befunden und war erfüllt von dem, was ihre Mutter zu erzählen hatte. Es waren nicht nur ihre Worte, sondern auch die wenigen Schwarzweißfotos, die Angelika in das Tagebuch eingeklebt hatte und die Mirjam fesselten.

Eines zeigte Angelika zusammen mit ihrer Mutter Karolina, Judith und Elias, aufgenommen am Tejo. Unter dem Bild stand: »Vor der Hängebrücke Ponte 25 de Abril«. Die Mütter blickten steif in die Kamera, Elias deutete ein Lächeln an und Angelika strahlte.

Auf einem weiteren Foto war ihre Mutter am Strand liegend zu sehen. In einem schwarzen Badeanzug mit gerafftem

Oberteil machte sie eine gute Figur. Die Hand hatte sie schützend über ihre Augen gehalten und blinzelte erstaunt in die Kamera. Neben ihr, auf einem anderen Handtuch, saß Elias; schlank und muskulös, sandte er ein stolz wirkendes Lächeln zu Angelika. Die Bildunterschrift lautete: »Mit Elias am Strand von Estoril«.

Ein drittes zeigte Angelika und Elias im Halbdunkel an einem Tisch über Eck sitzend. Ihre Mutter in einem tunikaartigen, grafisch gemusterten Kleid, Elias mit einem weißen, an den Ärmeln lässig hochgekrempelten Hemd mit offenem Kragen. Er hatte eine Hand auf Angelikas Hand gelegt und sie schauten einander in die Augen. Auf dem Tisch standen gefüllte Weingläser und eine Weinkaraffe. Die Wand war zur Hälfte gekachelt, darüber hingen Fado-Gitarren. »Mit Elias im Fado-Lokal – dort, wo alles mit uns begann.« Beim erneuten Betrachten stieg tief aus Mirjams Innern ein Schluchzen empor und ihre Augen wurden feucht. In diesem Moment erklangen die Töne von Gitarren, und eine sehnsuchtsvolle Stimme fing zu singen an. Für Mirjam und ihre Tränen gab es kein Halten mehr. Mit heftig bebenden Schultern saß sie am Tisch, das Gesicht unter ihren Händen verborgen. Nur langsam beruhigte sie sich. Vielerlei Gedanken und Gefühle überschwemmten sie: Das Eintauchen in die Vergangenheit ihrer Mutter, die mit ihren Entscheidungen auch ihr Leben beeinflusst hatte. Die Trauer über den frühen Verlust der Mutter. Das Gefühl, eine ganz andere zu sein als bisher angenommen. Das kurze, sehnsüchtige Aufblitzen, alles möge sein wie vor der Erkrankung ihrer Mutter. Dann, als Klammer um alle widerstreitenden Gedanken und Empfindungen, die Gewissheit: Es ist richtig, dass ich endlich weiß, wer mein Vater ist.

• • •

Leise war der Besitzer des Lokals an ihren Tisch getreten.

»Ich bringe Ihnen als Nachtisch eines unserer berühmten portugiesischen Vanilletörtchen, ein Pastel de Nata«, sagte er mit fröhlicher halblauter Stimme, um den Gesang nicht zu stören und bemerkte zugleich Mirjams verweinte Augen.

»Senhora, ist alles in Ordnung? Kann ich Ihnen helfen?« Ohne eine Antwort abzuwarten, setzte er sich auf den freien Stuhl, Mirjam gegenüber.

»Bevor Sie antworten, kosten Sie erst einmal von dem Vanilletörtchen«, sprach er mit beruhigender Stimme, die Mirjam trotz des Gesangs hörte. Zunächst folgte sie mechanisch seiner Aufforderung, nahm das noch warme, handtellergroße, von Blätterteig umhüllte Törtchen in die Hand und biss hinein. Sanft füllte sich ihr Mund mit einer lauwarmen puddingähnlichen Creme, die nach Vanille, Zimt und Karamell schmeckte und zart schmelzend auf ihrer Zunge zerging. Dieser köstliche Geschmack schaffte es, Mirjam zu erden. Erneut biss sie vom Törtchen ab, gab sich genüsslich dem Geschmack hin, bevor sie antwortete.

»Danke, das ist genau das Richtige. Mein Leben ist derzeit ein einziges Wirrwarr, da überwältigen mich manchmal die Gefühle.«

»Wir Portugiesen sind Spezialisten für tiefe Gefühle. Wenn es Ihnen gut tut, mit jemand darüber zu sprechen: Ich habe Zeit! Im Moment möchte niemand etwas von mir, alle hören dem Fado-Gesang zu.«

»Es ist kompliziert.«

»Durch das Erzählen ordnen sich die Gedanken und Gefühle. Manchmal ist es leichter, einem Fremden etwas zu erzählen. Und ich glaube, dass das Schicksal Sie deshalb heute zu mir geführt hat.« Mit einem väterlich gütigen Lächeln blickte er Mirjam an. Er winkte seine Frau heran und ließ sich von ihr zwei Gläser Portwein bringen.

»Der wird Ihnen gut tun. Sua saúde«, prostete der Wirt Mirjam zu.

»Sua saúde!« Mirjam erhob ihr Glas und brachte sogar ein Lächeln zustande. Sie fühlte sich wohl in der Gesellschaft des fremden Mannes, der ihr Vater hätte sein können. Ihr Vater ... Nach weiteren Schlucken des rubinroten, fruchtigen Portweins, der nach Kirschen und Johannisbeeren schmeckte, hatte sich Mirjam beruhigt.

»Sie haben Recht, vielleicht hilft es tatsächlich, mein Gefühlschaos zu ordnen, wenn ich es mit Ihnen teile.«
Und so erzählte sie ihm, dem Fremden, ihre Geschichte, umhüllt von den sehnsuchtsvollen Klängen des Fado. Er hörte aufmerksam zu, fragte nicht nach, sondern ließ sie reden und hielt Erzählpausen aus, ohne sie zu unterbrechen.
Als Mirjam geendet hatte, blickte er sie verständnisvoll an.

»Ich kann verstehen, dass Sie das alles durcheinander bringt. Aber ist es nicht wunderbar, dass Sie endlich wissen, wer Ihr Vater ist? Und dass Sie das Kind einer zwar kurzen, aber großen Liebe sind?«

Ähnliche Gedanken waren Mirjam beim Lesen des Tagebuchs auch durch den Kopf gegangen, aber es tat ihr gut, dies von einem Außenstehenden zu hören. Mit leiser Stimme antwortete sie:

»Sie haben Recht, aber es ist nicht einfach, das zu verarbeiten.«

»Das wird seine Zeit brauchen. Was gedenken Sie zu tun?«

● ● ●

»Bis ich Ihr Lokal betrat, wollte ich mein Leben am liebsten wie bisher weiterleben. Aber da spielte ich mir etwas vor. Ich weiß, dass das nicht geht. Ich werde versuchen, meinen Vater zu finden«, brachte Mirjam stockend, aber mit entschlossener Stimme vor.

»Im Zeitalter des Internets dürfte das leicht sein«, entgegnete der Restaurantbesitzer mit einem Lächeln. »Wenn Sie nach Lissabon reisen möchten – ich wüsste eine günstige Unterkunft für Sie. Die Tochter meines Bruders lebt dort. Als Schauspielerin ohne festes Engagement hat sie es schwer; sie hält sich als Reiseleiterin und mit der Vermietung eines Zimmers ihrer Wohnung über Wasser. Sie könnte Ihnen helfen bei Ihrer Suche. Sie spricht gut Englisch und auch etwas Deutsch, da sie in den Sommerferien früher oft bei uns in Hamburg war. Ihr Name ist Ramóna da Silva. Ich schreibe Ihnen ihre Handynummer und ihre Mailadresse auf.« Schon griff er zu einem Bierdeckel, der auf dem Tisch lag, erbat sich von Mirjam einen Stift und notierte die Daten. »Und nun lasse ich Sie allein. Sie sind heute eingeladen, das Essen und die Getränke gehen auf das Haus. Bleiben Sie noch und genießen Sie die Musik.« Dann beugte er sich zu Mirjam und küsste sie zum Abschied leicht auf die linke und auf die rechte Wange. Mirjam erwiderte die Küsse.

»Adeus Senhora!«

»Adeus Senhor!«

Mirjam blieb einige Zeit still auf ihrem Stuhl sitzen und ließ die Musik auf sich wirken. Das Lokal war in gedämpftes Licht gehüllt. Nur auf der improvisierten Bühne war es heller. Alles kam ihr wie ein Traum vor und doch war es Wirklichkeit. Sie folgte der klaren, voluminösen Stimme der

Sängerin, die Mirjams eigene Sehnsucht in Klänge zu fassen schien. Eine Musik, die sie vor wenigen Tagen als kitschig empfunden hätte, rührte sie nun tief an. Wieder füllten sich Mirjams Augen mit Tränen und sie ließ es geschehen. Als sich ihre aufgewühlte Seele beruhigt hatte, legte sie den Bierdeckel und das Tagebuch in ihren Rucksack, zog die Jacke an und verließ das Lokal. Der Wind hatte aufgefrischt und trug vom Michel zwölf Glockenschläge zu Mirjam. Als sie noch ein Kind war, hatte ihre Mutter ihr beigebracht, keine Angst vor der Geisterstunde zu haben.

»Um Mitternacht befindet sich die Sonne am tiefsten Stand auf ihrer Bahn am Himmel. Ein neuer Tag beginnt, dem du alle Sorgen anvertrauen kannst.«

TEIL IV

1

Auf dem Weg nach Lissabon, 19. Mai 2018

Mirjam ließ sich in ihren Sitz zurücksinken und blickte aus dem kleinen Fenster. Sie war umgeben von vielfältigen Geräuschen – dem Rauschen der Klimaanlage, leisen Gesprächsfetzen und wechselnden, mal lauten, dann wieder gedämpften Fluggeräuschen. Lärm, den Mirjams Ohren als störend empfanden und der nicht zu dem passte, was sie erblickte, seit die Flughöhe erreicht war: ein grenzenloser Himmel und die kleine Welt am Boden, getrennt durch bauschige Wolken. Vor einer halben Stunde war die Sonne aufgegangen und noch immer waren Teile des Himmels in facettenreiche Orangetöne gehüllt. Ein Gefühl unendlicher Freiheit durchströmte sie. Unwillkürlich summte sie in Gedanken Reinhard Meys Lied: »Über den Wolken muss die Freiheit wohl grenzenlos sein.«

Auch hatte sie das Gefühl, mit dem Start in den Himmel einen Teil ihrer Ängste und Sorgen zurückgelassen zu haben – den Abschiedsschmerz von ihrer Mutter, die Trennung von Stefan, den Umzug und nicht zuletzt, die Aufregung um die Existenz ihres Vaters. Er war der Grund, weshalb Mirjam im Flugzeug saß.

Nun gab es kein Zurück mehr. Um kurz nach acht würde sie in Lissabon landen, in Stuttgart wäre es dann eine Stunde später. Sie wollte Abstand gewinnen zu ihrem Leben in Stuttgart und sich öffnen für das, was sie in Portugal erwartete.

• • •

Wegen des frühen Aufstehens – bereits um vier hatte der Wecker geklingelt und um halb fünf stand Robert vor der Tür, um sie zum Flughafen zu bringen – war Mirjam müde und schloss die Augen. Sie ließ die letzten Wochen Revue passieren.

Nachdem Mirjam aus Hamburg zurückgekehrt war, hatte sie sich innerlich freier gefühlt. Zugleich war sie von einer großen Unruhe und Wut erfüllt.

Unzählige Runden entlang der Streuobstwiesen drehte sie die ersten Tage nach ihrer Rückkehr, ganz gleich wie das Wetter war. Besonders befreiend fand sie es, wenn niemand in der Nähe war und sie ihre Wut, ihre Trauer, ihre Fragen, wie es weitergehen sollte, herausschreien konnte. Auf einer dieser »Runden des Zorns«, wie Mirjam selbst sie bezeichnete, beschloss sie, ihrer Mutter einen Brief zu schreiben, den sie mit auf die Reise genommen hatte.

Mirjam nahm den Brief aus ihrem Lederrucksack, um ihn zum wiederholten Male zu lesen.

Stuttgart, den 2. Mai 2018

Liebe Mutti,

zwar bist du nicht mehr hier auf dieser Erde, aber ich habe das Gefühl, dass diese Zeilen dich, wo immer du nun bist, erreichen werden. Denn ich muss dringend mit dir reden.
Du hast mir vermittelt, dass Ehrlichkeit im Umgang mit anderen Menschen eine der wichtigsten Eigenschaften ist. Aber auch, dass es Notlügen geben darf. Dinge, die man am

besten für sich behält, weil sie dem anderen mehr schaden als nützen würden.

Dass du mir all die Jahre verschwiegen hast, wer mein Vater war, war das für dich eine Notlüge?

Wie sehr hast du mit dieser Entscheidung in mein Leben eingegriffen! Wie sehr hast du auch in Elias Leben eingegriffen! Du hast dich über uns gestellt. Das, was sich für dich als richtige Entscheidung anfühlte, sollte sie das ungefragt auch für uns sein?

Du weißt nicht, wie oft ich neidisch war auf meine Freundinnen, die ganz klassisch mit Mutter und Vater aufgewachsen sind. Wie sehr es mich noch als Erwachsene traurig machte, gefragt zu werden, wer mein Vater ist, und antworten zu müssen: Ich weiß es nicht.

Dabei wusstest du all die Jahre Bescheid, warst aber zu feige, um es mir zu sagen. Warum hast du es mir nicht wenigstens erzählt, als ich volljährig war und meine eigenen Entscheidungen treffen konnte?

Du hast mich um einundvierzig Jahre gemeinsamer Erfahrungen und Begegnungen mit meinem Vater gebracht. Du hast mir verweigert, meine Wurzeln zu finden und besser verstehen zu können, weshalb ich bin, wie ich bin. Du hast mich um meine zweite Großmutter betrogen. Judith, die mir durch ihre Briefe vertraut wurde und der ich gern persönlich begegnet wäre. Nun ist sie vermutlich schon tot.

Nicht nur du, auch Großmutter hat mich angelogen. Die zwei Menschen, die mir in meinem Leben am nächsten standen. In einer der wichtigsten Fragen meines Lebens habt ihr mich hintergangen. Das macht mich wütend und traurig zugleich.

• • •

Wie konntest du das Elias antun, den du geliebt hast und der dich geliebt hat? Meinst du nicht, er wäre froh gewesen, mich als Tochter zu haben?

Fragen, Fragen, Fragen – keine mehr kannst du beantworten. Das ist ungerecht, und ich muss es hinnehmen.

Aber je mehr ich dir meine Wut durch das Schreiben entgegenschleudere, desto ruhiger werde ich und es bleibt nur ein Gedanke: Ich bin froh, dass du dieses Geheimnis nicht mit in dein Grab genommen, sondern endlich »geredet« hast.

Denn gerade jetzt, wo du nicht mehr lebst, ist mein Wunsch umso stärker, endlich meinen Vater kennenzulernen. Ich hoffe sehr, dass Elias lebt und es ihm gut geht! Das ist, was ich mir wünsche.

Mit etwas Abstand werde ich dir verzeihen können. Ich nehme diesen Brief mit nach Lissabon und übergebe ihn den Wellen des Tejo, wenn ich bereit dafür bin.

Ich liebe dich, trotz allem Chaos, in das du mich mit deiner späten Offenbarung gestürzt hast.

Für immer
deine Tochter Mirjam

PS: Nachtrag vom 17. Mai. Ich weiß inzwischen, dass mein Vater lebt – wünsche mir Glück für unsere Begegnung.

Wenige Abende, nachdem Mirjam den Brief geschrieben hatte, kam Robert zum Essen. Sie hatte das Wiedersehen mit ihm verschoben, da sie Zeit für sich brauchte, um ihre Empfindungen und Gedanken zu ordnen.

• • •

Nun war es ihr wichtig, ihm alles zu erzählen. Bisher wusste nur ihre Freundin Anabel Bescheid. Als sie bei einem Glas Wein zusammensaßen und Mirjam mit dem Erzählen begann, lächelte Robert sie liebevoll an und sagte:

»Ich bin froh, dass Angelika einen Weg gefunden hat, um dir alles zu erzählen, obwohl sie es nicht mehr persönlich konnte. Auch ich habe erst wenige Wochen vor ihrem Tod von diesem wichtigen Teil ihres Lebens erfahren. Ihr fehlte die Kraft, um es dir persönlich zu sagen und zum Schluss sogar, um den Brief zu Ende zu schreiben. Das übernahm ich, wie du weißt. Sie hatte große Angst, dass du ihr vielleicht nicht vergeben würdest.«

»Das dachte ich zwischendurch auch. Ich war unendlich wütend auf sie und manchmal bin ich es immer noch. Ich finde es feige von ihr, dass sie mir nicht selbst alles erzählte. Aber irgendwie kann ich sie verstehen. Es war ohnehin alles schwer für sie. Ich weiß nicht, wie ich mich ihr gegenüber verhalten hätte.« Nachdenklich fügte Mirjam hinzu: »Was wäre, wenn ich mich verweigert und in meinem Zorn den Kontakt zu ihr abgebrochen hätte? Dann wäre ich diejenige gewesen, die sich Vorwürfe machen müsste.«

Lange saßen sie beieinander an diesem Abend und tauschten sich über all die gemeinsam gelebten Jahre aus. Mirjam spürte, wie nahe, wie vertraut Robert ihr war.

»Ganz gleich, was passiert, Robert – du wirst immer einen Platz in meinem Leben und meinem Herzen haben. Dennoch will ich mich auf die Suche nach dem Mann machen, der mein leiblicher Vater ist. Vielleicht ist in meinem Herzen auch ein Platz für ihn frei. Aber ich will das erst entscheiden, wenn ich ihn kennengelernt habe, ohne dass er weiß, dass ich seine Tochter bin.«

• • •

In den nächsten Tagen begann Mirjam, sich mit der Geschichte, mit Land und Leuten Portugals zu befassen, und hörte portugiesische Musik. Im Internet recherchierte sie den Namen ihres Vaters. Sie fand Artikel auf Portugiesisch, die er geschrieben hatte, einige sogar auf Englisch. Die englischsprachigen Artikel druckte Mirjam aus und las sie. Alle befassten sich mit der Zeit der Diktatur Salazars – vorrangig aus der Zeit des Zweiten Weltkrieges bis zur Nelkenrevolution. Ihr Vater schien ein Experte dieser Zeit zu sein. Vielleicht seine Art, den Tod seines Vaters, verursacht durch das System, aufzuarbeiten?

Auch nach Fotos recherchierte Mirjam, aber auf keinem konnte sie ihn mit Sicherheit erkennen.

Bis vor zwei Jahren war er offensichtlich Redakteur bei der Lissabonner Tageszeitung »Diário de Notícias« gewesen, und zugleich auch Autor für politische Magazine und Bücher.

Während ihrer Recherchen wurde Mirjam klar, wie sie Kontakt zu ihrem Vater aufnehmen konnte, ohne dass er erfahren musste, dass sie seine Tochter war. Sie würde ihn um ein Interview bitten. Zuvor musste sie sich Wissen über die Geschichte Portugals aneignen. Mirjam machte es Freude, in die geschichtlichen Zusammenhänge einzudringen, denn diese bildeten einen wichtigen, ihr bis dahin unbekannten Teil ihrer Familiengeschichte. Besonders berührte sie Erich Maria Remarques Roman »Die Nacht von Lissabon«, den sie bis tief in die Nacht las, da sie ihn nicht weglegen konnte, bis sie am Ende angelangt war. Der Roman machte ihr bewusst, wieviel Glück ihre Großmutter Judith gehabt hatte, so früh aus Deutschland auszureisen. Ihr Urgroßvater war ein politisch weitsichtiger Mann gewesen!

• • •

Mirjam entwickelte Ideen für Artikel, die sie den Redaktionen der Zeitungen anbot, für die sie arbeitete. Und tatsächlich – zwei Zeitungen waren interessiert. Eine wollte einen Reisebericht mit Fotos von Lissabon und eine andere einen Bericht über die Rolle Portugals während des Zweiten Weltkrieges – als Exilland für unzählige geflüchtete Juden, politisch Verfolgte und Intellektuelle, wenn möglich mit Zeitzeugeninterviews.

Damit war Mirjam die Sorge los, wie sie die Reise finanzieren sollte. Ihre Mutter hatte ihr zusätzlich zu der Wohnung Geld hinterlassen. Doch dieses Geld wollte sie möglichst nicht antasten, sondern für schlechtere Zeiten sparen.

Als sie die Artikelzusagen hatte, nahm Mirjam per Mail Kontakt auf zu der Nichte des Hamburger Gastwirts, Ramóna da Silva, und fragte, wann das Zimmer frei wäre. Aktuell war es belegt, erfuhr sie, aber ab dem 19. Mai frei. Mirjam reservierte es für einen Monat zu günstigen Konditionen und buchte einen Flug nach Lissabon.

Von der Redaktion der Zeitung »Diário de Notícias« erhielt sie die Mailadresse ihres Vaters – die »Kollegen« in Lissabon waren Mirjam gern behilflich. Sie bestätigten, dass Elias Cohn Fernandes in Lissabon wohnte. Er lebte! Obwohl Mirjam dies erhofft hatte, war sie ungemein erleichtert und dankbar. Ihr Vater lebte! Ihr Vater – wie ungewohnt dieser Gedanke war, wie viele Gefühle Karussell fuhren, wenn sie an ihn dachte.

Mirjam war unschlüssig, wie sie weiter vorgehen sollte. Eigentlich hätte sie gern zuerst Lissabon erforscht, bevor sie Kontakt zu ihm aufnahm. Doch da war die Sorge, dass er nicht sofort antworten würde oder im Urlaub wäre. Die Zeit liefe ihr dann davon.

Sie beschloss, wenige Tage vor dem Abflug, ihm eine Mail auf Englisch zu schreiben. Sie stellte sich als deutsche Journalistin vor, die in Lissabon für einen Artikel recherchierte, der die Zeit der Diktatur Salazars beleuchtete, mit dem Schwerpunkt der Rolle Lissabons im Zweiten Weltkrieg. Bei Recherchen in Deutschland sei sie auf seinen Namen gestoßen. Er scheine ein Experte dieser Epoche zu sein, deshalb bitte sie ihn um ein Interview.
Als Mirjam auf »Senden« drückte, schlug ihr Herz aufgeregt. Bis zwei Tage später endlich die Antwortmail in ihrem Postfach ankam, fühlte sie sich angespannt und schlief schlecht.

Elias Cohn Fernandes erklärte sich gern zu einem Interview und Austausch mit der deutschen Kollegin bereit. Er teilte ihr seine Handynummer mit und bat Mirjam, ihn nach ihrer Ankunft in Lissabon anzurufen.

Das erste Lebenszeichen ihres Vaters – wieder und wieder las Mirjam die wenigen Zeilen. Sie waren formell und höflich abgefasst. Etwas anderes hatte Mirjam nicht erwartet und doch war sie ein wenig enttäuscht. Aber für Elias Cohn Fernandes war Mirjam nur eine von vielen Journalisten, die an seiner Expertise teilhaben wollten. Welche andere Bedeutung hatte er dagegen für Mirjam! Bald würde sie wissen, was für ein Mensch Elias war.

Mirjam war in ihre Gedanken versunken, schon lange hatte sie nicht mehr auf die Uhr und aus dem Fenster gesehen. Sie war erstaunt, als das »Pling« ertönte und das Anschnallzeichen über ihrem Kopf aufleuchtete. Der Pilot informierte

• • •

auf Portugiesisch und in einem schlecht verständlichen Englisch, dass sich die Maschine im Anflug auf Lissabon befand.

Mirjam schnallte sich an, steckte den Brief an ihre Mutter in den Rucksack und reichte diesen der Stewardess, die ihn im Handgepäckfach verstaute.

Sie blickte aus dem Fenster. Schnell verlor das Flugzeug an Höhe. Über ihr Himmelsblau, unter ihr das Tintenblau des Atlantischen Ozeans. Vom Meer kommend flogen sie in Schleifen Lissabon an. Schon war das ausgedehnte Flussdelta des Tejo zu sehen und eine hügelige Stadt voll weißer Gebäude – Lissabon, in mildes Sonnenlicht gehüllt. War dies die Stadt, in der Vergangenheit und Gegenwart eine neue Zukunft für Mirjam bereithielten?

• • •

TEIL V

Lissabon, Sonntag, den 20. Mai 2018, 21 Uhr

Schon immer hat es mir geholfen, meine Erlebnisse und Erfahrungen auf Reisen zu verarbeiten, indem ich sie in einem Tagebuch in Worte fasse. Auch bei dieser ganz besonderen Reise mache ich es so. Denn ich bin nicht nur als Touristin in dieser Stadt, ich möchte den Spuren meiner portugiesischen Verwandten folgen und dabei meinen Wurzeln nachspüren. Im Alter von einundvierzig Jahren werde ich endlich meinem Vater begegnen. Ein unvorstellbarer Gedanke.

Gestern kam ich in meinem Zuhause auf Zeit an. Ein freundlicher Taxifahrer, der nur Portugiesisch sprach, brachte mich über eine große Straße, dann über viele kleine Straßen im Auf und Ab der Hügel in den Stadtteil Graça, in die Rua da Penha de França.

Im dritten Stock wurde ich herzlich mit Portwein, Käse, Oliven und Brot von Ramóna empfangen. Sie zeigte mir ihre Wohnung und mein Zimmer mit eigenem Bad, das vom Wohnzimmer über eine Treppe erreichbar ist. Es ist der großzügigste Raum, mit einer Dachterrasse, von der ich über die Stadt bis zum Tejo blicke. Ich kann mein Glück nicht fassen.

Ramóna entschuldigte sich bei mir, sie musste wieder los, zu einer abendlichen Stadtführung. Sie begleitet als Reiseleiterin eine deutsche Gruppe bei ihrer Rundreise durch Portugal. Heute ist Ramóna mit dem Bus Richtung Algarve aufgebrochen und ich werde die Wohnung zehn Tage allein für mich haben. Eigentlich schade, denn Ramóna ist mir sehr sympathisch. Aber ich bleibe ja einen Monat. Wir vereinbarten, etwas zusammen zu unternehmen, wenn sie wieder zurück ist.

• • •

Seit meiner Ankunft befinde ich mich in einem Zustand zwischen Wachen und Träumen, so neu und doch vertraut fühlt es sich an, hier zu sein.

Eine geheimnisvolle Schöne ist Lissabon, in immer wechselndes Licht getaucht. Die vielfältigen Geräusche einer Stadt, die nie schläft, dringen zu mir auf die Dachterrasse. Bei Kerzenschein sitze ich hier und trinke samtroten, fruchtigen Wein.

Jetzt, da der Abend in die Nacht übergeht, verändern sich die Farben der Stadt – viele weiße Häuser, die nun noch heller strahlen. Dazu am Horizont das dunkle Blaugrau des Tejo, der die Sehnsucht nach dem Meer in sich trägt, das nicht weit weg ist. Am gegenüberliegenden Ufer funkeln gelbwarme Lichter.

Es ist eine Stadt der sehnsuchtsvollen Melodien. Meine geheimnisvollste Sehnsucht ist, endlich zu wissen, wer und wie mein Vater ist.

Ich entdeckte heute auf kilometerlangen Wegen staunend die Stadt. Bevor ich mich mit meinem Vater treffe, möchte ich Lissabon kennenlernen. Ich schrieb Elias eine Mail und schlug ein Treffen ab dem 25. Mai vor. Mindestens fünf Tage habe ich nun Zeit für mich. Diese Tage brauche ich, um die Anspannung der letzten Wochen loszulassen und ein Gespür für die Heimat meines Vaters zu bekommen.

Es gibt viel zu erzählen vom heutigen Tag, aber ich bin müde von den vielerlei Eindrücken und der frischen Luft – morgen ist auch noch ein Tag.

Montag, den 21. Mai 2018, 9.30 Uhr

Diese Nacht hat mir neue Kraft geschenkt. Beim Erwachen zwischendurch – ich schlafe mit offener Balkontür – spürte ich

• • •

das beglückende Gefühl: Ich bin in Lissabon und entdecke die Stadt meines Vaters, die immer wieder auch die Stadt meiner Mutter in jungen Jahren war.

Ich träume viel und eindrücklich. In dieser surrealen Welt mischen sich Realität und Fiktion, mein Stuttgarter Leben mit Eindrücken von Lissabon. Einmal war ich kurz davor, in einem Lokal meinen Vater zu treffen, da erwachte ich. Schade, gern hätte ich ihn zumindest schon im Traum gesehen.

Vorhin erhielt ich eine Antwortmail von Elias. Sehr viel persönlicher geschrieben dieses Mal – er hieß mich willkommen in seiner Stadt, gab mir Tipps für Erkundungen und schrieb, er freue sich, mich am Samstag, 26. Mai, kennenzulernen. Er nennt als Treffpunkt ein Erinnerungscenter für Geflüchtete in dem Seebad Estoril, um elf Uhr. In weniger als einer Woche werde ich meinem Vater begegnen – wie wundervoll, aufregend, unglaublich und auch beängstigend zugleich.

Wie am Vortag frühstückte ich in einer kleinen Konditorei. An der Theke bestellte ich. Es beschämt mich, auf die Fragen dieser Menschen nichts in ihrer Sprache erwidern zu können. Ich bin darauf angewiesen, dass meine Zeichensprache oder mein Englisch verstanden wird. Bisher sind mir die Menschen nur mit Freundlichkeit begegnet und sogar mit ein paar deutschen Worten. Dennoch, es wäre viel schöner, mich richtig unterhalten zu können in der Sprache meines Vaters.

In meinem Stadtviertel leben vorrangig Einheimische. Oft habe ich den Eindruck, dass, neben aller Herzlichkeit in der direkten Begegnung, vielen Gesichtern ein melancholischer Ausdruck innewohnt. Wie ist das bei meinem Vater? Wie werde ich ihn wahrnehmen, wenn wir uns begegnen? Wie ist das bei mir selbst? Auch ich trage »saudade«, eine Art Weltschmerz, in mir – trotz aller Fröhlichkeit, die ebenfalls zu mir gehört.

• • •

Das Frühstück war köstlich. Ich aß ein Hefehörnchen mit Schokolade gefüllt (eine Empfehlung meines Vaters) und trank dazu einen Milchkaffee. Der wird in vielen Variationen mit Espressobohnen zubereitet.

Lange schaute ich dem Treiben auf der Straße zu. Den nostalgisch anmutenden Straßenbahnen, den elektrischen Tuk-Tuk-Taxis, die Touristen befördern, und den Menschen, die sich vor den kleinen Geschäften zum Plaudern trafen.

Nach dem Frühstück suchte ich mir den Weg zunächst immer an der Straße entlang. Die Bürgersteige sind so schmal, dass ich bei Gegenverkehr auf die Straße ausweichen und aufpassen musste, dass ich keinem Auto und keiner Straßenbahn im Weg war.

Die meist drei- bis fünfstöckigen Häuser, die die Straße säumen, sind anders als alle, die ich bisher in meinem Leben gesehen habe. Viele sind verziert mit bemalten Kacheln, den Azulejos. Diese verleihen selbst baufälligen Häusern einen eigenen Glanz. Auf Griffhöhe fehlen sie leider an vielen Gebäuden, »Kacheldiebe« meißeln sie rücksichtslos heraus und verkaufen sie an Touristen als Souvenir.

Bald kam ich von meinem Stadtviertel in die Alfama. Nun fand ich mich in schmalen Altstadtgassen mit kleineren Häusern wieder, die erst in der Nacht richtig zum Leben erwachen.

Immer weiter ins Tal führte mich mein Weg, immer mehr Touristen waren unterwegs, je näher ich dem Tejo kam. Bis Lissabon wird er auch von riesigen Kreuzfahrtschiffen befahren, die hier Halt machen. Mehrere tausend Menschen fallen dann wie ein Schwarm Heuschrecken über die Stadt her.

Wie war es am Flussufer zu Zeiten des Zweiten Weltkrieges? Wo legten die Schiffe mit den Flüchtlingen ab? Wo stand meine

Großmutter Judith, als sie Max beim Ablegen seines Schiffes hinterherwinkte? All diese Fragen beschäftigen mich.

Am Ufer des Tejo war es sehr warm. Das Licht war gleißend hell und ohne Sonnenbrille nicht zu ertragen. Und in der Sonne, ganz ohne Schatten, war es unbarmherzig heiß. Schnell suchte ich den Weg zurück in die schattigen Gassen. Und stellte fest: Lissabon ist eine Stadt, die dem Gehenden viel abverlangt. Gefühlt ging es unablässig hoch und herunter, hoch und herunter, hoch und herunter … Der Lohn für einen Aufstieg waren immer wieder faszinierende Ausblicke auf die Stadt, oft von baumgeschützten Aussichtspunkten, »Miradouros« genannt. „Mira de ouro", das heißt übersetzt „Blick aus Gold".

Gewöhnungsbedürftig war für mich der Geruch vieler Gassen nach dem von der Sonne erhitzten Urin der Hunde.

Viele Touristen waren unterwegs, ein vielsprachiges Stimmengewirr war zu hören, immer wieder auch deutsch. Dazwischen die unzähligen Nationalitäten, die in Lissabon ansässig sind. Auffallend viele dunkelhäutige Menschen, die aus den Kolonien am Ende der Kriege nach Portugal gekommen waren.

Treppauf, treppab, Viertel um Viertel durchwanderte ich, um ein erstes Gespür für diese Stadt zu bekommen: Graça, Alfama, Tejo-Ufer, Baixa, Chiado, Bairro Alto. Ohne lange irgendwo zu verweilen, nur kleine Stärkungen gönnte ich mir zwischendurch. Es zog mich immer weiter durch die Stadt meines Vaters, in der ich gezeugt wurde. Häufig dachte ich: »Jetzt in diesem Augenblick könnte Elias an mir vorübergehen und ich erkenne ihn nicht.«

• • •

Nach dem Tagebucheintrag brach ich auf, zu meiner heutigen Erkundungstour. Zunächst zu Fuß, die Gassen der Altstadt hinunter Richtung Tejo. Die Alfama ist ein spannendes, quirliges Viertel aus kleinen, meist gefliesten Häusern aus der Zeit der maurischen Herrschaft mit schmalen, verwinkelten Gassen, fast ohne Autoverkehr. Das ganze Viertel schmückt sich bereits für den Nationalfeiertag am 10. Juni. Überall hängen bunte Girlanden. Die Bewohner schustern aus Brettern kleine Bühnen und Stände zum Verkauf von Essen und Getränken zusammen. Auch ich werde an diesem Tag noch in Lissabon sein. Was werde ich tun? Werde ich den Tag zusammen mit meinem Vater verbringen?

Auf meinem Weg kam ich an der imposanten Kathedrale vorbei, einer Bischofskirche mit kräftigen Türmen und zugleich die älteste Kirche Lissabons. Elias liebt diese Kirche, aber nur wenn sie nicht von Touristen bevölkert ist, hat er mir geschrieben. Beim Eintreten kam sie mir düster vor, aber je länger ich in der Kirche verweilte, desto schöner wurde sie in ihrer Schlichtheit mit Rundbögen aus Sandstein und farbigen Fensterrosetten. Gern hätte ich eine Kerze angezündet und wäre in Ruhe sitzengeblieben, um an meinen Vater und meine Mutter zu denken, doch im Kirchenbau war keine Ruhe, nur das Lärmen unzähliger Touristen.

Mein nächstes Ziel erreichte ich mit der Métro und dem halbstündlich Richtung Estoril und Cascais fahrenden Nahverkehrszug. Mit meiner Guthabenkarte für den Nahverkehr steuerte ich zielstrebig den Bahnsteig meines halbstündlich fahrenden Zuges an. Nun weiß ich bereits, wie ich fahren muss, wenn ich mich mit Elias in Estoril treffe. Ausgestiegen

• • •

bin ich im Stadtteil Belém, der sich am Ufer des Tejo entlangzieht.

Hier wanderte ich zum Seefahrerdenkmal. Vereinzelte Möwen segelten am Himmel, dazu der frische Wind – eine Ahnung von Meer lag in der Luft.

Das bombastische Seefahrerdenkmal ließ beim Zurückschauen den Blick frei werden auf die faszinierende Brücke des 25. April. Der Name erinnert an die Nelkenrevolution und der damit verbundenen Befreiung Portugals von der jahrzehntelangen Diktatur Salazars. Die Geschichte der Familie meines Vaters, sie begegnet mir an vielen Orten in dieser Stadt.

Bis zum Torre de Belém zog es mich trotz des frischen Windes. Restauriert, wie aus einer anderen Zeit kommend, stand der Turm da und ließ erahnen, wie die Lissabonner sich bei Angriffen, die von der See her kamen, wehrhaft verteidigten.

Danach brauchte ich eine Pause. In einem Lokal fand ich einen Platz und aß Spaghetti mit gebratenen Pilzen.

Eine Station fuhr ich mit dem Zug zurück und stieg in Alcântara aus. An der Straße entlang ging es zu dem als Weltkulturerbe geschützten Hieronymitenkloster, einem restaurierten, ausgedehnten, strahlendhellen Sandsteinbau. Kurz ärgerte ich mich: Da Montag war, konnte ich das Kloster nicht besichtigen. Letztlich war ich erleichtert, denn mein Kopf schwirrte von den vielen Eindrücken und ich fühlte mich übersättigt. Ich nahm daher ein Taxi – das ist in Lissabon im Vergleich zu Stuttgart billig – hierher zurück. Es tat gut, in mein »Zuhause« zurückzukehren.

Ich sitze zum Tagebuchschreiben im Nebenraum der Küche mit großem Fenster, mit Blick auf ein fantastisches Stadtpanorama.

● ● ●

187

Die Wohnung schenkt mir Kraft und Ruhe, um die vielfältigen Eindrücke zu sortieren. Ich glaube, ich sollte alles langsamer angehen. Erst zwei Tage bin ich hier und habe schon viel erkundet. Dabei bleibt mir noch viel Zeit! Allerdings musste ich mehr als vier Jahrzehnte warten, bis ich die Stadt gefunden habe, in der meine Wurzeln liegen. Bin ich deshalb nun ungeduldig? Meine Unternehmungslust hält auch die Grübeleien zurück. Wie wird es sein, wenn ich meinem Vater begegne? Diese eine Frage kreist in unzähligen Varianten in Stunden ohne Ablenkung in meinem Kopf.

Dienstag, 22. Mai, 19 Uhr

Von der vielen Bewegung, dem Auf und Ab der Straßen, den vielfältigen Eindrücken und der frischen Luft fühlte ich mich noch beim Erwachen erschöpft. Elias hatte in seiner Mail geschrieben: »Wenn Sie Lisboa wirklich kennenlernen wollen, sollten Sie die Stadt zu Fuß erkunden. Erst dann erschließt sich ihre Schönheit im Ganzen.« Er hat Recht.
Nach dem Frühstück in meinem »Stammcafé« kehrte ich in die Wohnung zurück. Ich machte mir Notizen für meinen Reiseartikel. Mittags legte ich mich hin und hielt »sesta«. Danach packte mich die Unternehmungslust erneut. Bei bedecktem Himmel und neunzehn Grad marschierte ich zum Castelo de São Jorge. Es ist eine alte Burganlage mit Rundumblick auf Lissabon und den Tejo. Je näher ich der Bastion kam, desto mehr strömten die Touristen in Scharen, desto mehr Souvenirshops und fliegende Händler säumten meinen Weg. Ich hatte keine Lust, Teil dieser Masse zu sein, und verzichtete auf die Besichtigung der Anlage. Stattdessen schlenderte ich durch

• • •

die Gassen in Richtung Baixa, zum »Herzen« Lissabons. Das elegante Viertel wurde ab 1755 gebaut, unmittelbar nach dem großen Erdbeben. Für den anstrengenden Abstieg nutzte ich einen kostenfreien Aufzug. In der Nähe fand ich auf einem kleinen Platz ein Lokal mit Außenplätzen und stärkte mich. Immer wenn ich ohne Ablenkung bin, überkommt mich eine große Unruhe und ich ärgere mich, dass ich mich nicht früher mit Elias treffe. Dennoch – es ist die richtige Entscheidung, erst allein anzukommen in seiner Stadt, die irgendwie auch meine Stadt ist.

Mit der Beobachtung anderer Menschen vertrieb ich mir die Wartezeit auf mein Essen. Viele ältere Lissaboner waren unterwegs, förmlich schick gekleidet wirkten sie im ersten Moment abweisend, verströmten aber Herzlichkeit, sobald sie Bekannte trafen.

Nach der Pause ging es zum Einkaufsviertel rund um die Rua Augusta. Den Bummel über die verkehrsberuhigte Einkaufs-meile fand ich abschreckend, viele Filialläden großer Firmen, Straßenkünstler, Bettler, aber vor allem Touristen, Touristen, Touristen. Wie lebt es sich für Einheimische in einer Stadt, die überlaufen ist von Menschen wie mir? Wie geht es meinem Vater damit?

Erholsam war es auf dem Rossio-Platz mit seinem Wellen-pflaster, dem Wohnzimmer der Lissaboner, gesäumt von Bäumen mit lila Blüten. Hier ist Judith mit Max von Welle zu Welle gesprungen – oder war es mit Tomás? Oder waren es Mutti und Elias?

Durch den Arco Monumental trat ich auf den weitläufigen Platz »Praça do Comércio«, der von herrschaftlichen Gebäuden mit Arkadengängen gesäumt ist. Irgendwo in diesen Gebäuden waren während des Zweiten Weltkrieges die Konsulate und

Ämter untergebracht. Hierhin begleitete meine Großmutter Judith oft Flüchtlinge in ihrer Not.

Eine Weile saß ich auf einer Mauer am Ufer des Tejo, an dem ein frischer Wind wehte, der den Atem des Meeres in sich trug. Und plötzlich wurde es friedlich in mir. Alle Wut auf meine Mutter verschwand, ein dankbares Gefühl durchströmte mich. Ganz gleich wie das Treffen mit meinem Vater verlaufen wird, meine Mutter hatte richtig gehandelt, mir endlich die Wahrheit zu sagen. Jetzt war der richtige Moment gekommen, um den Brief an meine Mutter den Wellen des Tejo zu übergeben. Ich nahm ihn aus dem Rucksack und faltete aus ihm ein Boot. Am »Cais das Colunas« zog ich meine Schuhe und Strümpfe aus, krempelte meine Hosenbeine hoch und trat bis an den Saum des Flusses. Der ersten Welle, die mir entgegenschwappte, übergab ich das Schiff und sagte »Lebewohl«. Und sah zu, wie es eine Weile dem Fluss entlangströmte, bevor es schließlich kenterte und unterging.

Am gleichen Tag um 21.30 Uhr

Eben bin ich zurückgekehrt vom Abendessen. Hier in Graça gibt es eine Vielzahl einfacher Lokale, die fangfrischen Fisch anbieten. In einem mit dem Namen »Satélite da Graça«, das mir Elias empfohlen hatte, aß ich gegrillte Dorade mit Salzkartoffeln und Salatbeilage. Der Geschmack war berauschend, der Fisch saftig und gut gewürzt. Dazu trank ich ein Glas Wein und Wasser. In Gedanken stieß ich auf meine Eltern an. Dabei erfüllte mich ein tiefes Gefühl der Dankbarkeit, endlich meine Wurzeln aufzuspüren. An meinem Tisch fühlte ich mich nicht einsam, ich war umgeben von vielstimmigen Gesprächsfetzen. Als der Wein seine Wirkung zeigte, seufzte ich innerlich und dachte: »Wie schön wäre es, hier mit meinem Vater zu sitzen!« Doch wie wird er reagieren, wenn er erfährt, dass ich seine Tochter bin? Können wir etwas miteinander anfangen? Eigentlich sind wir Fremde füreinander. Bald werde ich mehr wissen.

Nach dem Essen schlenderte ich wenige Meter bis zum Miradouro da Graça und genoss den wundervollen Blick auf die Stadt, die sich in ein Lichtermeer verwandelt hatte. Ich verspeiste ein Pastel de Nata. Lauwarm war es, frisch in einer am Abend geöffneten Konditorei gekauft. Es war köstlich, zum Dahinschmelzen. Plötzlich waren meine Augen voller Tränen. Alles schien in diesem Augenblick miteinander zu verschmelzen – der Abschied von meiner Mutter, das Lesen der Briefe und des Tagebuchs, meine Tage in Hamburg, der Aufbruch hierher und die Ungewissheit, was mich erwartet, wenn ich meinem Vater begegne.

Nachdem ich wieder mehr bei mir war, begab ich mich auf den schmalen, gepflasterten Gehwegen zurück zur Wohnung. Die Straßen waren in das gelbwarme Licht der Laternen gehüllt, die Häuser wirkten morbider als bei Tage. Aber ich fühle mich auch zu später Stunde sicher. Es kommt mir vor, als sei in dieser Stadt die Zeit stehengeblieben. Lissabon zeigt des Nachts eine verwundete Seele, die dennoch viel Schönheit offenbart.

Mittwoch, 23. Mai 2018, 18.30 Uhr

Es ist beglückend, in dieser besonderen Stadt zu sein. Heimatgefühle breiten sich in mir aus, aber das ist wohl kein Wunder, denn in mir fließt portugiesisches Blut.

• • •

Viele Ecken Lissabons sind nun in mir mit eigenen Bildern und Erlebnissen verknüpft – ein Mosaikstein reiht sich an den anderen und ergibt ein Erinnerungsbild von dieser Stadt.

Das erste Mal, seit ich hier bin, klingelte der Wecker. Gestern hatte ich beschlossen: Ich fahre heute nach Estoril und mache mich vertraut mit dem Ort, an dem ich mich am Samstag mit meinem Vater treffe.

Mit dem Taxi fuhr ich zu dem am Tejo gelegenen Bahnhof Quais de Sodré. Der Zug fuhr am Ufer entlang – zunächst am Tejo, dann am Atlantik.

Kaum hatte ich in Estoril den Zug verlassen, erblickte ich das Meer, azurblau und glitzernd im Licht der Sonne, faul daliegend, da kaum Wind wehte.

Ich war überwältigt. Mir gefiel die kilometerlange, breite Strandpromenade mit dem sommerlichen Badeleben. Das Meer war zahm und plätscherte ans Ufer.

Estoril hatte ich mir nach Judiths Schilderungen imposanter vorgestellt. Es gab einige herrschaftliche Hotels, aber auch hässliche Bauwerke wie das Casino. Der Treffpunkt mit Elias lag nur wenige Meter vom Strand entfernt; im ersten Stock eines Bankgebäudes ist das Erinnerungscenter für Emigranten untergebracht.

Gestärkt mit einem Espresso und meinem heißgeliebten Pastel de Nata war ich positiver gestimmt und entdeckte Sehens-wertes auf meinem Weg entlang des Meeres von Estoril nach Cascais. Die Küste wurde ursprünglicher, das Wasser brach mit großer Kraft an die Felsen.

Ich blieb stehen und beobachtete das Spiel der Wellen. Am Meer zu sein, schenkte mir Ruhe und Kraft. Einfach da sein, genießen, den Blick auf die Weite des Horizonts richten.

• • •

Nicht weit vom Wasser entfernt fand ich im ruhigeren Teil des Ortes einen ansprechenden Platz mit Außenbestuhlung vor einem alternativ wirkenden Lokal. Genau das Richtige, um nach meiner ausgedehnten Wanderung etwas zu essen.

Jetzt, da ich auf meiner Dachterrasse sitze, sehe ich erneut den glitzernden Atlantik vor mir und spüre, wie der Wind sanft über meinen Körper streift.

Schwer vorstellbar, wie sich das Leben in diesen beiden Bade-orten in den dreißiger und vierziger Jahren abspielte, als viele Flüchtlinge Estoril und Cascais bevölkerten. Wie erlebten sie die Wartezeit auf ein Visum, eine Schiffspassage, die sie endlich aus dem für sie unsicher, lebensgefährlich gewordenen Europa fortbringen würde?

In welchem Hotel verbrachten Judith, ihre Schwester Sara und ihre Eltern ein unbeschwertes Wochenende, fern aller Sorgen?

Donnerstag, 24. Mai 2018, 13 Uhr

Grau in Grau, mit weißen und pastellfarbenen Farbtupfern der Häuser präsentiert sich Lissabon heute.

Beim Erwachen am frühen Morgen hörte ich das prasselnde Geräusch ergiebigen Regens. Ich schlief weiter. Ein herrliches Gefühl – ich habe Zeit für Lissabon mitgebracht, kann einen Ruhetag in der Wohnung einlegen. Ich kann die vielfältigen Eindrücke verarbeiten und mir Raum geben für all die Ge-danken, die mich rund um die nahende Begegnung mit meinem Vater beschäftigen. Erstaunlich, wie heimisch ich mich in Lissabon fühle, obwohl ich die Sprache weder verstehe noch spreche, mir Land und Leute fremd sind. Judiths Briefe und das, was ich darin zwischen den Zeilen gelesen und mir vorge-

• • •

stellt habe, sowie das Tagebuch meiner Mutter haben mir die Stadt seltsam vertraut gemacht. Ja, für Augenblicke habe ich sogar das Gefühl, nach Hause zu kommen, spüre das portugiesische Blut in mir. Oder rede ich mir dies nur herbei, weil ich es mir wünsche? Immer wieder bin ich verunsichert und weiß nicht, ob meine erschütterten Grundfesten dem Kennenlernen meines Vaters standhalten. In meinen Vorstellungen ist er ein faszinierender, gutaussehender Mann, mit einem scharfen Verstand und offen für eine erwachsene Tochter, die er erst im Alter kennenlernt. Was ist, wenn ich mich täusche? Uns verbindet auf jeden Fall unser Beruf. Ein merkwürdiger Zufall ist es, dass wir Kollegen sind.

Da mir das Grübeln nicht weiterhalf, füllte ich den Regenvormittag anderweitig. Ich las mich nochmals in das Material zur Geschichte Lissabons und Portugals ein, von den dreißiger Jahren bis zur Nelkenrevolution. Meinem Vater möchte ich als kompetente Gesprächspartnerin begegnen. Für das Gespräch mit ihm formulierte ich mögliche Fragen, obwohl mich der private Elias mehr interessiert. Persönliche Fragen kann ich wohl nur beiläufig stellen, je nachdem wie unsere Begegnung verläuft.

Am gleichen Tag um 22 Uhr

Das Tagebuchschreiben machte mich müde, ein Mittagsschlaf in meinem Zimmer lockte. Als ich gegen halb drei aufwachte, war es heller geworden. Der Regen hatte aufgehört. Was bin ich für ein Glückskind!

Sogleich wusste ich, was ich unternehmen wollte. In der Nähe der Kathedrale liegt das »Museo do Aljube«, das in seiner Dauerausstellung und mit Sonderausstellungen den

● ● ●

194

Widerstand gegen Salazar und die Freiheitskämpfe in den Kolonien aufarbeitet. Achtundvierzig Jahre, fast fünf Jahrzehnte, wurde die andersdenkende Bevölkerung unterdrückt; Menschen, die Widerstand gegen das System leisteten, wurden gefoltert. Die Presse und die öffentliche Meinungsbildung, beispielsweise in den Schulen, unterlagen der Zensur und Kontrolle. Schwer vorstellbar für mich, die ich in einem demokratischen Land aufgewachsen bin. Allerdings ein Thema, das aktueller ist denn je, wenn ich in die nähere und fernere Welt blicke. Auch unsere Demokratie ist nicht selbstverständlich, ist wieder fragil geworden.

Das Museum interessierte mich sehr. Glücklicherweise gab es Erläuterungen in Englisch.

Schon das Museumsgebäude ließ mich innerlich still und nachdenklich werden, denn über viele Jahrzehnte bis 1965 war es ein Gefängnis. Es diente der Inhaftierung politisch Verfolgter, die in diesen Räumen verhört, teilweise in Einzelhaft genommen und brutal gefoltert wurden. Über drei Stockwerke verteilt war die Geschichte des Regimes bis zur Nelkenrevolution am 25. April 1974 eindrucksvoll dargestellt.

Bedrückt hat mich die detailgetreue Darstellung der Mini-Arrestzellen, in denen die Inhaftierten teilweise nur stehen konnten, im lichtlosen Raum, ohne Zufuhr von Frischluft. Sie sollten mürbe und gefügig gemacht werden für die Verhöre. Ihr Wille sollte gebrochen werden.

Tausende Vernehmungsakten standen in einem Raum verteilt in mehreren Regalen. Einzelschicksale, die Auswirkungen auf andere Menschen und ihre Familien hatten. Sofort dachte ich an Tomás, Judith und Elias.

In einem anderen Stockwerk waren die Kolonialkriege dargestellt. Welche Anmaßung, welch sinnloses Schlachten! Was

• • •

hat mein Vater im Krieg erlebt? Hat er diese Erlebnisse auf-
gearbeitet oder bedrängen sie ihn des Nachts mit voller
Wucht?
Menschen wie mein Großvater und mein Vater, die sich dem
System widersetzten, waren mutig. Wie hätte ich mich ver-
halten? Wie hätte ich gelebt in dieser Zeit?
Eine Ausstellung, die mich nachdenklich und mit vielen Fragen
zurückgelassen hat, die ich meinem Vater in Gedanken stellte.
Mich kostete der Besuch viel Kraft. Ich dachte an meinen Groß-
vater Tomás, der am Tag der Nelkenrevolution angeschossen
wurde. Was hat es mit Elias gemacht, seinen Vater durch das
System zu verlieren und sich während des ganzen Berufs-
lebens ausgiebig mit der Diktatur und deren Gräueltaten zu
befassen? Ist er ein zynischer Mensch? Ist er verbittert? Oder
schöpft er daraus Kraft für den Alltag?
Bald kann ich es einschätzen.

Ich verließ das Museum und lief kreuz und quer durch die
Gassen, um Abstand zu gewinnen zum Gesehenen und
Gelesenen.

Freitag, 25. Mai 2018, 18 Uhr

Morgen um diese Zeit wird das Unvorstellbare geschehen: Das
erste Mal in meinem Leben werde ich meinem Vater begegnen.
Wie wird es mir gehen? Was werde ich fühlen, wenn ich ihn
vor mir sehe? Viele Fragen ... Unentwegt denke ich an den
morgigen Tag. Fahrig und unkonzentriert bin ich. Natürlich
schlief ich unruhig. Zunächst lag ich lange wach; als ich gegen
zwei doch einschlief, träumte ich wirr und wachte mehrmals

• • •

auf. Erst gegen zehn stand ich auf, und wurde unerwartet belohnt. Als ich den Vorhang aufzog, erwartete mich ein strahlender Tag – ein brillantblauer Himmel mit hingetupften weißen Wolken. Ein Wetter, das mich trotz der schlechten Nacht beschwingt machte. Eine warme und kalte Dusche, dann ein Espresso mit Zigarette auf der Dachterrasse mit Lissabon im Morgenlicht halfen mir, im Tag anzukommen.

Plötzlich hatte ich Lust, mit Robert zu telefonieren. Bisher hatte ich ihn nur am Ankunftstag angerufen, um zu sagen, dass ich gut angekommen war. Nun wollte ich seine vertraute Stimme hören. Hier in Lissabon bin ich recht allein. Außer kurzen Gesprächen mit Ramóna, beim Einkaufen, beim Essen und gestern im Museum habe ich mit niemand geredet. Jetzt, so kurz vor dem Treffen mit meinem Vater, verspürte ich ein großes Redebedürfnis. Ich hatte Glück, Robert ging schnell an sein Handy und freute sich sehr über meinen Anruf. Fast eine Stunde ließen wir einander an unserem Alltag, den Gedanken und Gefühlen Anteil nehmen. Er wünschte mir für morgen viel Glück und wird an mich denken. Das Gespräch mit ihm machte mich ruhiger und weckte meine Unternehmungslust.

Nach dem gestrigen Tag, der mich belastete, war klar, dass ich ein Kontrastprogramm brauchte. Einen Tag zum Ausspannen und Seele baumeln lassen an der frischen Luft. Ich wollte bewusst einen Ort besuchen, der keinen Bezug zur Vergangenheit meiner Eltern bot. Die Wahl fiel auf einen Besuch des »Parque das Nações«, dem für die Expo 1998 angelegten Ausstellungsgelände am Ufer des Tejo im Osten Lissabons.

Früher war diese Gegend völlig heruntergekommen; für die Expo entstand dort ein neues, modernes Stadtviertel.

Das Fahren mit der Métro ist unkompliziert. Die Bahnen fahren im Zehn-Minuten-Takt. Es ist nicht langweilig. Die Métro-

* * *

Stationen sind sehenswert, denn sie wurden von Künstlern, darunter auch Hundertwasser, mit gestalteten Kacheln verziert. Der Blick in Haltebahnhöfe lohnt sich und manchmal sogar das Aussteigen zum Betrachten.

Der »Gare do Oriente« – der neue Hauptbahnhof Lissabons – war mein Ziel. Er hat ein spannendes Glasdach, das der spanische Architekt Calatrava waldartig anlegte. Die Faszination des Ganzen liegt an der Metallkonstruktion, die das Glas hält. Die Stangen fächern sich oben auf und sehen aus wie Palmen. Es war mein Auftakt für viele Architekturfotos. Mir macht das Fotografieren in dieser spannenden Stadt mit unterschiedlichen Lichteffekten viel Freude. Einige Motive fing ich ein, die sich für meinen Reiseartikel eignen.

Vom Bahnhof aus durchquerte ich eine Shoppingmall, ohne mir die Geschäfte anzusehen, zum Ufer des Tejo. Futuristisch anmutende Gebäude säumen es. Entlang des Ufers, wenige Meter über der Wasseroberfläche, schweben Kabinen einer Seilbahn. Im Hintergrund überspannt den Fluss eine moderne Brücke.

Anfangs kam ich mir vor, als wäre ich in einem Science-Fiction-Film aufgewacht. Selbst die Landung eines Ufos hätte mich nicht allzu sehr verwundert.

Ich war begeistert von der Modernität, die einen starken Gegensatz zu den historischen Ecken Lissabons bildet.

Am späten Vormittag war nicht viel los. Die Menschen schienen Zeit zu haben, viele verweilten am Ufer.

Ein Stadtteil, der zum Flanieren einlädt, auf sonnigem Weg direkt am Fluss oder in zweiter Reihe, geschützt durch Bäume. Immer wieder gab es Kunstwerke und Brunnen.

Auf der Ebene zu gehen, war angenehm, nach all dem Auf und Ab der Vortage. Ein Tag, den ich hinter der Sonnenbrille ver-

steckt und geschützt verbrachte. Alles erschien mir surreal. Nicht nur das Stadtviertel, das ich mir für die Erkundungen ausgesucht hatte, sondern auch die Mirjam, die heute unterwegs war. Die Aufregung wegen morgen. Ich weiß nicht, wann ich das letzte Mal so durcheinander war. Nach einer kurzen Ruhepause werde ich nochmals aufbrechen, denn Unternehmungslust und Appetit habe ich dennoch.

Am gleichen Tag um 21.45 Uhr

Eben bin ich von meinem abendlichen Spaziergang zurück-gekehrt. Es macht mir viel Freude, in meinem Viertel, das viele Alltagsseiten zeigt, unterwegs zu sein.
Heute Abend folgte ich dem zweiten Tipp meines Vaters und suchte ein Lokal auf, das von außen eher schäbig aussah – welches Vorurteil ... Ich bekam einen Zweiertisch im Neben-raum, der an den Wänden mit blauen Azulejos verziert war, und aß köstlichen zarten, gegrillten Lachs mit Salzkartoffeln und Brokkoli. Dazu trank ich wie jeden Abend eine kleine Karaffe Rotwein. Alle möglichen Gedanken kamen mir. Wenn mein Vater mir gute Essenstipps in Graça gibt, bedeutet das, dass er ganz in der Nähe lebt? Vielleicht auch in diesem Lokal sitzt? Oder draußen vorübergeht? Mein Vater! Wie ungewohnt, alles durcheinander wirbelnd diese Worte klingen. Es wird Zeit, dass wir uns endlich kennenlernen.
All die Jahrzehnte war eine Unruhe in mir. Das Gefühl, nicht wirklich angekommen zu sein in meinem Leben, ohne zu wissen, was mir fehlt. Der Gedanke, hier in dieser Stadt meinem Vater zu begegnen, schenkt mir bereits eine tiefe, innere Ruhe. Obwohl ich genau deshalb aufgeregt bin!? Trotz aller unbeantworteten Fragen, trotz allem, was chaotisch ist in

• • •

meinem Leben, habe ich das Gefühl: Alles ist richtig, wie es im Augenblick ist. Alles muss genau so sein.

• • •

TEIL VI

1

Samstag, 26. Mai 2018

Die Nacht war unruhig und zu kurz. Mirjam war schnell eingeschlafen, aber als sie gegen zwei aufwachte, war an Schlaf zunächst nicht mehr zu denken. In der Küche bereitete sie sich einen Tee zu und setzte sich, eingehüllt in eine Wolldecke, auf die Dachterrasse. Die Nacht war sternenklar. Es war still, nur hin und wieder hörte sie das Geräusch eines aufbrausenden Motors und in der Ferne gleichmäßiges Verkehrsrauschen, das vom Ufer des Flusses herangetragen wurde. Das nächtliche Lissabon mit der angestrahlten weißen Kuppel einer Kirche, den Silhouetten der dicht beieinander stehenden Häuser und den unzähligen warmgelben Lichtern am Ufer des Tejo war von einer betörender Schönheit, an der Mirjam sich nicht sattsehen konnte. Erst gegen halb vier beruhigte sich ihre aufgewühlte Seele und sie legte sich wieder ins Bett. Noch beim Hinübergleiten vom Wachsein ins Schlafen beschäftigte sie die immer gleiche Frage: »Wie wird es sein, wenn ich heute meinen Vater treffe?«

Gleißendes Sonnenlicht bei strahlend blauem Himmel erhellte den Tag, als Mirjam gegen sieben erwachte. Am Morgen war es kühl, aber schon bald würde es in der Sonne warm genug sein, um ohne Jacke unterwegs zu sein. Ihr fiel es schwer zu entscheiden, was sie anziehen sollte für das heutige Treffen.

● ● ●

Lange nahm sie sich an diesem Morgen Zeit im Bad. Ihre lockigen Haare, deren Frisur sie oft dem Zufall überließ, föhnte sie mit einem Diffusor und massierte anschließend ein wenig Öl in die Spitzen. Ihre grünbraunen Augen betonte Mirjam mit einem dunklen Kajalstift und Wimperntusche. Die Lippen hob sie mit einem pflegenden Lipgloss, den sie jederzeit würde erneuern können, etwas hervor. Es war, als würde sie sich für ein Rendezvous zurechtmachen. Vor ihrem Vater wollte sie sich ansprechend präsentieren.

Über die schmal geschnittene tiefblaue Jeans zog sie ein asymmetrisches flaschengrünes Shirt mit kurzen Ärmeln aus weich fallender Viskose mit einem Wasserfallausschnitt. Als Schmuck wählte sie einen Halsreif mit einem großen runden, in Silber eingefassten Jadestein und passende Ohrringe. Auf diese Weise würde ihre Mutter bei dem Treffen dabei sein, denn den Schmuck hatte Mirjam zum Studienabschluss von ihr geschenkt bekommen.

Auch das Tattoo kam zur Geltung. Es gehörte zu ihr, oft nahm Mirjam es nicht mehr bewusst wahr. Heute jedoch kam ihr in den Sinn, weshalb sie es sich hatte stechen lassen – es sollte sie daran erinnern, ihren eigenen Weg im Leben zu suchen und zu finden. Lange war sie auf der Suche gewesen; jetzt hatte sie das Gefühl, der richtigen Spur zu folgen. Was würde am Ende des Weges auf sie warten?

Weit kam ihr dieses Mal die Strecke von ihrer Wohnung bis nach Estoril vor – erst der Fußweg zur Métrostation, dann die Fahrt zum Bahnhof Cais do Sodré. Mirjam ergatterte einen Sitzplatz im Nahverkehrszug. Bei dem frühsommerlichen Wetter wollten nicht nur Touristen ans Meer, sondern auch

• • •

Lissabonner Familien. Mit jeder Station wurde der Zug voller, bis selbst Stehplätze Mangelware waren.

Gegen zehn kam Mirjam in Estoril an. Sie wollte rechtzeitig da sein und die Zeit bis zum Treffen mit ihrem Vater zu einem Spaziergang am Meer nutzen.

Die Promenade begann hinter den Gleisen. Der Strand war dicht belagert von Sonnen- und Badehungrigen, die ihre Badetücher ausgebreitet und Sonnenschirme aufgestellt hatten. Im Meer waren nur wenige Menschen, den meisten war das Wasser um diese Tageszeit zu kalt. Mirjam hatte bisher noch nicht daran gedacht, schwimmen zu gehen; das musste sie nachholen. An diesem nahezu windstillen Tag schwappte das Meer leise an den Strand. Es hatte die betörend blaue Farbe eines Lapislazuli; ein Stein, den ihre Mutter mit ihren blonden Haaren besonders gut tragen konnte und der ihre Augen noch strahlender gemacht hatte. Auch ihre Mutter war mit ihrem Vater an diesem Strand gewesen, auch ihre Großmutter Judith mit ihrer Schwester und ihren Eltern. In weniger als einer Stunde würde Mirjam ihren Vater kennenlernen – an diesem besonderen Ort. Der Familienkreis würde sich schließen, nach über vier Jahrzehnten.

Alles kam ihr unwirklich vor, als wäre sie Zuschauerin in einem Kinofilm, und doch war es die Wirklichkeit. Dies wurde Mirjam bewusst, als sie die kurze Strecke vom Strand zum Treffpunkt ging.

Im ersten Stock des Bankgebäudes lag das Erinnerungscenter. Ein Schild informierte in Portugiesisch und Englisch, dass derzeit keine Ausstellung gezeigt wurde. Mirjam folgte den Stufen nach oben. Hinter einer Glastür, die mit »biblioteca« beschriftet war, brannte Licht. Mirjam trat ein. Im ersten Raum befand sich ein runder Tisch mit mehreren Stühlen, umgeben von Bücherregalen. Im zweiten Raum gab es nur Bücherregale. Ihm schloss sich eine Glastür an, hinter der Schreibtische zu sehen waren; einer war besetzt. Mirjam klopfte an.

Ein schlanker, etwa ein Meter achtzig großer Mann in ihrem Alter, mit dunkelbraunen, kurzen Haaren, stand auf und trat ihr entgegen.

»Kann ich Ihnen helfen?« fragte er mit einem freundlichen Lächeln und einer angenehmen Stimme. Als er Mirjams fragenden Gesichtsausdruck registrierte, wiederholte er die Frage auf Englisch.

»Ich heiße Mirjam Neumann, bin deutsche Journalistin und schreibe einen Artikel über deutsche Emigranten, die während des Zweiten Weltkrieges in Lissabon und Umgebung Exil fanden. Um elf bin ich zu einem Interview mit Herrn Cohn Fernandes verabredet«, erklärte Mirjam lächelnd.

»Mein Name ist Tiago Santos Costa. Ich bin der leitende Archivar. Herr Cohn Fernandes rief mich gestern an und sagte, dass er sich heute mit einer deutschen Journalistin treffen will. Er wird sicherlich gleich kommen. Setzen Sie sich doch oder schauen Sie sich um. Wir haben viel Literatur über die Exilzeit. Einige Bücher sind auf Englisch und in den anderen geben Ihnen die Fotos Einblicke in diese Zeit. Wenn Sie Fragen haben, dürfen Sie mich gern ansprechen.«

Das Lächeln von Tiago Santos Costa umhüllte Mirjam warm. Sie dankte ihm und wandte sich den in den Regalen stehenden Büchern zu. Noch zehn Minuten bis zur verabredeten Zeit. Würde ihr Vater pünktlich sein oder sich verspäten?

Auf das Lesen konnte Mirjam sich nicht konzentrieren; sie blätterte in einem Bildband über Exilanten mit Fotos aus Lissabon, Estoril und Cascais in der Zeit von 1938 bis 1945. Die Bildunterschriften waren auf Portugiesisch und auf Englisch. Die ersten Motive zeigten ein unbeschwert wirkendes Sommerleben am Strand, flanierende oder in Gespräche vertiefte Menschen auf der Strandpromenade, Kleingruppen, die für ein Foto lächelnd posierten. Wer es nicht besser wusste, hätte nicht vermutet, dass diese Fotos Flüchtlinge abbildeten, die die Zeit bis zur Ausreise zu überbrücken versuchten. Meist ehemals wohlhabende Menschen, die mit jedem Tag des Wartens mehr um ihre Existenz und ihr Auskommen bangten, aber nach außen hin Haltung bewahrten.

Die Aufnahmen aus Lissabon vermittelten die andere Seite des Exils. Ein Flüchtling, der erschöpft am Hafen auf seinem Koffer saß, umgeben von Gepäckbündeln, eng um ihn stehenden und doch abgewandten Menschen, traurig, nachdenklich der Dinge harrend, die ihn erwarteten. Ein anderes Foto zeigte Menschen, die vor der Suppenküche der jüdischen Gemeinde anstanden. Menschen, die beieinander am Tisch saßen und gierig ihre Suppe löffelten. Hohlwangige Gesichter mit ernst blickenden Augen, die Kleidung sauber und korrekt. Bei den vielen, die in der Stadt blieben, weil sie nicht wussten wohin, galt es vor allem, nicht aufzufallen, um nicht kontrolliert zu werden und mit ungültigem Aufenthaltsstatus außer Landes gewiesen oder eingesperrt zu werden.

Fotos, die durch ihre Gegensätzlichkeit zum Nachdenken anregten und Mirjam ein wenig ablenkten.

Es war zehn nach elf, als sich die Tür öffnete und ein etwa siebzigjähriger Mann den Raum betrat. Er war klein, untersetzt, hatte wenig Haare und blickte Mirjam mit herabgezogenen Mundwinkeln an, als sie in seine Richtung grüßte.

»Bitte lass das nicht meinen Vater sein«, dachte sie bei sich. Da trat der Archivar aus seinem Büro und sprach den Mann an. Die beiden vertieften sich in ein Gespräch und schienen Mirjam nicht mehr wahrzunehmen. Tiago Santos Costa ging in den Nebenraum und holte einen Stapel mit Büchern, die er dem Mann aushändigte. Dieser verabschiedete sich und ging.

Der Archivar trat an Mirjams Tisch heran: »Das ist nicht die Art von Herrn Cohn Fernandes. Anders als die meisten Portugiesen ist er normalerweise pünktlich. Möchten Sie einen Espresso trinken? Ich wollte mir ohnehin einen machen.« Mirjam nahm dankend an.

Jede Minute, die mit Warten verging, kam ihr vor wie eine Stunde. Sie war froh, als Herr Santos Costa mit dem Espresso kam und sich zu ihr gesellte. Inzwischen war es nach halb zwölf. Sie hatte gerade den Espresso getrunken, da klingelte ihr Handy. Mirjams Herz pochte, als sie in ihren Rucksack griff, das Handy heraus- und den Anruf entgegennahm. Eine tiefe, wohltönende Stimme mit vielen Nebengeräuschen war auf Englisch zu hören.

»Frau Neumann? Hier ist Elias Cohn Fernandes. Ich möchte mich bei Ihnen entschuldigen. Gerade als ich aufbrechen wollte, klingelte meine betagte Nachbarin bei mir. Ihr Mann war gestürzt, er hat sich eine böse Platzwunde am Hinterkopf zugezogen und seine Hand verstaucht. Beide waren vollkommen aufgelöst. Mit meinem Auto fuhr ich sie ins Krankenhaus; dort bin ich immer noch. Bei der ganzen

Aufregung vergaß ich, mich bei Ihnen zu melden. Das tut mir sehr leid. Könnten wir uns stattdessen am Montagnachmittag um drei im Erinnerungscenter treffen?«

Mirjam musste schlucken und holte tief Luft, bevor sie antwortete. »Oh, das ist schade, aber das kann ich gut verstehen. Ja, am Montag um drei, das passt.«

»Da bin ich erleichtert, dass Sie mir nicht böse sind. Ich freue mich, Sie am Montag kennenzulernen. Ein schönes Wochenende wünsche ich Ihnen.«

»Bis bald, auch Ihnen ein schönes Wochenende«, lautete Mirjams Antwort.

Sie war froh, dass der Archivar in den Nebenraum gegangen war, als ihr Handy geklingelt hatte. Im Augenblick hätte sie kein Gespräch führen können. Sie legte einen Zettel auf den Tisch mit den Worten: »Ich bin an der frischen Luft, komme aber wieder«, ließ ihre Jacke über dem Stuhl hängen, nahm ihren Rucksack und verließ überstürzt den Raum. Als sie draußen war, spürte Mirjam, wie sich ihre Augen mit Tränen füllten und ein Schluchzen in ihr aufstieg. So nahe dran war sie gewesen! Nun musste sie noch einmal Geduld haben. Sie kam sich vor wie in einem Film, in dem durch diese Verzögerung die Spannung für die Zuschauer erhöht werden sollte. Aber immerhin hatte sie die angenehme Stimme ihres Vaters gehört. Was waren zwei Tage erneuten Ausharrens im Vergleich zu ihren bisherigen einundvierzig Lebensjahren? Dieser Gedanke tröstete Mirjam, während sie wie von selbst den Weg Richtung Meer eingeschlagen hatte. Sie setzte die Sonnenbrille auf, um ihre verweinten Augen zu verbergen. Tief atmete Mirjam die würzige Seeluft ein und ließ den Blick über das Meer zum Horizont wandern. Dort fixierte sie einen Punkt, versuchte an nichts zu denken und kam mit jedem Atemzug mehr zur Ruhe.

Langsam ging sie zur Bibliothek zurück. Inzwischen war es halb eins und sie verspürte Hunger. Sie würde ihre Sachen holen und in der Nähe ein Lokal suchen.

Als sie die Bibliothek betrat, war im Nebenraum eine Frau damit beschäftigt, Bücher einzusortieren. Mirjam erkundigte sich nach Herrn Santos Costa – sie wollte ihm gern für den Kaffee danken und sagen, was los war.

»Oh, das tut mir leid. Herr Santos Costa hat jetzt frei. Er ist eben gegangen.«

Mirjam war enttäuscht, denn sie hätte gern noch etwas mit ihm geredet und auf diese Weise mehr von ihrem Vater erfahren, denn die beiden kannten sich. Aber dieser Tag hatte sich gegen sie verschworen, weshalb auch immer.

2

Als Mirjam ins Freie trat und ein paar Schritte Richtung Meer zurückgelegt hatte, wurde sie plötzlich angesprochen.

»Frau Neumann, haben Sie schon etwas vor, jetzt, wo Herr Cohn Fernandes nicht kommen kann, wie es mir scheint? Ich habe großen Hunger, Sie vielleicht auch? An der Strandpromenade ist ein kleines Lokal, in dem kocht ein Freund von mir ... « Freundlich blickte der Archivar sie an.

»Gern. Ich wollte auch essen gehen, hätte aber nicht gewusst wohin.« Ihre Antwort begleitete Mirjam mit einem Lächeln und blickte Tiago Santos Costa dabei in seine dunkelbraunen Augen, die von dichten, in einem Bogen geformten Brauen umrahmt waren. Um die Augen zeichneten sich Lachfalten ab, umschattet von leichten Ringen. Die Nase war kräftig, aber wohlgeformt, sein Teint braun, das Gesicht schmal. All dies registrierte Mirjam während des kurzen Blickkontaktes und bemerkte, dass sein Blick ihr Gesicht ebenfalls abzutasten schien.

»Dann lassen Sie uns ein Stück der Strandpromenade Richtung Cascais folgen. Was für ein wunderbarer Frühsommertag! Seit wann sind Sie in Lissabon? Und wie gefällt es Ihnen in unserer Stadt?« Fließend, mit nur leichtem Akzent war sein Englisch.

Mirjam erzählte von ihren Unternehmungen und schilderte ihre Eindrücke. Von dem besonderen Licht der Stadt, den fantastischen Ausblicken, der Freundlichkeit der Menschen, den faszinierenden Bauwerken, dem leckeren Essen, dem frisch zubereiteten Fisch und von der herrlichen Meeresluft. Aber auch, dass sie sich fragte, wie es den Einheimischen wohl ginge in den Monaten, in denen die Stadt von Touristen überschwemmt wurde. Wie es sich als Einheimischer lebe in diesen weiterhin wirtschaftlich schwierigen Zeiten.

»Wir sind da. Ihre Fragen beantworte ich gern, wenn wir Platz genommen haben.« Er zeigte auf ein unauffälliges Lokal mit Außenbestuhlung, direkt am Meer.

»Bitte warten Sie kurz. Ich frage, ob ein Tisch frei ist.«

Im Freien waren alle Tische belegt, aber da der Archivar ein Freund des Kochs war, holte er zusammen mit dem Kellner einen weiteren Tisch und zwei Stühle. Sie schoben eine Palme in einem großen Topf am Ende der Terrasse zur Seite und stellten den Tisch dorthin. Rasch wurde dieser eingedeckt.

• • •

»Dass Sie gern Fisch essen, haben Sie erzählt. Sollen wir uns einfach die Tagesempfehlung bringen lassen?«

»Sozusagen ein blind-date-Essen?« fragte Mirjam und war im gleichen Augenblick verlegen. Hoffentlich deutete er diese Bemerkung nicht falsch.

Tiago Santos Costa lächelte.

»Ja, ein blind date, wie wir es haben. Wir wissen auch noch nicht, was uns erwartet. Dazu gehört natürlich ein Glas Wein. Das werden Sie schon bemerkt haben: Wir Portugiesen sind begeisterte Weintrinker – regelmäßig, aber in Maßen.«

Als der Kellner kam, gab Tiago Santos Costa die Bestellung auf. Wenig später wurden ihnen die Getränke gebracht. Er erhob sein Weinglas.

»Wenn mir Menschen sympathisch sind, duze ich sie gern. Ich würde mich freuen, wenn wir uns mit dem Vornamen ansprechen. Ich bin Tiago.«

»Ich heiße Mirjam.«

Sie prosteten einander zu. Tiago bedachte Mirjam mit einem herzlichen Lächeln. Und doch, da war er wieder zu sehen – der Hauch von Melancholie in seinem Blick.

Obwohl sie einander nicht kannten, hatten sie sich viel zu erzählen. Tiago ging auf Mirjams Beobachtungen ein und berichtete ihr, dass es tatsächlich ein Teufelskreis sei mit den Touristen. Einerseits sorgten sie für Arbeitsplätze und belebten die Konjunktur, andererseits erschwerten sie den Einheimischen das Leben. Tiago wohnte in einem Haus in der Alfama zur Miete. Seit das Viertel zu einem Anziehungspunkt für Touristen geworden war, kehrte weder am Tag noch in der Nacht Ruhe ein. Häuser wurden in Ferienwohnungen umgewandelt und die Mieten stiegen. Er sei auf der Suche

● ● ●

nach einer neuen Wohnung, aber bezahlbaren Wohnraum zu finden, sei fast unmöglich. Dabei ginge es ihm finanziell deutlich besser als den meisten Portugiesen. Zusätzlich zu seiner Vollzeitstelle als Archivar erhielt er Geld aus der Vermietung einer Wohnung an der Algarve seiner bereits verstorbenen Eltern.

»Lissabon wurde moderner durch den Tourismus. Bis vor wenigen Jahren waren viele Ecken der Stadt ungepflegt. Neuerdings wird darauf geachtet, dass sich die Stadt ansprechend präsentiert. Manche sagen, dass ihr Charme dabei verloren geht. Das empfinde ich nicht so. Und es ist spannend, vielen fremdländischen Menschen zu begegnen.« Bei dieser Bemerkung lächelte Tiago Mirjam an. »Ins Erinnerungscenter kommen Menschen aus der ganzen Welt. Meist sind es Nachfahren von Emigranten, die während des Zweiten Weltkriegs mit dem Schiff aus Lissabon in ein neues Leben gestartet sind. Aber sag, wie kommst du dazu, dich für dieses Thema zu interessieren?«
Mirjam ließ einen Moment verstreichen, bevor sie antwortete. Wie gut hätte es ihr getan, einfach die Wahrheit zu erzählen, aber dazu kannte sie Tiago zu kurz.

»In Deutschland arbeite ich als Journalistin. Für eine Zeitung schreibe ich einen Artikel über die Emigration aus Portugal während des Zweiten Weltkrieges. Bei uns ist es weitgehend unbekannt, dass Lissabon 1940 das Zentrum für Flüchtlinge aus ganz Europa war. Die meisten Menschen in Deutschland wissen nur wenig über Portugals Geschichte.«

»Ja, das stelle ich auch häufig fest. Mit Herrn Cohn Fernandes hast du den Experten für diese Zeit als Gesprächspartner gewonnen. Ich freue mich stets, wenn er zu uns kommt. Er ist ein angenehmer Mensch, obwohl er Schweres durchgemacht hat in seinem Leben.«

»Du machst mich neugierig, willst du mir mehr von ihm erzählen?«

»Du wirst ihn am Montag selbst kennenlernen. Es wäre mir lieber, wenn er entscheidet, was er dir erzählen möchte.«

»Das verstehe ich.«

Mirjam bedauerte, nicht bereits heute mehr von ihrem Vater zu erfahren. Schnell waren sie wieder in ein Gespräch vertieft, das sie ablenkte. Tiago interessierte sich für das Leben in Deutschland. Mirjam erzählte ihm von ihrer Kindheit und ihrer Jugend im dörflich geprägten Möhringen, nahe der Stadt Stuttgart, die eine vergleichbare Größe zu Lissabon hat. Sie verschwieg ihm nicht, dass sie ohne Vater aufgewachsen war, ging aber nicht näher darauf ein. Stattdessen ließ sie Tiago teilhaben an ihrer Prägung durch zwei starke Frauen: ihre Großmutter Karolina und ihre Mutter Angelika. Was sie verschwieg, waren die tiefen Kontakte dieser beiden Frauen nach Lissabon. Lügen wollte sie nicht. Mirjam wusste: gewährte sie Tiago Einblick in diesen Teil der Vergangenheit, würde sie den Rest auch erzählen müssen.

Tiago fragte nach den politischen Verhältnissen in Deutschland, insbesondere in der Zeit kurz vor und nach der Wiedervereinigung der beiden deutschen Staaten. Mirjam ließ ihn ausschnittartig teilhaben an ihrem Alltag in Deutschland. Nur um allzu Privates machte sie einen Bogen, obwohl sie sich wohlfühlte in seiner Gesellschaft.

»Nun habe ich dir viel von mir erzählt. Gern möchte ich aber auch wissen, wie dein Leben verlaufen ist.« In diesem Augenblick wurde das Essen serviert – eine über

● ● ●

Holzkohlen gegrillte Dorade, mit Salzkartoffeln und Grill-gemüse. Ein Gericht, das in Lissabon häufig angeboten wurde, hier aber besonders gut schmeckte. Der Fisch war knusprig, saftig gegrillt und leicht mit Knoblauch, Kräutern und Salz gewürzt.

»Wenn es für dich in Ordnung ist, erzähle ich dir nachher mehr von mir«, bat Tiago. »Ich spreche beim Essen nicht gern so viel.«

»Das passt gut, mir geht es auch so.«

Tiago und Mirjam tauschten sich kurz über den Ge-schmack aus, prosteten einander zu, schwiegen ansonsten meist. Mirjam fand dies angenehm. Sie genoss die köstliche Mahlzeit und hing ihren eigenen Gedanken nach, mit Blick auf das im Sonnenlicht glitzernde Meer. Seltsamerweise fühlte es sich nicht sonderbar an, mit Tiago, den sie kaum kannte, zu schweigen. Seine Gesellschaft gefiel ihr. Es tat ihr gut, nicht allein zu essen.

Als die Teller leer waren, lehnte Tiago sich entspannt zurück und lächelte Mirjam an.

»Wenn es dich nicht stört, rauche ich eine Zigarette. Nach einem schmackhaften Essen gehört das für mich dazu.«

»Ganz im Gegenteil. Ich hatte das Gleiche vor«, entgegnete Mirjam mit einem Grinsen.

Tiago reichte Mirjam eine Zigarette und das Feuerzeug.

»Immer wieder versuche ich, mit dem Rauchen aufzu-hören. Es klappt nicht, in Momenten wie diesen nicht zu rauchen. Das ist eine Auszeit vom Alltag«, meinte Tiago, während er genussvoll den Rauch in die Luft stieß.

Mirjam ging es ebenso und sie erzählte Tiago, dass sie seit dem Tod ihrer Mutter das Gefühl hatte, dabei Abstand zu gewinnen von belastenden Situationen.

»Ich kann dich verstehen. Mit dem Rauchen hatte ich aufgehört, aber als meine Frau und ich uns vor vier Jahren trennten, fing ich wieder an.« Nun erzählte Tiago erstaunlich offen von seinem Leben. Geboren war er an der Algarve, mit einer sechs Jahre jüngeren Schwester aufgewachsen, die im Alter von vierzehn Jahren an Leukämie starb. Seine Mutter kam mit dem Tod nicht zurecht und klammerte sich an Tiago. Er war froh, als er ein Studium in Lissabon begann. Das Verhältnis zu seiner Mutter entspannte sich wieder. Vor acht Jahren starb sein Vater bei einem Verkehrsunfall, drei Jahre später seine Mutter an einem Herzinfarkt.

»Diese Jahre waren schlimm, doch seit rund zwei Jahren ist mein Leben meistens wieder schön«, schloss Tiago mit einem Lächeln.

Mirjam konnte sich nun erklären, woher dieser melancholische Gesichtsausdruck bei Tiago rührte.

Er fragte: »Hast du morgen Nachmittag etwas vor? In Graça, wo du wohnst, gibt es eine Adega mit dem Namen ‚Tasca do Jaime'. Dort wird am Nachmittag ab vier Fado gesungen. Es ist keine der üblichen Touristenkneipen, sondern sozusagen eine Veranstaltung unter Nachbarn. Die Gesangsqualität ist unterschiedlich, aber die Atmosphäre ist etwas Besonderes. Kommst du mit?« In diesem Moment klingelte sein Handy. Er entschuldigte sich bei Mirjam und trat beiseite.

»Hallo, Kleine! ... Ja, natürlich komme ich. Ich habe dich lieb ...« Diese Gesprächsfetzen trug der Wind zu Mirjam heran. Offenbar gab es eine Frau in seinem Leben. Hatte er nicht Interesse an Mirjam gezeigt? Sie war tief enttäuscht, wäre am liebsten gegangen. Aber vielleicht hatte sie das auch nur falsch eingeschätzt. Tiago und sie hatten zusammen gegessen und sich dabei nett unterhalten – nicht mehr und nicht weniger.

Nach dem Telefonat wirkte Tiago abwesend. Sie fanden nicht mehr in die offene und vertraute Gesprächsatmosphäre zurück. Mirjams Antwort auf seine Einladung zum Fado-Konzert, dass sie am nächsten Nachmittag bereits etwas anderes vorhätte, quittierte er mit einem knappen »Schade«, aber es war offensichtlich, dass er gedanklich nicht bei ihr war. Sie war froh, als Tiago wenig später sagte, dass er gehen müsse. Er bezahlte das Essen für beide und winkte ab, als Mirjam ihm ihren Anteil geben wollte.

»Es waren schöne Stunden mit dir, Mirjam. Ich hoffe, wir können sie bald fortsetzen. Melde dich, wenn du Lust hast, etwas mit mir zu unternehmen. Du weißt ja, wo du mich findest.« Während er dies sagte und ihr seine Visitenkarte gab, blitzte etwas von dem Tiago durch, mit dem sie sich wohlgefühlt und gut unterhalten hatte. Er gab Mirjam die üblichen zwei Wangenküsse und bedachte sie ein letztes Mal mit einem warmen Blick, dann eilte er davon. Zurück blieb sein Duft nach Zitrone, gepaart mit einer holzig-würzigen Note.

3

Mirjam gewöhnte sich langsam daran, früh am Morgen zu erwachen und dann nicht wieder einzuschlafen. Auch in dieser Nacht hatte sie über zwei Stunden auf dem Dachbalkon ihrer Wohnung verbracht und in Gedanken versunken das verschlafene Lissabon betrachtet. Es war tröstlich, dass eine Stadt nie ganz zur Ruhe kam – so fühlte sie sich nicht einsam.

Zu den Gedanken an die nahende Begegnung mit ihrem Vater gesellte sich Tiago dazu. Sein Duft, sein Blick beim Abschied, die Stunden mit ihm am Meer und beim Essen hatten Mirjam berührt. Es war ihnen leicht gefallen, Gesprächsthemen zu finden und den anderen Anteil nehmen zu lassen am eigenen Leben. Mirjam hatte sich vertraut gefühlt in seiner Nähe, konnte sich öffnen, obwohl sie ihn nicht kannte. Tiago schien es ähnlich gegangen zu sein. Mirjam hatte sich durch kleine Zeichen wertgeschätzt gefühlt von Tiago und sich über seine Komplimente gefreut. Der Anruf dieser Unbekannten hatte alles Leichte genommen und Mirjam in die Realität zurückkatapultiert. Nach dem Telefonat war er verändert gewesen. Es war offensichtlich, dass es eine andere Frau gab in seinem Leben.

»Also, Mirjam, schlag ihn dir aus dem Kopf«, sagte sie sich, während sie die Visitenkarte mit seiner Adresse und der Handynummer betrachtete.
Idealisierte Mirjam alles, was sie in Lissabon erlebte? Wie im Urlaub, wenn der Wein besonders schmeckte und kurze Zeit später der gleiche Wein, als Erinnerung zu Hause getrunken, einen schalen Beigeschmack hatte?

• • •
216

Oder war da tatsächlich mehr? Rührte ihr Erleben in dieser Stadt etwas Tiefes, Unterbewusstes an? In dieser Stadt, unter diesem Licht, in dieser besonderen Luft und Wärme war Mirjam gezeugt worden. Sie war sowohl Portugiesin als auch Deutsche.

Eine weitere Frage beschäftigte Mirjam in diesen frühen Morgenstunden. Ursprünglich hatte die Familie ihrer Großmutter Judith dem Judentum angehört, war aber zum Protestantismus konvertiert. Gab es etwas in Judith, das sie als jüdische Identität von ihren Eltern vermittelt bekam und an ihren Sohn Elias weitergegeben hatte – und das dadurch auch in Mirjams Unterbewusstsein Platz fand? Oder war Religion etwas durch Einsichten und Erkenntnisse frei Gewähltes?

Viele Fragen, manche nur diffus, die auf eine Antwort warteten.

All diese Überlegungen ermüdeten. Bis acht Uhr am Morgen schlief sie durch.

Auch an diesem Tag wurde sie beim Aufziehen des Vorhangs vom gleißenden Sonnenlicht begrüßt. Ein einladender Tag, den sie mit einem Frühstück vor der kleinen Konditorei beginnen wollte. Wie jeden Tag stand auch heute der Besitzer hinter dem Tresen.

»Guten Morgen linda Senhora! Was darf ich Ihnen anbieten? Wir Portugiesen sind Meister der süßen Leckereien«, begrüßte er sie mit einem charmanten Lächeln. Die Anrede mit »schöner Frau« verfehlte ihre Wirkung auf Mirjam nicht und strahlend lächelte sie zurück. Der starke Kaffee und das Schokohörnchen taten sein Übriges, um ihre Vorfreude auf den vor ihr liegenden Tag zu wecken.

• • •

Für den Vormittag hatte sie sich etwas Besonderes vorgenommen. Um elf wollte sie den Gottesdienst der deutschen evangelischen Kirchengemeinde in Lissabon besuchen, in der »Igreja Evangélica Alemã« nahe der Praça de Espanha. Seit 1934 gab es die Kirche. Viele Jahre war diese für die Familie ihrer Großmutter ein wichtiger Ort, an dem sie sich anfangs willkommen und während des Zweiten Weltkrieges wegen ihrer jüdischen Wurzeln ausgegrenzt gefühlt hatte.

Wandelte Mirjam auf den Spuren ihrer portugiesischen Verwandten, hatte sie das Gefühl, als würde das in den Briefen Gelesene zur Realität.

Zudem hoffte sie, der Besuch des Gottesdienstes würde ihr innere Ruhe schenken. Das letzte Mal war Mirjam bei der Beerdigung ihrer Mutter in der Kirche gewesen. Seitdem hatte sie um die Martinskirche in Möhringen einen Bogen gemacht. Zu schmerzhaft waren die Erinnerungen.

Zu Fuß ging sie zur Métrostation und fuhr einige Stationen mit der Bahn, die sie – nach einem Umstieg – nur wenige Gehminuten von der Kirche entfernt wieder verließ. An einer breiten Kreuzung führte der Métroschacht nach draußen. Über Mirjam hinweg donnerten in kurzen Abständen die Flugzeuge des nahegelegenen Flughafens. Die Sonne brannte an diesem Ort, kaum ein Luftzug war spürbar. Kurz war Mirjam orientierungslos, bevor sie den kleinen Kirchturm entdeckte.

Zweckmäßige Wohn- und Bürogebäude dominierten die Umgebung. Das von einer lila blühenden Kletterpflanze umrankte Tor zum Innenhof der Kirche wirkte einladend. Mirjam wurde freundlich vom Pfarrer und von einer älteren Dame auf Deutsch begrüßt. Überhaupt schien alles familiär und herzlich zuzugehen. Im Innenhof sprangen Kinder in Sonntagskleidung fröhlich herum.

Die Architektur der in einem sanften Gelb gestrichenen Kirche war reduziert und erinnerte Mirjam an die Franziskanerkirchen in der Toskana. Ein Glockenturm, einfache Außenwände, ein großer Innenraum, ein offener mit Holz ausgekleideter Dachstuhl, die Kanzel und dahinter ein großes Kreuz, optisch in der Mitte postiert.

Mirjam setzte sich auf eine der Kirchenbänke und freute sich am Sonnenlicht, das sich in den in gelbbraunen Farben gehaltenen Glasfenstern brach.

Der Gottesdienst wurde in deutscher Sprache gehalten und bezog auch die wenigen Menschen mit ein, die wie Mirjam nur zu Gast waren. Der Klang der Orgel und die liturgische Abfolge mit der Lesung von Bibeltexten, den Gebeten, der Predigt und dem Singen der Lieder schenkten Mirjam einen ungewohnten inneren Frieden. Alle Unsicherheit, die sie ge-spürt hatte, konnte sie während des Gottesdienstes ablegen und fühlte sich geborgen im Augenblick.

Am Ende lud der Pfarrer die Gemeindemitglieder und Gäste zum anschließenden Kaffee im Garten des Pfarrhauses ein. Mirjam wollte aufbrechen, weil sie niemand kannte. Da sprach sie eine gepflegte, an einem Stock Halt suchende alte Dame mit dichten, schneeweißen Haaren auf Deutsch, mit leichtem Akzent, an.

»Entschuldigen Sie, dass ich Sie störe. Aber Sie sehen einer verstorbenen Freundin von mir sehr ähnlich. Sagen Sie, sind Sie mit Judith Cohn verwandt?«
Mirjam schrak zusammen, als sie den Namen ihrer Großmutter hörte, und blickte die alte Dame ungläubig an. Ohne

die eigentliche Frage zu beantworten, stellte sie eine Gegenfrage.

»Sind Sie Gertrud Bachmann? Aber dann sind Sie ja fast hundert Jahre alt!«

»Um es genau zu sagen: achtundneunzig Jahre«, ergänzte die Dame mit einem vergnügten Lächeln. »Lassen Sie uns in den Garten gehen und ein schattiges Plätzchen zum Sitzen suchen. Sie müssen mir unbedingt erzählen, wer Sie sind und weshalb Sie wissen, wer ich bin. Ich kann nicht mehr lange stehen. Darf ich mich bei Ihnen einhaken?«

Im Schatten von Palmen und anderen Bäumen, umgeben von üppig blühenden Blumen, fanden sie einen Tisch am Rande des Trubels. Mirjam holte Getränke und belegte Brote. Sie setzte sich Gertrud Bachmann gegenüber, die sie hinter Brillengläsern mit einem wachen, verwunderten Blick eingehend musterte.

»Vorhin sahen Sie Judith kurz sehr ähnlich, mit Ihrem Blick und Ihren lockigen Haare. Aber Sie sehen doch ein wenig anders aus als sie. Sie scheinen Judith zu kennen. Können Sie mir verraten, wie das zusammenhängt?«

»Das ist nicht einfach – ich kenne Judith und auch nicht ...« begann Mirjam zögernd und fragte sich, ob sie der ihr fremden Dame ihre Geschichte offenbaren wollte. Frau Bachmann war ihr auf Anhieb sympathisch. Sie hatte nichts zu verlieren.

»Also gut, ich erzähle Ihnen alles. Aber Sie müssen mir versprechen, es für sich zu behalten. Weshalb, sage ich Ihnen auch. Im Gegenzug möchte ich mehr von Judith und Ihnen erfahren. Sind Sie dazu bereit?« begann sie und wurde von Frau Bachmann mit einem dankbaren Lächeln bedacht.

• • •

»Ich habe Zeit und ich verspreche Ihnen, niemand etwas weiterzugeben. Allerdings habe ich nicht viel zu berichten. Aber das, was ich weiß, teile ich gern mit Ihnen. Nun kann ich es nicht mehr erwarten zu hören, was Sie zu erzählen haben.«

Mirjam teilte mit der ihr fremden Frau ihre Lebensgeschichte und die ihrer Mutter. Sie erzählte aus den Briefen und Tagebüchern und dass sie erst vor wenigen Wochen erfahren hatte, dass Judiths Sohn Elias ihr Vater war.

Sie erwähnte, dass sie die vor ihr sitzende Dame in den Briefen ihrer Großmutter kennengelernt und sich gefragt hatte, ob der Zweite Weltkrieg ihre Freundschaft dauerhaft zerstört oder ob es eine Wiederannäherung gegeben hatte. Und sie war gespannt, was Frau Bachmann ihr über ihre Großmutter und ihren Vater erzählen würde. Frau Bachmann hörte ihr aufmerksam zu, ohne ihren Redefluss zu unterbrechen. Freundlich lächelte sie Mirjam an, bevor sie antwortete.

»Das ist eine spannende Geschichte, die Sie mir erzählt haben. In der temperamentvollen Art, wie Sie es schilderten, erinnern Sie mich an Judith. Auch sie war engagiert in dem, was sie tat. Leider ist sie im Jahr 2002 gestorben, im Alter von zweiundachtzig Jahren. Ich entdeckte ihre Todesanzeige in der Zeitung. Wir verloren uns kurz nach dem Krieg aus den Augen. Nie wagte ich es, den Kontakt wieder aufzunehmen. Unser Leben während des Krieges verlief zu unterschiedlich, um zu einem vertrauten Umgang zurückzufinden. Selbst wenn Sie jetzt enttäuscht sind – ich kann Ihnen nicht mehr erzählen als das, was Sie bereits wissen.«

• • •

Mirjam war tatsächlich enttäuscht. Sie hatte gehofft, dass die Jugendfreundin ihrer Großmutter ihr mehr über ihre portugiesische Familie und vor allem über ihren Vater Elias hätte erzählen können. Kurz ärgerte sie sich, dass sie Frau Bachmann alles erzählt hatte, doch der Ärger verflog, als diese sich ihr im Gespräch erneut zuwandte und sie mit einem dankbaren Lächeln bedachte.

»Sie wissen nicht, welch eine Freude Sie mir bereiten. Wenn man so alt ist wie ich, blickt man viel in die Vergangenheit. Ich dachte in letzter Zeit oft an meine Freundin Judith und habe es bedauert, seit dem Kriegsende nichts mehr von ihr gehört zu haben. Es freut mich umso mehr, dass sie viele glückliche Jahre mit ihrem Mann und ihrem Sohn erlebte. Und dass sie die Schicksalsschläge, die auch ihr nicht erspart geblieben sind, überstand.«

Mirjam, die die Dankbarkeit der alten Dame spürte, erkannte, dass es richtig gewesen war, ihr alles zu erzählen.

»Es würde mich sehr freuen, wenn Sie mich bald einmal besuchen kommen, gern auch mit Ihrem Vater. Ich könnte Ihnen Fotos zeigen von Judith und mir, aus unserer Kindheit und Jugend. Mein Vater fotografierte häufig. Ich schreibe Ihnen gern meine Adresse auf.« Sie griff in ihre Handtasche, zog einen kleinen Block und einen Stift heraus und notierte ihre Kontaktdaten.

»Aber nun möchte ich Sie bitten, mich zu entschuldigen. Ich bin erschöpft und möchte mich hinlegen. Die Mitarbeiterin der Kinderkirche fährt mich nach Hause.« Etwas schwerfällig, doch mit aufrechter Haltung stand Frau Bachmann aus dem Stuhl auf und reichte Mirjam zum Abschied ihre Wangen.

• • •

»Ich werde Sie gern besuchen, Frau Bachmann. Zuerst möchte ich meinen Vater kennenlernen. Es war schön, Ihnen zu begegnen.«

Mirjam war dem Zufall dankbar, dass sie Frau Bachmann getroffen hatte, die ihre portugiesische Verwandtschaft kannte, wenngleich sie kaum Neues gehört hatte. Aber sie freute sich darauf, sie zu besuchen und beim Betrachten alter Fotos mehr aus der Kindheit und der Jugend ihrer Großmutter zu erfahren.

Eins wusste sie jetzt: Ihre Großmutter Judith lebte nicht mehr. Mirjam hatte dies zwar vermutet, aber ein kleiner Hoffnungsfunke war hin und wieder in ihr aufgelodert, wenn sie an Judith gedacht hatte. Ganz unrealistisch war es nicht. Frau Bachmann war ein Beispiel dafür, dass es einzelnen Menschen vergönnt war, ein hohes Alter zu erreichen und körperlich und geistig rege zu bleiben.

Wie schade, dass ihre Großmutter vor vielen Jahren verstorben war. Gern hätte sie diese starke Persönlichkeit, die viele Herausforderungen in ihrem Leben gemeistert hatte, kennengelernt.

Nach der Begegnung mit Frau Bachmann war Mirjam nach Rückzug zumute. Sie fuhr auf direktem Weg zurück. Das Wegstück von der Métrostation zu ihrer Wohnung war trostlos. Es ging fast nur bergauf, vorbei an zweckmäßigen, unscheinbaren und heruntergekommenen Gebäuden. Sah Mirjam allerdings genauer hin, entdeckte sie auch in diesen Straßen Schönes – mit Azulejos verzierte Häuser oder Tante-Emma-Läden, die sogar sonntags geöffnet hatten und ihr Obstangebot liebevoll präsentierten. Es galt, aufmerksam

• • •

und nicht mit einer vorgefassten Meinung durch das Leben zu gehen, dann offenbarte sich überall etwas Besonderes, stellte Mirjam fest.

Erholsam war es, in die Stille der Wohnung einzutauchen. Morgen würde ihre Vermieterin Ramóna von ihrer Reise zurückkehren. Sie sollte bemerken, dass Mirjam sorgsam mit ihrem Zuhause umgegangen war. Es wurde Zeit, die Wohnung auf Hochglanz zu bringen.

Mirjam stellte das Radio an und putzte, begleitet von portugiesischen Sprachfetzen und Musik, die Wohnung. Es war ein befreiendes Gefühl, einmal nicht nachzudenken, sondern etwas Praktisches zu tun.

Gern hätte sie Ramóna mit einem Blumenstrauß begrüßt, doch ein Blumengeschäft hatte sie bisher nicht entdeckt. Sie kaufte stattdessen in einem der Tante-Emma-Läden ein und füllte den Kühlschrank mit Lebensmitteln auf. Zu guter Letzt schrieb sie ihr eine Willkommenskarte, die sie auf dem Esstisch sichtbar an eine Flasche Rotwein gelehnt postierte. Nun war alles bereit. Obwohl Mirjam sich auf Ramóna freute, war sie zugleich wehmütig. Die schöne Zeit in »ihrer« Wohnung war vorbei. Zukünftig würde sie in ihrem Zimmer an ihren Artikeln schreiben und nicht am Esstisch. Schließlich hatte sie nicht die ganze Wohnung, sondern ein Zimmer mit Bad, Dachterrasse und Küchennutzung gebucht.

Nach dem äußerlichen Aufräumen fühlte Mirjam sich auch innerlich aufgeräumter. Ihre Gedanken kreisten nicht mehr um die Begegnungen mit ihrem Vater und Tiago, sondern waren im Hier und Jetzt.

Mirjam sah das erste Mal an diesem Nachmittag auf die Uhr. Inzwischen war es kurz nach vier. Mirjam erinnerte sich an Tiagos Einladung zum Fado-Konzert. Den Namen des

Lokals hatte sie sich gemerkt, »Tasca do Jaime«. Im Internet fand sie die Adresse. Es war nur wenige Gehminuten von ihrer Wohnung entfernt. Warum sollte sie nicht allein gehen? Es wurde Zeit, den berührenden Fado-Gesang in seiner Ursprungsheimat zu hören.

4

Das Haus in der Rua da Graça sah heruntergekommen und wenig vertrauenserweckend aus. Der Putz des ockerfarbenen Gebäudes blätterte ab und legte teilweise die darunterliegenden Ziegelsteine frei. Das Holz der Fenster im ersten Stock splitterte, die Fensterscheiben eines verlassenen Ladens waren mit Graffiti verschmiert, und doch – hier befand sich die Adega »Tasca do Jaime«. Der Namenszug, auf verzierte Kacheln geschrieben, ließ keinen Zweifel zu.

Mirjam trat ein und fühlte sich augenblicklich wohl. Ein gemütlich eingerichteter Gastraum erwartete sie, mit einfachen Holzstühlen und Tischen mit blaukarierten Tischdecken, mit Glasplatten abgedeckt, unter denen Fotos von früheren Konzerten lagen. Die Wände waren bis zur Sitzhöhe gekachelt. In einer Ecke die improvisierte Bühne, an den Wänden hingen Plakate und Fotos berühmter Fado-Sängerinnen und -Sänger. Eine Fado-Gitarre schmückte die Wand.

Eine Handvoll Menschen war versammelt. Im Hintergrund beschallte ein Fernsehapparat das Lokal mit Berichten über Sportereignisse. Hier sollte seit einer halben Stunde Fado gesungen werden? Mirjam war skeptisch, aber sie nahm dennoch den ihr vom Wirt zugewiesenen Platz ein, an einem Tisch mit freiem Blick zur Bühne. Die anderen Gäste begrüßten sie freundlich, aber niemand konnte ihre englischen Fragen verstehen, geschweige denn beantworten. Mit Zeichensprache erklärten sie Mirjam, auf der Bühne würde demnächst die Musik beginnen.

Der Wirt arrangierte an der Bar Teller mit geräuchertem Schinken und Käse und nickte ihr dabei freundlich zu.

Wenig später erschienen die Musiker. Ein etwa zehnjähriger Junge setzte sich auf einen Stuhl, zupfte auf einer kleinen Fado-Gitarre, dazu ein Mann, Mitte fünfzig, an einem größeren Instrument. Ein etwa dreißig Jahre alter gutaussehender, schlanker Mann in weißem Hemd und dunklem Sakko packte eine besonders edle Gitarre aus.

Eine ältere Frau versuchte durch Zeichen mit Mirjam ins Gespräch zu kommen. Sie klatschte und bewegte sich tanzend zu imaginärer Musik. Eine weitere Portugiesin stellte mit einem Lächeln Kontakt zu ihr her.

Immer mehr Besucherinnen und Besucher nahmen an den Tischen Platz oder stellten sich an die Bar. Offensichtlich waren alle dem Wirt bekannt, denn sie begrüßten einander herzlich.

Die Wirtsfrau brachte Mirjam einen Teller mit Schinken, Käse und Brot an den Tisch, sowie einen Krug mit Rotwein. Mit großem Appetit nahm Mirjam die Schinkenröllchen in die Hand, aß von dem knusprigen Brot und trank vom kräftigen Rotwein.

Mirjam machte es Freude, die anderen Gäste zu beobachten, wohl wissend, dass auch sie beobachtet wurde. Ein älteres Ehepaar hatte sich bereits zu ihr an den Tisch gesetzt, ein Platz war noch unbesetzt.

● ● ●

Plötzlich machte der Wirt den Fernseher aus, dimmte das Licht und schaltete die Beleuchtung eines Dioramas mit einer Fado-Szene an. In der Bühnenecke postierten sich die Musiker und wurden von einem Scheinwerfer angestrahlt. Zunächst waren reine Instrumentalklänge zu hören. Die drei Musiker harmonierten sehr gut miteinander.

Ein etwa siebzig Jahre alter, unauffälliger Mann erhob sich und gab mit seiner wohlklingenden tiefen Stimme sehnsuchtsvolle Lieder zum Besten. Die Musik erreichte Mirjams Herz. Wie bereits im Portugiesischen Viertel in Hamburg ließ Mirjam sich einhüllen von den wehmütigen Melodien der wechselnden Sängerinnen und Sänger. Die Qualität der Darbietung war unterschiedlich, aber allen Interpreten war gemeinsam, dass ihre Lieder mit viel Gefühl vorgetragen wurden und bei den Zuhörern aufmerksame Stille auslösten. Erst in die letzten Töne hinein brandete der Applaus auf. Viele kannten die Lieder offensichtlich.

In den kurzen Pausen zwischen den Darbietungen unterhielt sich Mirjam mit dem älteren Ehepaar am Tisch, das Englisch sprach. Sie bestätigten Mirjam, dass dieses Lokal den Fado-Gesang abseits des Tourismus präsentierte. Es fanden sich vor allem Nachbarn des Viertels zusammen, die hier sangen. Ab und zu gäbe es die Gelegenheit, vielversprechende Nachwuchs-Fado-Sängerinnen und -Sänger zu hören. Der Sohn der Wirtsleute, der die Gitarre spielte, sei bekannt in der Lissabonner Gitarristenszene und spiele sich vor seinen großen Abendauftritten warm. Heute würde eine junge Fado-Sängerin auftreten, die demnächst im Ausland Konzerte gebe, aber aus Dankbarkeit bei Jaime ein kleines Gastspiel gab, denn bei ihm hatte sie ihren ersten Auftritt gehabt.

»Kaum spricht man von ihr, kommt Elisa schon.«

Mirjam drehte sich um, denn sie saß mit dem Rücken zur Tür. Eben hatte eine zierliche junge Frau mit langen braunen, zu einem schlichten Pferdeschwanz zusammengebundenen Haaren den Raum betreten. Eine klassische Schönheit mit ausdrucksstarken Augen, die durch die getuschten Wimpern betont wurden, und einem kirschrot geschminkten Mund. Sie trug ein schlichtes, eng anliegendes ärmelloses schwarzes Kleid und lächelte zurückhaltend. Elisa schien bekannt zu sein, denn an den Tischen verstummten die lebhaften Gespräche, und alle blickten zu ihr. Der Wirt Jaime begrüßte sie überschwänglich. Mit ihr hatte ein Mann den Raum betreten, bei dessen Anblick Mirjams Herz spürbar klopfte – Tiago! Er legte eben der jungen Frau den Arm um die Schulter und schien ihr etwas zuzuflüstern.

Mirjams erster Impuls war, aufzustehen und zu gehen, aber da wäre sie Tiago unweigerlich in die Arme gelaufen. Das also war die Anruferin vom Vortag, eine Freundin, die seine Tochter sein könnte. Bei diesem Gedanken hielt Mirjam inne. Konnte es sein!? Hatte sie sich getäuscht und ihre Eifersucht war völlig unbegründet gewesen? Tiago hatte sich mit ihr in diesem Lokal verabreden wollen. Diesen Treffpunkt hätte er wohl kaum gewählt, wenn Elisa seine Freundin wäre. Einem plötzlichen Impuls folgend winkte sie in seine Richtung, aber er sah sie nicht. Als sie jedoch seinen Namen rief und nochmals winkte, schaute er in Mirjams Richtung. Das vorher etwas unbestimmte Lächeln wurde zu einem Strahlen, als er sie sah. Er kam auf sie zu, sie erhob sich und wurde von ihm mit einer Umarmung und Wangenküssen begrüßt. Unauffällig atmete Mirjam seinen würzigen Zitronenduft ein. Am liebsten hätte sie sich nicht mehr aus der kurzen Umarmung gelöst.

»Wie schön, Mirjam, dass du doch kommen konntest! Darf ich dir meine Tochter Elisa vorstellen? Sie wird gleich auftreten.« Stolz lag in Tiagos Stimme. Er winkte seine Tochter zu sich und stellte Mirjam als Journalistin aus Deutschland vor. Elisa reichte ihr die Hand, lächelte sie an und musterte sie neugierig.

»Papa, ich habe jetzt keine Zeit mehr.«

»Dann gutes Gelingen, meine Kleine.« Eine kurze Umarmung mit Kuss auf die Wange, und Elisa ging zur Bühne. Tiago setzte sich neben Mirjam auf den noch freien Platz und nickte dem älteren Ehepaar freundlich zu.

»Dass meine Tochter singt, wollte ich dir gestern erzählen. Aber als sie anrief, war ich in Sorge um sie und wollte bald zu ihr. Sie erzählte mir, dass ihr Freund sich von ihr getrennt hatte. Sie war sehr aufgewühlt.«

Mirjam konnte nicht antworten, denn in diesem Augenblick setzte die Musik erneut ein. Nach einigen Takten Instrumentalmusik ertönte Elisas Stimme – wundervoll gefühlvoll und abgrundtief traurig. Mirjam fand das Attribut »Blues der Portugiesen«, das diesem Gesang zugeschrieben wurde, bei Elisa sehr passend.

In ihrer Darbietung lag große Suggestivkraft. Obwohl Mirjam die Texte nicht verstand, spürte sie ihre Botschaft – die tiefen Sehnsüchte und den bittersüßen Schmerz der unerfüllten Liebe.

Die drei Musiker begleiteten Elisas Gesang virtuos. Voller Melancholie und doch Leichtigkeit ließen sie die einzigartige Magie des Fado aufblühen. Ihre aufeinander abgestimmten sensiblen Klänge entfalteten ein tiefsinniges, span-

• • •

nendes Szenario, das Mirjam und die anderen Zuhörer in ihren Bann zog.

Sie nahm Tiagos Blicke wahr, der beglückt und stolz auf seine Tochter sah, aber auch Mirjam liebevoll anlächelte.

Mirjam dachte ausnahmsweise an nichts, sondern ließ die Lieder ihre Wirkung entfalten. Sie war erfüllt vom Weltschmerz, der Wehmut, der Freude – je nachdem, welche Melodie erklang. Der Straßenlärm störte trotz der geöffneten Tür nicht, das gleißende Tageslicht blieb ausgesperrt. War es Tag, war es Nacht? Dies war unerheblich, solange die Melodien erklangen und Elisa mit ihrer betörenden Stimme sang.

Nach mehreren Zugaben verabschiedeten sich Elisa und die Musiker mit einem letzten Lied von ihrem Publikum in der kleinen Adega. Begleitet von langanhaltendem Applaus, der noch zu hören war, als Elisa und der Gitarrist das Lokal verlassen hatten, um zu ihrem eigentlichen Auftrittsort an diesem Abend zu eilen.

Auch als die Gespräche wieder aufgenommen wurden, saß Mirjam mit verklärtem Blick und wie verzaubert da. Sanft sprach Tiago sie an:

»Ich muss nicht fragen, wie es dir gefallen hat – ich sehe und spüre es. Du kannst verstehen, wie stolz ich auf meine Tochter bin.«

Mirjam schrak zusammen, als sie Tiagos Stimme hörte.

»Dazu hast du allen Grund. Ich habe noch nie zuvor solch einen berührenden Gesang, solch eine einfühlsame Stimme gehört. Ich bin nicht allzu musikalisch, aber dass deine Tochter großes Talent hat, spüre selbst ich.«

»Ja, das hat sie. Meine Ex-Frau und ich wohnten früher hier in der Nähe. Am Wochenende gingen wir manchmal zu Jaime und nahmen Elisa mit. Als sie acht war, verkündete sie: Ich will Fado-Sängerin werden.«

»Und wie ging es weiter?«

»Ab diesem Alter verfolgte sie ihr Ziel, zumal die Musiklehrerin ihr Gesangstalent bestätigte und sie durch zusätzlichen Unterricht förderte. Ihre ersten Auftritte hatte Elisa bei Jaime. Sie ist ihm dafür dankbar und singt gelegentlich weiter hier. Im nächsten Monat wird sie in Paris den ersten Auftritt außerhalb Portugals haben, auch ihre erste CD erscheint demnächst«, erzählte Tiago stolz. »Ich habe ein bisschen Angst, was der Erfolg mit ihr macht.« Nach dem letzten Satz blickte er ernst.

»Ich habe keine Kinder, aber ich kann mir vorstellen, dass es nicht leicht ist mit einer talentierten Tochter.«
Dann wechselte Tiago das Thema.

»Wie schön, dass du Anteil nimmst an meiner Tochter, aber gern würde ich dich besser kennenlernen. Hast du Lust, mit mir in einem Lokal in der Alfama essen zu gehen? Der Schinken und der Käse reichten als Vorspeise, aber mir steht der Sinn nach mehr.«

5

»Mir steht der Sinn nach mehr.« Dieser Satz Tiagos ging Mirjam durch den Kopf, als sie sich noch einmal zudeckte und von ihrem Bett durch den aufgezogenen Vorhang in den lichtblauen Himmel sah.

• • •

Wohlig streckte und reckte sie sich. Sie musste an ihre Mutter und Elias denken – deren gemeinsame Liebesgeschichte mit dem Besuch eines Fado-Konzertes begonnen hatte. Diese Musik schien eine besondere Magie auf Menschen zu entfalten, die einander zugetan waren. Auch bei Tiago und ihr hatte sie diese besondere Wirkung. Einem Mann, den sie kaum kannte, hatte sich Mirjam zuvor noch nie hingegeben. Sie musste erst Vertrauen entwickeln und das dauerte. Aber als Tiago sich gestern am späten Abend, nach Stunden voller zärtlicher, liebevoller Blicke und wie zufällig ausgetauschter Berührungen, an ihrer Haustür mit einer Umarmung und den üblichen Wangenküssen von ihr verabschieden wollte, da suchten und fanden sich ihre Lippen zu einem Kuss, der nicht enden wollte. Der sich für Mirjam richtig anfühlte und ihren Körper erbeben ließ voller Sehnsucht nach mehr.

In einer Pause des Atemholens hatte sie Tiago in ihre Wohnung eingeladen. Die Stufen der drei Stockwerke erschienen ihr endlos. Sie genoss es, sich nach dem Öffnen der Tür erneut in Tiagos Umarmung wiederzufinden. Sie nahm ihn an der Hand und führte ihn die Treppe hinauf, die vom Wohnzimmer in ihr Zimmer führte.

Tiago blickte ihr in die Augen.

»Bist du dir sicher, dass du mich willst?«

»Willst du mich denn?«, war ihre Gegenfrage, die Tiago mit zärtlichen Küssen beantwortete. Er betrachtete sie staunend.

»Ich kann mir nichts Schöneres vorstellen, du wundervolle Frau, die plötzlich in mein Leben gekommen ist. Gern möchte ich dich ganz spüren!«

• • •
232

Und so war es gekommen. In den nächsten Stunden verstummten die Worte zwischen ihnen. Es gab nur noch wundersame Entdeckungen und Empfindungen, die ihnen immer neue Wogen der Glückseligkeit schenkten.

In einem Wechsel von Spannung und Entspannung spielten ihre Körper miteinander. Sie ließen sich Zeit füreinander, bis sie miteinander eins wurden. Ein wohliges Gefühl durchflutete ihren Körper und ihre Seele. Mirjam wurde von einer Welle davongetragen, alles war hell. Ein Augenblick für die Ewigkeit.

Eng aneinander geschmiegt lagen sie beieinander, bevor die Müdigkeit Oberhand gewann und sie einschliefen.

In der Nacht wachte Mirjam immer wieder kurz auf und lauschte den gleichmäßigen Atemzügen Tiagos. Rasch glitt sie wieder in den Schlaf, bis um acht der Wecker klingelte und Tiago aufstehen musste.

Wieder konnten sie nicht voneinander lassen. Als ihre Lippen zum Kuss fanden, wollten ihre Körper mehr. Erneut war dieses Gefühl in Mirjam, endlich in sich angekommen zu sein.

Als Tiago sich geduscht und angezogen hatte, beugte er sich zu Mirjam, um ihr einen Abschiedskuss zu geben.

»Heute Nachmittag bin ich nicht in der Bibliothek, du meine Schöne. Es fällt mir schwer, dich mit Herrn Cohn Fernandes allein zu wissen. Er ist ein charmanter Mann. Nicht dass er ein Auge auf dich wirft. Alter schützt vor Torheit nicht, sagt ein Sprichwort, das ihr in Deutschland vielleicht auch kennt.«

»Du hast nichts zu fürchten, Tiago. Das wäre mir zu anstrengend mit zwei Männern.«

• • •

Kurz überlegte Mirjam, Tiago einzuweihen, dass Elias ihr Vater war. Doch er musste los und in wenigen Worten ließ sich das alles nicht erklären. Und es war richtig, wenn ihr Vater als erstes erfuhr, dass er eine Tochter hatte. Sie verabschiedete sich von Tiago mit einem Lächeln und einem zärtlichen Kuss. Am Abend würden sie sich wiedersehen, dann konnte sie ihm alles erzählen.

Als Mirjam unter der Dusche stand, genoss sie das warm auf sie herabrieselnde Wasser. Dabei spürte sie den Berührungen Tiagos nach, der ihr vor weniger als einer Stunde und in der Nacht zuvor ungeahnte Wonnen und Höhenflüge geschenkt hatte.

Mirjams Leben war kompliziert genug. Jetzt hatte sie sich auch noch in einen portugiesischen Mann verliebt. War sie bei Sinnen? Wie würde es mit Tiago und ihr weitergehen? Hatten sie nur eine Affäre miteinander und kosteten dabei die Glücksversprechen, die der Körper des anderen bereithielt? Oder war mehr zwischen ihnen?

Mirjam war erstaunt – sie brauchte keine Antwort auf diese Fragen. Sie lebte heute. Und jetzt, in diesem Augenblick, fühlte es sich richtig an, mit Tiago zusammen zu sein.

Weitaus bedeutsamer war es, in wenigen Stunden ihrem Vater zu begegnen: das erste Mal in ihrem einundvierzigjährigen Leben. Es war wie ein Traum. Wie würde Elias Cohn Fernandes – welch wohlklingender Name es war, fiel Mirjam erst jetzt auf – als einundsiebzig Jahre alter Mann erscheinen? Dachte sie an Elias, sah sie einen schlanken, gutaussehenden Mann Ende zwanzig vor sich mit dunklen Haaren und wachen, offenen, aber zugleich nachdenklich die Welt betrachtenden Augen. Wie würde er Mirjam heute an-

* * *

blicken? Vor allem – wann würde sie ihm sagen, dass sie seine Tochter war? Wie würde Elias darauf reagieren?

Mirjam war sich unschlüssig, was sie anziehen sollte. Es sollte ein milder Tag werden. Sie wählte schließlich eine Culottehose mit geometrischem Paisleymuster in Grüntönen. Dazu zog sie ein lindgrünes figurbetontes T-Shirt mit Raffungen an der Taille, einem V-Ausschnitt und überhängenden, kurzen Ärmeln an. Als Schmuck wählte sie, wie zur ersten geplatzten Verabredung, den Halsreif ihrer Mutter, mit dem in Silber eingefassten Jadestein und die passenden Ohrringe.

Sie kochte einen Espresso und trat auf die Dachterrasse. Ein Gefühl der Freiheit umwehte Mirjam, als der Wind über ihren Körper strich. Während sie den Espresso trank, ließ sie ihren Blick auf die im hellen Licht flirrende Häusersilhouette Lissabons schweifen mit der Ahnung des Tejo, der im Dunst verschwamm. Ein dankbares Gefühl durchströmte sie. Mirjam spürte, wie ihre Augen feucht wurden vor lauter Glück, und war froh, noch keine Wimperntusche aufgetragen zu haben.

Mit diesem Blick nahm sie zugleich Abschied von ihrem Alleinsein in der Wohnung. Irgendwann im Laufe des Tages würde Ramóna von ihrer Reise zurückkehren.

Nachdem Mirjam sich geschminkt hatte, war es halb elf. Sie hatte getrödelt, war unkonzentriert und ihr Herz klopfte kräftig. Dieses Gefühl kannte sie von ihren Examensprüfungen. Auch Appetit auf ein Frühstück verspürte sie nicht.

Der strahlende Himmel war inzwischen mit Wolken bedeckt und der aktuelle Wetterbericht zeigte an, dass es

• • •

Regen geben könnte. Mirjam bedauerte dies, blieb bei ihrer gewählten Kleidung, aber steckte noch eine leichte Jacke und einen Schirm in ihren Lederrucksack, in dem sich bereits Kamera, Block und Stifte befanden.

Sie rief ein Taxi, um sich zum Regionalbahnhof fahren zu lassen. Ihr stand der Sinn danach, möglichst direkt nach Estoril zu gelangen. Dort wollte sie vor dem Treffen mit ihrem Vater am Wasser spazierengehen und eine Kleinigkeit essen.

Noch einmal blickte Mirjam prüfend in den Spiegel. Sie sah eine mittelgroße, schlanke Frau. Die dunkelbraunen, halblangen, gelockten Haare saßen ausnahmsweise gut, erste graue Strähnen durchzogen das Haar. Ihre grünbraunen Augen verrieten Unsicherheit. Wie es ihr gehen würde, wenn sie die Haustür das nächste Mal öffnete, überlegte Mirjam, als sie die Wohnung verließ.

Die Fahrt mit dem Zug nach Estoril verging schnell. Bei dem unsicheren Wetter schienen die Touristen Unternehmungen in der Stadt vorzuziehen. Mirjam genoss die Ruhe im Waggon und blickte träumend hinaus auf den Tejo und auf den Atlantik. Halb eins zeigte die Bahnhofsuhr in Estoril, als Mirjam den Zug verließ. In zweieinhalb Stunden würde sie ihren Vater treffen. Der Himmel zeigte sich abwechslungsreich: Neben dicken Wolken gab es Himmelsblau, die Sonne wagte sich manchmal hervor. Es wehte ein leichter Wind. Die Temperaturen schwankten stark. Mirjam war froh, eine Jacke dabei zu haben.

Es tat ihr gut, mit weit ausholenden Schritten die Uferpromenade entlang zu gehen, wenngleich sich ihre Aufregung nicht legte. Nach einer halben Stunde kehrte Mirjam um, denn trotz der Anspannung verspürte sie plötzlich Hunger. Das war kein Wunder, sie hatte noch nichts gegessen.

Mirjam wollte in die »Pastelaria Garett«, die direkt neben dem Erinnerungscenter lag. Ein traditionsreiches Café, das es bereits in den vierziger Jahren gegeben hatte. Inzwischen war es modernisiert worden. Mirjam gefiel die Vorstellung, dass in diesem Gebäude ihre Großmutter Judith zusammen mit ihren Eltern und ihrer Schwester Kaffee getrunken hatten. In den vierziger Jahren war es Treffpunkt vieler Flüchtlinge gewesen. Zum Einstimmen auf das Interview zu diesem Thema der richtige Ort.

Auch heute noch lockte das Café illustre Gäste an, deren Handtaschen, Schmuck und Kleidung verrieten, dass sie hier vermutlich eine Pause zwischen dem Glücksspiel im Casino verbrachten.

Die Bedienungen waren freundlich und seriös mit Krawatten und weißen Hemden gekleidet, die Tische klein und mit gestärkten Tischdecken. Mirjam entschied sich für einen Toast mit Thunfisch und ein Glas Wasser; als Nachtisch ein Vanilletörtchen mit einem Espresso. Zwar bot die Kuchentheke wahre Köstlichkeiten, aber Mirjam war glücklich, wenn sie ein Pastel de Nata bekam. »In meinem Reiseartikel könnte ich spaßeshalber eine Bewertung für Vanilletörtchen einführen«, dachte sie kurz, verwarf die Idee aber sogleich wieder. Würde sie es doch machen, dann hätte dieses Törtchen den ersten Platz verdient. Es war so frisch, dass die Puddingmasse noch lauwarm war, der Blätterteig knusprigzart, und der Zimt, den Mirjam darauf streute, machte den Geschmack zur Offenbarung.

● ● ●

»Meine Geschmacksnerven sind heute vielleicht besonders sensibel, weil mein Nervensystem unter Hochspannung steht«, dachte sie.

Im Waschraum des Cafés erfrischte sich Mirjam, ordnete ihre Locken und legte etwas dezenten Lippenstift auf. Mit ihrem Aussehen war sie zufrieden. Die letzten Tage hatten ihrem Gesicht und den Armen eine dezente Bräune geschenkt. Trotz der Aufregung sah sie erholt aus. Auch das beglückende, zärtliche Zusammensein mit Tiago hatte ihrer Ausstrahlung gut getan. Sie fühlte sich weicher und entspannter, auch wenn sich nun, so kurz vor der ersehnten Begegnung, jeder Muskel ihres Körpers anzuspannen schien.

Zehn Minuten vor der verabredeten Zeit verließ Mirjam das Café und ging die wenigen Schritte zum Erinnerungscenter. Sie nahm die Stufen in den ersten Stock. Die Tür stand offen, Mirjam trat ein.

TEIL VII

1

Lissabon, Montag, den 28. Mai 2018, gegen Mitternacht

Vor einer Stunde legte ich mich ins Bett. Ich fand keine Ruhe, stand noch einmal auf. Nun sitze ich auf meiner Dachterrasse beim Schein von zwei Kerzen. Neben mir steht der Rest der Flasche Wein, die ich vorhin mit Ramóna getrunken habe. Vielleicht hilft es mir, weiter davon zu trinken, um endlich müde zu werden und die Sorgen, aber auch die Freuden loszuwerden.

Dieser Tag ist einer der eindrücklichsten meines Lebens. Ein Tag, an dem unbeschreibliche Freude und tiefe Sorge nahe beieinander liegen. Ein Tag, der zeigt, dass das wahre Leben die bemerkenswertesten Geschichten schreibt.

Ich schreibe mir alles von der Seele – das Schöne und das Schwere.

Als ich um fünf vor drei das Erinnerungscenter in Estoril betrat, musste ich nicht warten. Mein Vater – welch bedeutsames Wort – saß bereits am runden Tisch und war in ein Buch vertieft. Ich war leise in den Raum getreten, so blieb mir ein Augenblick, um ihn unauffällig zu betrachten, bevor er mich bemerkte. Elias Cohn Fernandes ist ein schlanker Mann. Er trug ein braunes Tweedsakko und darunter ein farblich passendes Hemd. Seine Haare waren weiß, kragenlang und gewellt, der kurze Vollbart stand ihm gut. Er hatte eine markante Hornbrille, sah versunken und tief konzentriert aus, während er in dem Buch las – ganz in dem aufgehend, was er in diesem Moment tat. Ein attraktiver älterer Mann.

• • •

239

Er war mir auf den ersten Blick sympathisch, aber mehr fühlte ich zunächst nicht; da war kein Erkennen, dass er mein Vater war. Ich spürte, wie Enttäuschung in mir hochstieg.

In diesem Moment blickte mein Vater auf und bedachte mich mit einem strahlenden Lächeln, das mich warm umhüllte.

»Senhora Neumann?«, waren seine fragenden Worte mit einer tiefen, angenehmen Stimme. Er blickte mich dabei so versunken an, dass der Blick wie aus einer anderen Welt zu kommen schien. Rasch fing sich mein Vater wieder und sagte in gebrochenem Deutsch:

»Sie müssen entschuldigen, dass ich Sie anstarre. Sie erinnern mich an eine junge Frau, die ich in meinen jungen Jahren kannte. Sie hieß auch Neumann.« Kurz war ich versucht, alles aufzuklären, aber es war noch zu früh, ich wollte ihn zunächst etwas kennenlernen. Ich entgegnete: »Das ist in Deutschland ein häufiger Nachname. Guten Tag, Herr Cohn Fernandes. Ich danke Ihnen sehr, dass Sie Zeit für mich haben. Aber woher können Sie so gut Deutsch?«

»Das ist eine lange Geschichte, die erzähle ich Ihnen vielleicht später«, war Elias Antwort, während er mir die Hand zur Begrüßung reichte und mich dabei weiter musterte. Sein Händedruck war angenehm fest. Er bat mich, nun wieder auf Englisch, Platz zu nehmen und zu erzählen, wie ich meine ersten Tage in Lissabon verbracht und welche Eindrücke ich hatte. Während ich ihm begeistert von meinen Erlebnissen und Beobachtungen erzählte, betrachtete er mich immer wieder durchdringend. »Sie haben meine Heimatstadt schon gut kennengelernt. Trotz aller schweren Geschichten, die sich hier ereignet haben und die ich auch selbst erlebt habe – ich liebe Lissabon und Portugal.« Mit diesem Satz lieferte er mir eine Steilvorlage und ich kam auf den Grund unserer Begegnung zu

• • •

sprechen. Was für mich selbst erstaunlich war – das Interview, das ich nun mit ihm führte, wirkte für mich nicht mehr vorgeschoben. Es half mir dabei, meinen Vater kennenzulernen. Ich wählte einen klugen Schachzug und fragte, ob er bereit wäre, mir meine Fragen mit dem Blick auf seine eigene Biografie und seine Erfahrungen zu beantworten und mir ein Zeitzeugeninterview zu geben. Elias Cohn Fernandes zögerte kurz, musterte mich erneut nachdrücklich und erwiderte: »Das ist ungewohnt für mich. Bisher bin meist ich derjenige gewesen, der die Menschen interviewt hat. Aber wenn es Sie interessiert, meine persönliche Geschichte zu hören, bin ich dazu bereit. Allerdings nur, wenn ich Sie nach unserem Interview zum Essen einladen darf und Sie mir von sich erzählen.«
Rasch entwickelte sich eine angenehme Gesprächsatmosphäre. Mein Vater war erstaunt, wie detailliert ich über die Geschichte Portugals informiert war. »Alle Achtung, wie tief Sie in die Vergangenheit unseres Landes eingetaucht sind!« Nun öffnete er sich und erzählte mir aus seiner Sicht die Lebensgeschichte seiner deutschen Mutter, die seines Vaters und seine eigene. Er war ein angenehmer, nachdenklicher Erzähler und verstand es, schweren Abschnitten durch pointierte humorvolle Bemerkungen etwas von ihrer Dunkelheit zu nehmen. Durch Judiths Briefe war mir vieles bekannt. Auch in Cohn Fernandes Augen konnte ich lesen – zum Beispiel, wann es zwecklos war, weiter nachzufragen, wie bei der Frage, was er im Kolonialkrieg erlebt hatte. Dass er nichts davon erzählen würde, war mir schon klar, bevor er antwortete: »Darüber möchte ich nicht reden.«
In diesem Moment habe ich mich in ihm erkannt. Ebenso reagiere ich, wenn mir ein Thema zu persönlich wird oder es mir unaussprechlich erscheint. »Was ist los? Sie schauen mich

• • •

seltsam an«, fragte er. Erneut war ich versucht, ihm alles zu erzählen. Es wäre für mich der richtige Zeitpunkt gewesen, nur nicht der richtige Ort. Inzwischen waren wir nicht mehr allein, sondern es waren drei weitere Besucher im Raum.

Fast zwei Stunden erzählte mir Elias aus seinem Leben. Wir waren bei der Nelkenrevolution angekommen, dem Tod seines Vaters und seinen ersten Schritten in der Welt des Journalismus. Dann sagte er plötzlich freundlich, aber bestimmt: »Ich hoffe, das ist alles, was Sie wissen wollten für Ihren Artikel? Ich habe heute noch nicht richtig gegessen und merke, welchen Appetit ich habe! Es würde mich freuen, wenn ich Sie nun zum Essen einladen darf.« Mir war es recht, denn ich spürte, wieviel Kraft es mich kostete, meine Rolle weiterzuspielen und ihm nicht endlich zu erzählen, was mich zu ihm nach Lissabon geführt hatte.

Draußen waren dunkle Wolken aufgezogen, es hatte angefangen zu regnen. Elias schützte mich mit einem großen Schirm. »Es ist nicht weit. Haken Sie sich am besten bei mir unter, damit Sie nicht nass werden.« Dieses Angebot nahm ich gern an. Es fühlte sich vertraut und fremd zugleich an. Sein Sakko war kuschelig weich und Elias Arm – der Arm meines Vaters – war fest und muskulös, trotz seines Alters.

Ich stellte mir vor, wie diese Arme mich als Kind emporgehoben hätten, um mich als Flugzeug herumzuwirbeln, oder wie er mich mit seinen starken Armen auf seine Schultern gesetzt hätte. Meine Augen wurden feucht. Als ich mich gefangen hatte, fragte ich ihn, ob er Sport treibe. »Ich segle. Wer so nah am Meer wohnt und die Chance dazu hat, wäre dumm, darauf zu verzichten.« Ich erwiderte, dass mir das auch gefallen könnte, wir in Stuttgart aber nur einen kleinen See hätten. Da sagte er: »Ich wusste nicht, dass Sie aus Stuttgart stammen.«

• • •

Danach sagte er nichts mehr, sondern musterte mich immer wieder. Nach wenigen Minuten kamen wir bei dem Lokal in einer Seitenstraße von Estoril an. »Hier haben wir keinen Blick auf das Meer, aber dafür ist das Lokal bei den Touristen unbekannt.« Überschwänglich wurde Elias von dem Kellner begrüßt. Obwohl das Lokal eben erst geöffnet hatte, waren einige Tische besetzt. Wir wurden an einen freien Platz geführt. Elias bestellte einen Aperitif und sagte zu mir auf Deutsch mit einem angenehmen Akzent. »Es würde mich freuen, nun deutsch zu sprechen. Bitte sprechen Sie langsam. Seit meine Mutter im Jahr 2002 gestorben ist, fehlt mir die Übung.« Der Kellner brachte zwei Gläser mit Portwein und zeigte auf eine Schiefertafel mit dem Menü-Angebot. »Wenn Sie nichts dagegen haben, überrasche ich Sie mit der Wahl. Sie werden sehen, ich enttäusche Sie nicht. Auf Ihr Wohl!« „Auf Ihr Wohl!« Und im Stillen fügte ich hinzu: »Auf dein Wohl, mein lieber Vater!« Er wandte sich mir wieder zu und sah mir eindringlich in die Augen. »Nun möchte ich Ihre Geschichte hören. Was führt Sie nach Lissabon? Ich darf doch Mirjam sagen? Ich bin Elias. Es würde mich freuen, wenn wir uns duzen, denn ich habe dir meine Lebensgeschichte erzählt und du erzählst mir deine. Das verbin...« Die letzten Worte sprach er verwaschen. Ich bemerkte, dass Elias einen Schweißausbruch hatte, blass war und am ganzen Körper zitterte. »Was ist los, Elias?« Im ersten Augenblick dachte ich an einen Herzinfarkt. Doch da sagte er, dieses Mal auf Englisch, undeutlich mit verwaschener Stimme. »Ich habe Diabetes. Mein Blutzucker-spiegel ist durcheinander. Ich werde mit einem anderen Medi-kament neu eingestellt. Bitte gib mir aus dem ersten Fach in meiner Tasche Traubenzucker.« Ich reichte ihm ein paar Traubenzuckerplättchen, aber Elias fühlte sich weiterhin

• • •

zittrig, schwach und seine Stimme wurde lallender. Der Kellner hatte die Lage erkannt und einen Krankenwagen gerufen. Nach mir endlos erscheinenden Minuten kamen die Sanitäter. Elias war kaum ansprechbar. Der Kellner und ich hatten ihn auf Stuhlpolstern auf dem Boden in die stabile Seitenlage gebracht. In diesem Moment half mir, dass meine Mutter mich in Erste-Hilfe-Maßnahmen geschult hatte. Ich machte mir große Sorgen, aber das blendete ich aus, solange ich ihm helfen konnte. Die Sanitäter, die Englisch sprachen, boten mir an, ihn ins Krankenhaus zu begleiten. Auf der Fahrt erzählte ich ihnen, was ich wusste. Sie kontrollierten Elias Blut, er hatte eine schwere Unterzuckerung. Sie legten ihm einen venösen Zugang und hängten eine Infusion mit Glukose an. Langsam kam Elias zu sich, seine Stimme war immer noch lallend und er wirkte kraftlos. Im Krankenhaus wurde ich vom Arzt gefragt, ob ich mit Elias verwandt sei. Dies verneinte ich, um Elias nicht zusätzlich zu schwächen, wenn er es auf diese Weise erfuhr. »Wissen Sie, ob Herr Cohn Fernandes Kinder hat, die wir verständigen sollen?« Elias beantwortete die Frage selbst: »Ja, zwei Söhne. In meinem Portemonnaie finden Sie die Nummern.« Ich wandte mich ab, um meine Tränen zu verbergen. Hier stand ich, seine Tochter, die ihren Vater das erste Mal getroffen hatte, und erfuhr nebenbei, dass ich zwei Halbgeschwister hatte. Elias musste etwas gespürt haben, denn er sagte: »Ich würde mich sehr freuen, wenn wir unser Essen bald nachholen könnten. Ich rufe dich an. Es tut mir leid, dass ich für solch eine Aufregung gesorgt habe.« Einem spontanen Impuls folgend beugte ich mich zu seiner Liege hinab und gab ihm Abschiedsküsse auf seine Wangen. Seine Barthaare waren weich. Es fühlte sich wundervoll an, meinen Vater zu spüren. »Ich freue mich sehr auf unser Wiedersehen.

• • •

Aber nun sorge gut für dich, Elias.« Ich ging los, ließ mir vom Empfang ein Taxi zum Bahnhof bestellen und rief Tiago an, um unser Essen abzusagen. Wir verabredeten uns für morgen Abend.

Was für ein bewegender Tag! Inzwischen ist es zwei und ich merke, wie müde ich bin. Das Schreiben hat mir geholfen, die Sorge um meinen Vater loszulassen. Schlaf behütet, mein lieber Vater. Morgen ist ein neuer Tag.

Dienstag, 29. Mai 2018, kurz vor Mitternacht

Vom Glück und vom Wein leicht benebelt, schreibe ich die ersten Zeilen des heutigen Tages in mein Tagebuch. Eben verabschiedete ich mich von Tiago. Er versteht, dass ich die Nacht nicht mit ihm verbringen möchte.

Tiago und ich hatten einen harmonischen Abend miteinander, wenngleich ich mit meinen Gedanken gelegentlich abwesend war. Schließlich erzählte ich ihm alles. Er staunte, welch eine Geschichte ich mit nach Lissabon gebracht hatte. Von sich aus sagte er: »Ich verstehe, wenn du Zeit für dich brauchst.« Nach diesen Worten stiegen mir Tränen in die Augen. Tiago blickte mich verunsichert an und fragte: »Habe ich etwas Falsches gesagt?« »Ganz im Gegenteil, ich bin glücklich, dass du dich in meine Situation einfühlen kannst und Verständnis aufbringst.« »Ja, du bist mir sehr wichtig, Mirjam, auch wenn wir uns erst kurz kennen.« Seine Worte waren eine zauberhafte Liebeserklärung. Zwischen den Zeilen hörte ich heraus, was er noch nicht auszusprechen wagte. Liebe ich Tiago? Ich würde es ähnlich sagen wie er. Was ist Verliebtheit? Was ist Liebe? Was entspringt vielleicht nur meiner Sehnsucht? Ich werde diese

• • •

großen Worte noch nicht benutzen, sondern freue mich lieber daran, wie gut es Tiago und mir bisher miteinander geht.

Was mich erstaunt: die vergangene Nacht schlief ich bis neun morgens durch. Allerdings war es eine Nacht mit wilden Träumen und einem verwühlten Laken. Als ich ins Bad gehen wollte, klingelte mein Handy. Es war mein Vater.

»Hallo Mirjam, hier ist Elias. Mir geht es wieder gut. Eben wurde ich entlassen, aber ich soll mich schonen. Ich würde dich gern für morgen Mittag um eins zum Essen zu mir nach Hause einladen. Meine Haushälterin kocht uns etwas. Passt dir das?« Und ob es mir passte! Mein Herz hüpfte voller Freude, als ich seine angenehme, akzentuierte Stimme hörte, die bedächtig die deutschen Worte formte. Er gab mir seine Adresse und wir verabschiedeten uns herzlich voneinander. Er wohnt ganz in der Nähe des Rossio-Platzes, in einer kleinen Seitenstraße. Seltsam vertraut hatte es sich angefühlt, mit meinem Vater zu sprechen. Mir war innerlich ganz wohlig zumute.

Dann ermahnte ich mich: »Pass auf, Mirjam!« Was redet mir mein Wunschdenken als Wahrnehmung herbei? Aber warum sollte ich mich nicht vorbehaltlos freuen dürfen über die erste Begegnung mit meinem Vater, auch wenn sie ein dramatisches Ende hatte?

Die Tage hier in Lissabon übertreffen alle Erwartungen, die ich je gehabt hatte.

»Ich fühle mich vom Glück umkreiselt« – diese Worte Jettes, der kleinen Nichte meiner Freundin, umschreiben meine Gefühle am treffendsten.

Dass sich mein Leben derart wandeln könnte, hätte ich noch vor wenigen Monaten nicht für möglich gehalten.

• • •

Das Unglaublichste: ich bin meinem Vater begegnet. Ich habe einen Vater! Er ist mir fremd und vertraut zugleich, aber ausgesprochen sympathisch.

Noch weiß Elias nicht, dass ich seine Tochter bin. Oder ahnt er etwas? Manchmal blickte er mich sonderbar an. In weniger als einem Tag werde ich Klarheit haben.

Welch wundervolle Tage voller Zärtlichkeit, Wärme und Leichtigkeit darf ich mit Tiago erleben!

Lissabon ist eine Stadt, die mir zauberhafte Entdeckungen auf allen Ebenen des Seins schenkt, mir Abstand bietet von allem, was sonst meinen Alltag prägt.

Eine Stadt, die mich lehrt, die Schönheit selbst im Verborgenen zu entdecken.

Eine Stadt, in der sich mein Herz öffnet, um mit allen Sinnen das vielfältige Neue aufzunehmen.

Eine Stadt mit vielen Kontrasten, voll morbidem Charme.

Eine Stadt, in der der Wind anders weht, in der die Zeit manchmal stehenbleibt und die dennoch überraschend modern ist.

Einen Zauber und eine Tiefe erlebe ich in diesen Tagen, dass mir oft, wie jetzt beim Schreiben, Tränen in die Augen steigen.

Den heutigen Tag, den Wartetag vor dem Wiedersehen mit meinem Vater – wie wollte ich ihn verbringen? Mit Tiago, der arbeiten musste, war ich um sieben zum Essen verabredet, aber bis dahin hatte ich Zeit.

Meine Vermieterin Ramóna, mit der ich kurze, aber angenehme Begegnungen habe, fragte mich: »Warum fährst du nicht mit dem Zug ins Landesinnere, nach Sintra?« Die zum Unesco-Weltkulturerbe zählende Stadt stand tatsächlich auf meinem Plan der Sehenswürdigkeiten; auch für meinen Reiseartikel würde ein Abstecher dorthin passen.

• • •

Es war die richtige Entscheidung für diesen Tag, an dem der Himmel grau und wolkenverhangen war, sich die Sonne nur selten zeigte.

Mit der Métro fuhr ich bis zum Regionalbahnhof Restauradores. Viele Touristen hatten die gleiche Idee wie ich. Der Zug nach Sintra war entsprechend voll. Lissabon und die Attraktionen der Umgebung sind in den Hauptreisemonaten überschwemmt von Touristen, die Fluch und Segen zugleich sind.

Rund um den Bahnhof von Sintra wimmelte es von Menschen. Mir stand der Sinn danach, in Ruhe anzukommen. Ganz in der Nähe fand ich ein Café und Teehaus mit dem stimmigen Namen »Saudade« – Sehnsucht. Nach dem Betreten fühlte ich mich sogleich wohl. Es hatte einen Fliesenboden, eine Stuckdecke mit einem Fresko und war gemütlich mit alten, bunt zusammengewürfelten Möbeln eingerichtet. Bei der zuvorkommenden Bedienung bestellte ich eine leckere Kürbissuppe und dazu selbst gemachte Zitronenlimonade. Im Anschluss gab es einen Kaffee und eine köstliche mit Mandeln gefüllte Blätterteigtasche.

Nach dem Verlassen des Cafés packte mich erneut der Touristenschock. Die Stadt, die gegen einen Berg gebaut ist, hat viele malerische Sehenswürdigkeiten zu bieten, wie eine hoch auf dem Berg thronende Maurenburg, Schlösser, Villen ... Dementsprechend viele Menschen bevölkerten diese Orte. Ich begrenzte mich darauf, den Park Quinta da Regaleira zu besuchen, ganz in der Nähe von Sintras historischem Zentrum. Wucherndes Grün und geheimnisvolle, an die Zeit der Romantik angelehnte Gebäude erwarteten mich. Wenngleich das nicht stimmt, denn Regaleira wurde von Freimaurern erbaut und enthält deshalb eine Menge von deren Motiven und Geheimnissen. Hierüber klärte mich eine alte Dame auf, mit

· · ·

der ich auf einer Parkbank ins Gespräch kam. Da gab es Schlosstürme, Höhlen, tief gemauerte Brunnen … Ich hatte das Gefühl, in einem Märchen der Gebrüder Grimm aufgewacht zu sein. Mehrmals setzte ich mich auf eine Bank im Grünen und träumte vor mich hin – dachte an die zwei Männer, die mein Herz erobert und mein Leben durcheinandergebracht hatten. Wie es ihm im Augenblick ging, meinem Vater Elias? Und was mochte Tiago eben tun? Kurz dachte ich, es wäre viel schöner, diesen Park zusammen mit ihnen zu entdecken, doch dann erkannte ich, dass es nicht stimmte. Es tat mir gut, allein unterwegs zu sein, um die vielfältigen Gefühle und Gedanken, die mich beschäftigten, zu verarbeiten.

Am Nachmittag fuhr ich mit dem Zug nach Lissabon zurück und machte einen Stopp beim »Rossio«. Ich glaube, ich wollte mich dem Viertel meines Vaters nähern. Die Jaccarandabäume, die den Platz auf zwei Seiten säumen, standen in voller violetter Blüte. Wie zauberhaft das aussah und wie passend zu meinem Tag! Dieser Platz mit den gepflasterten Wellen aus hellem Marmor und dunklem Basalt hat es mir angetan. Dass bei seiner Entstehung im Jahr 1849 Sträflinge die Steine verlegen mussten, tat meinem Empfinden von Leichtigkeit keinen Abbruch. Ich konnte nicht anders – ich musste von Welle zu Welle hüpfen und tat es den Kindern in meiner Nähe gleich, die mich verwundert anschauten.

Ein Taxi brachte mich in die Wohnung zurück. Mittlerweile war es fünf. Ich hatte Zeit, mich für mein Rendezvous mit Tiago umzuziehen. Als Schmuck entschied ich mich für die großen Silberohrringe, die ich mir in einem kleinen Schmuckgeschäft im Hamburger Portugiesenviertel gekauft hatte, als Erinnerung an die besonderen Tage. Das war schon wieder weit weg, so wichtig die Zeit dort auch gewesen war. Welch wegweisende

• • •

Zufälle sich in meinem Leben in diesen letzten Wochen ereignet hatten, was mir alles zugefallen ist, unglaublich!
Um kurz nach sieben klingelte es an der Haustür. Tiago be-grüßte mich liebevoll und führte mich zum wartenden Taxi. Er verriet nicht, wo es hinging. Immer weiter fuhren wir in das Gewirr kleiner Gassen und waren in der Alfama, als die Fahrt schließlich endete. Die letzten Meter mussten wir zu Fuß gehen. Jetzt am Abend war das Viertel belebt, vor manchen Lokalen standen Trauben von Menschen. Lärmend tönten Ge-sprächsfetzen und Musik durch das Viertel. Tiago führte mich zwei weitere Gassen entlang, in denen es deutlich ruhiger war. Vor einem kleinen, weiß verputzten Haus blieb er stehen. »Ich führe dich heute in das Restaurant Tiago. Dort gibt es ein-fache, bodenständige Küche und einen charmanten Gastgeber. Bist du einverstanden?« fragte Tiago mich lächelnd. Und ob ich es war! Ich freute mich, Tiagos Zuhause kennenzulernen. Im Erdgeschoss gab es einen großzügigen Wohnraum mit offener Küche. Die Wände waren weiß verputzt, eine Wand war mit freigelegten Ziegeln gestaltet. Der Raum war akzentuiert und geschmackvoll möbliert. Ein großer, eckiger Esstisch mit sechs bunt zusammengewürfelten Holzstühlen, ein Bücherregal, das sich über die ganze Wand erstreckte, ein Ledersofa, ein Tisch und ein Sessel, dazu hier und da Fotos in schwarzweiß mit spannenden Straßenszenen Lissabons, die mir gut gefielen. »Hast du die aufgenommen?« fragte ich Tiago. Er bestätigte es. Fotografie sei seine zweite Leidenschaft. »Und deine erste?« »Die bist du« sagte er charmant, öffnete eine Flasche Rotwein und setzte einen Topf mit Wasser auf. Es gab Spaghetti mit einer wohlschmeckenden Paprika-Tomatensauce, darüber frisch geriebenen Parmesan und dazu Salat. Entspannt saßen wir uns an dem schmalen Ende des Tisches gegenüber. Tiago

• • •

erzählte, dass seine Tochter jedes zweite Wochenende zu Besuch kam, er ansonsten allein lebte. Wir ließen einander an unserem Tag teilhaben. Tiago sprach fließend Englisch, aber er suchte manchmal nach Worten. Mir ging es ebenso. Aber zwischen uns gibt es etwas, wofür man keine Sprache braucht. Tiago führte mich einen Stock höher in sein Schlafzimmer, mit einem breiten Bett und vielen Kissen. Voller Sehnsucht und Genuss versanken wir in den Berührungen und Verführungen des anderen. Wir bestanden nur aus Fühlen und gaben dem Denken für eine Weile frei. Geborgen fühlte ich mich in Tiagos Armen. Am liebsten wäre ich bis zum nächsten Morgen liegengeblieben, aber ich wollte die Nacht in meinem Bett verbringen, um im Schlaf neue Kraft zu tanken. Tiago rief mir schließlich um halb zwölf ein Taxi. Zärtlich verabschiedete er sich von mir und wünschte mir alles Gute für die Begegnung mit meinem Vater. Er sagte: »Ich möchte, dass du morgen spürst, dass ich an dich denke.« Und legte mir eine kunstvolle Kette mit breiten Korkbändern um, die als An-hänger gehämmerte, ineinander verschlungene silberne Metallringe und Keramikperlen trug. Eine Kette wie für mich geschaffen – nicht kostbar vom materiellen, aber vom ideellen Wert. Mir kamen Tränen, die Tiago zärtlich wegküsste. Auch jetzt, wo ich ins Tagebuch schreibe, werden meine Augen wieder feucht. Die Zeit hier in Lissabon hat mich verändert. Ich bin weicher geworden und kann meine Gefühle zulassen, ver-dränge sie nicht mehr, muss nicht stark sein, wenn ich mich schwach fühle. Ich glaube, ich entdecke hier, ganz langsam, wer ich bin und was ich mir vom Leben wünsche.

• • •

TEIL VIII

1

Mittwoch, 30. Mai 2018

Lange und tief hatte Mirjam in dieser Nacht geschlafen. Als sie erwachte, war es schon halb zehn. Das erste Mal seit Tagen fühlte sie sich ausgeschlafen. Sie war bereit für diesen wichtigen Tag. Heute würde sie ihrem Vater sagen, dass sie seine Tochter war.

Mirjam war froh, dass Elias sie zu sich nach Hause eingeladen hatte. Im Schutzraum seiner Wohnung konnte er es sicherlich besser aufnehmen, wenn er die Neuigkeit erfuhr.

»Wie wird er reagieren? Wird er geschockt sein? Distanziert? Gerührt? Wird er sich freuen, mich als Tochter zu haben?« Vieles war möglich, darauf musste sie gefasst sein. Tröstlich, dass in Deutschland ihr Herzensvater Robert auf sie wartete. Ganz gleich was heute geschah, er würde sie auffangen. Und es gab Tiago, den sie noch nicht lange kannte, für den Mirjam aber mehr fühlte als sie sich eingestand. Männer dominierten in diesen Tagen ihr Leben, das viele Jahrzehnte von starken Frauen – ihrer Mutter Angelika und ihrer Großmutter Karolina – geprägt worden war.

Heute würde Mirjam mehr über das Leben ihres Vaters erfahren. Allein die Wohnung würde viel über seine Persönlichkeit aussagen: über seinen Geschmack und Stil, seine Interessen, seine Kontaktfreudigkeit, seine Familiensituation und seine Stellung in der Gesellschaft. Mirjam war gespannt, was sie erwarten würde. Sie stellte sich vor, dass Elias viele Bücher besaß.

Der Himmel zeigte an diesem Tag ein Einheitsgrau. Es war kühl. Mirjam zog über ihr T-Shirt einen bernsteinfarbenen Wickelpullover mit V-Ausschnitt, zu dem Tiagos Kette passte. Er hatte Mirjam eine Nachricht geschickt und sie mit liebevollen Gedanken gestärkt. Am Abend würde sie ihn besuchen und über Nacht bei ihm bleiben. Mirjam schmunzelte, als sie an den letzten Satz seiner Nachricht dachte:

»Ich freue mich auf dich, du Königin meines Herzens und Lisboas.«

Die Zeit bis zum Aufbruch nutzte Mirjam, um an ihrem Reiseartikel über Lissabon und an dem zeitgeschichtlichen Beitrag zu arbeiten. Ramóna war nicht da, so konnte sie sich mit ihrem Material am großen Esstisch ausbreiten. Viele Eindrücke und Recherchen hatte Mirjam zusammengetragen. Das Schreiben lenkte sie ab. Schneller als erwartet war es viertel vor eins. Sie wollte pünktlich und nicht abgehetzt bei Elias ankommen und hatte sich ein Taxi bestellt.

Während der Fahrt genoss es Mirjam, die Straßenszenen an sich vorüberziehen zu lassen. Sie konnte dabei ihre Gedanken schweifen lassen und sich einstimmen auf das bevorstehende Wiedersehen mit ihrem Vater. Nur zwei Tage waren seit ihrer ersten Begegnung vergangen und doch war bereits wieder so viel geschehen.

In der Rua do Gremio Lusitano hielt das Taxi vor einem gelb verputzten dreistöckigen Haus. Die Eingangstür war aus schwerer Eiche, an den Klingelschildern standen nur Nummern. Warum vermieden die Menschen, ihre Namen öffentlich an der Haustür zu nennen? Lag es daran, dass es

• • •

in Portugal sehr lange Namen gab? Oder war es ein Relikt aus der Zeit Salazars, als Schutz vor der Geheimpolizei? Dies fragte Mirjam sich und war froh, dass Elias ihr seine genaue Adresse mitgeteilt hatte. Er wohnte im ersten Stock. Bevor Mirjam die Klingel betätigte, atmete sie ein paar Mal tief durch. Wie würde es ihr gehen, wenn sie das Haus nach dem Besuch wieder verließ?

Die Eingangstür öffnete sich, Mirjam trat ein. Nur noch wenige Stufen trennten sie von der Wohnung ihres Vaters. Das Haus musste erst vor wenigen Jahren saniert worden sein, es war in einem gepflegten Zustand.

Die Wohnungstür öffnete sich. Elias Cohn Fernandes empfing Mirjam mit einem strahlenden Lächeln. Er hatte ein anthrazitfarbenes Hemd und eine dunkle, leichte Tuchhose an. Beides saß perfekt und harmonierte mit seinem grauen Bart und dem Lockenkopf.

»Hallo Mirjam. Wie schön, dass du Zeit für mich hast! Komm herein.« Auf Deutsch und mit den üblichen Wangen-küssen begrüßte ihr Vater sie herzlich und betrachtete sie dabei vermeintlich unauffällig, aber doch so, dass Mirjam es bemerkte.

»Vielen Dank für die Einladung. Ich freue mich, dich munter zu sehen. Wie geht es dir?«

»Glücklicherweise wieder gut. Ich muss einfach besser mit dem Essen aufpassen, dann ist es kein Problem.«

Elias führte Mirjam durch einen langen Flur, von dem mehrere Türen abgingen. Nun war sie es, die sich verstohlen umschaute. Er war hell ausgeleuchtet, der Boden bestand aus glänzenden, dunklen Holzdielen. An der Wand standen kleine dunkle Holzkommoden. Mehrere großformatige

Rahmen mit Seekarten zierten die Wände. Mirjam blieb interessiert vor einer stehen.

»Die Karten erinnern mich an meine Segelschein- prüfungen. Sie zeigen das Gebiet rund um Estoril und Cas- cais. Dort habe ich vor mehr als dreißig Jahren das Segeln gelernt.« Elias ging voraus in den hellen, großzügigen Wohn- raum, der mit dunklen Möbeln sparsam, aber behaglich mö- bliert war. An den Wänden hingen großformatige abstrakte Bilder, die alle das Meer mit dem Himmel darüber zum Thema zu haben schienen. Eine Zimmerecke war die Bibliothek – Bücherregale bis unter die Decke, davor stand ein bequem aussehender Lesesessel mit Fußhocker. Auf dem Beistelltisch lag ein Buch.

In einer anderen Ecke fanden ein ovaler Tisch mit sechs hochlehnigen Stühlen, dahinter eine Anrichte Platz, auf der viele Fotos standen, die Mirjam nur zu gern betrachtet hätte. Elias schien ihren Blick bemerkt zu haben, denn er ging mit ihr zu dem Sideboard.

»Darf ich dir vorstellen: meine Familie. Meine Frau ist leider vor fünf Jahren überraschend an einem Herzinfarkt verstorben, seitdem sind meine beiden Söhne etwas über- besorgt. Sie leben auch in Lissabon, sind aber mit Familie und Beruf beschäftigt.«

Mirjam erblickte ein typisches Familienbild, aufge- reiht, lächelnd für den Fotografen, sympathische und gut aussehende Menschen, die ihr fremd waren, außer Elias. Mirjam dachte bei sich:

»Von uns – Mutti, Elias und mir – wird es nie ein solches Bild geben." Sie sagte: „Die sehen sympathisch aus.«

»Ja, das sind sie. Inzwischen bin ich auch Großvater. Mein älterer Sohn hat eine fünfjährige Tochter und der

• • •
255

jüngere einen vierjährigen Sohn«, erzählte Elias und zeigte auf ein Foto mit zwei fröhlich in die Kamera blickenden Kindern. »Meine Enkelkinder haben mir über die Trauer um meine Frau hinweggeholfen«, fügte er ernst hinzu.

»Wirst du auch trauern, wenn du hörst, dass meine Mutter Angelika gestorben ist?« dachte Mirjam. Die Bilder des glücklich wirkenden Familienlebens machten sie traurig und sie war froh, dass Elias das Thema wechselte.

»Du hast hoffentlich Appetit. Es ist zwar nicht sonnig, aber warm genug, um draußen zu sitzen. Ich habe den Tisch auf dem Balkon für uns gedeckt; er geht von der Küche ab.«

Schon immer begeisterte sich Mirjam für Küchen. Die großzügig geschnittene Küche ihres Vaters gefiel ihr besonders gut. Der Boden hatte wie ein Schachbrett abwechselnd weiße und schwarze Fliesen, die Wände waren halbhoch mit blaugelben Azulejos gefliest, die Küchenmöbel waren aus dunklem Holz. In einer Ecke stand ein Holzofen, daneben ein Sessel. Ein runder Tisch mit vier Stühlen hatte am Fenster Platz, in der Nähe der geöffneten Balkontür.

»Wie gemütlich, dein Platz am Ofen«, bemerkte Mirjam lächelnd.

»An kalten Tagen sitze ich dort am liebsten. Die Küche ist der einzige Raum, den ich gut heizen kann. In den anderen Räumen habe ich zwar Elektroöfen, doch die sind sehr teuer. Und richtig warm wird es trotzdem nicht. Darf ich dir nun mein Kleinod mitten in der Stadt vorstellen?«

Elias führte Mirjam durch die geöffnete Tür auf den überdachten Balkon, auf dem viele Töpfe mit Kräutern, Lavendel und blühenden Blumen standen. In einer Ecke gab es ein Zitronenbäumchen. Der Balkon vermittelte eine große

• • •

Harmonie und Ruhe. Der Duft der Kräuter, des Lavendels und der Blumen war betörend.

Ein eckiger Holztisch, zwei gepolsterte Holzstühle und ein Beistelltisch waren die einzige Möblierung. Der Tisch war liebevoll gedeckt. In der Mitte stand eine kleine Vase mit einer üppig blühenden Rose. Alles war geschmackvoll aufeinander abgestimmt.

»Das sieht einladend aus, Elias.«

»Gedeckt habe ich, gekocht hat meine Haushälterin, da ich mich noch etwas schonen soll. Es gibt einen pikanten Auflauf mit Hähnchenfleisch, dazu Rosmarinkartoffeln und Gemüse. Setz dich bitte.«

Wenig später kam Elias mit dem Essen, das er auf dem Beistelltisch abstellte und das verführerisch duftete. Mirjam merkte erst jetzt, dass sie trotz aller Aufregung hungrig war.

Elias schenkte ihr Wasser und Rotwein ein, lächelte Mirjam voller Wärme an und brachte einen Trinkspruch aus:

«Auf unser Kennenlernen, ich freue mich darüber.»

«Auf unser Kennenlernen!» entgegnete Mirjam mit einem freundlichen Lächeln und dachte sogleich: Wann und wie werde ich Elias sagen, dass ich seine Tochter bin?

2

Das Essen hatte Mirjam äußerst gut geschmeckt und sie fühlte sich wohl in Elias Gesellschaft. Ihre Unterhaltung war lebhaft und voll gegenseitigem Interesse. Mirjam staunte, wie gut ihr Vater Deutsch sprach. Immer wieder fanden sie neue

Themen. Über Kunst- und Literaturströmungen ihrer Länder sprachen sie ebenso wie über politische Entwicklungen und ihre alltäglichen Sorgen. In vielem hatten sie die gleiche Einstellung und Sicht auf die Welt, worüber Mirjam sich freute. Dennoch spürte sie, wie sie innerlich ungeduldig wurde. Wann nur würde sie endlich den Mut haben, Elias zu erzählen, was sie auf dem Herzen hatte?

Schließlich war es Elias, der sie ansprach und durchdringend anblickte.

»Mirjam, seit ich dich das erste Mal gesehen habe, hat sich mein Leben verändert.«

Mirjam stockte das Herz und sie dachte: Hoffentlich hat Elias sich nicht in mich verliebt! Da sprach er nach einer kurzen Pause des Nachdenkens weiter.

»Seit dem Tod meiner Frau habe ich mich nicht mehr so hingezogen gefühlt zu einer Frau wie zu dir. Das hat mich verwirrt. Als ich dich in der Bibliothek erblickte, hatte ich ein Déjà-vu. Du weißt, ich hatte es dort kurz erwähnt, dass ich in den siebziger Jahren eine Stuttgarterin kennengelernt hatte.«

Mirjams Herzschlag beschleunigte sich und sie überlegte, ob sie den Redefluss ihres Vaters unterbrechen sollte, doch sie hatte keine Chance.

»Diese junge Frau, Angelika mit Namen, war meine erste große Liebe. Du hast die Augen und den Mund von ihr. Aber da ist noch eine andere Frau, an die du mich erinnerst – an meine Mutter Judith.« Während Elias sprach, blickten seine Augen nachdenklich in die Ferne.

Im Krankenhaus hatte Elias sich an die gemeinsamen Wochen mit Angelika in Lissabon erinnert, als sie ein Paar waren. Wie ausgelassen, nah, zärtlich und fröhlich das Zusammensein mit ihr war. Und auch an Angelikas Wunsch, dass sie einander nicht mehr schreiben wollten, um frei zu bleiben für einen anderen Partner. Elias hatte es respektiert, auch wenn es ihm schwer fiel. Angelika ging ihm lange nicht aus dem Kopf.

Mirjam hörte aufmerksam zu, während Elias weitersprach. Er erzählte ihr, wie er im Krankenhaus über diese Zufälle nachgedacht hatte, auch über die gleichen Nachnamen, und plötzlich klarer sah.

Wieder zu Hause angekommen, forschte er im Internet und stieß auf Angelikas Todesanzeige, in der er auch Mirjams Namen fand. Als Elias dies erzählte, schimmerten Tränen in seinen Augen und er musste ein paar Schluck Wasser trinken, bevor er weiterredete.

»Nun bitte ich dich, ehrlich zu sein, liebe Mirjam. Bist du meine Tochter?«

Mirjam musste ein paar Mal schlucken, bevor sie ihm mit gepresster Stimme antwortete.

»Ja, ich bin deine Tochter, Elias. Ich habe es selbst erst nach dem Tod meiner Mutter erfahren und wollte es dir heute sagen.«

Leicht und schwer zugleich schwebten diese Worte in der Luft, ehe Elias eine Reaktion zeigte. Erleichterung, Freude, Traurigkeit, Dankbarkeit, Liebe – dies alles zeichnete sich binnen Augenblicken auf seinem Gesicht ab, bevor er in der Lage war zu sprechen. Augenblicke, die Mirjam voller Anspannung erlebte.

»Ich glaube es nicht! Mit einundsiebzig bin ich Vater einer wundervollen, klugen, erwachsenen Tochter geworden. Aber was fängst du mit einem alten Vater wie mir an? Du hättest mich gebraucht, als du ein Kind und ein junges Mädchen warst!« Während Elias dies sagte, füllten seine Augen sich mit Tränen.

Auch Mirjam standen Tränen in den Augen. Sie hatte das Gefühl, dass die ganze Anspannung der letzten Wochen in sich zusammenfiel. Es war zu viel auf einmal, sie konnte die Tränen nicht mehr zurückhalten.

Elias stand von seinem Stuhl auf. »Mirjam, meine Tochter! Ich würde dich gern in meine Arme schließen. Darf ich das?«

Mirjam erhob sich und legte als Antwort ihre Arme um ihren Vater, der seine liebevoll und Halt gebend um Mirjam schloss. Sie fühlte sich geborgen in der liebevollen Umarmung ihres Vaters. Er duftete für sie nach Sonne und Meer. Endlich war sie angekommen im Leben. Endlich wusste sie wohin mit ihrer Liebe und ihrer Sehnsucht nach einem Vater.

Eine ganze Weile standen sie so, während Mirjam immer wieder von ihren Tränen fortgerissen zu werden schien. Sie weinte um die verlorenen Jahre mit Elias, um den Verlust ihrer Mutter und auch aus Freude, weil sie endlich ihren Vater gefunden hatte.

»Welche Träume hast du, die ungelebt sind?« Diese Frage ihrer Mutter fiel Mirjam plötzlich wieder ein. Endlich hatte sie eine Antwort:

»Ich lebe meine Träume.«

Elias streichelte zärtlich über ihren Kopf und sprach auf Portugiesisch liebevoll ein paar Worte, die er fortwährend wiederholte.

»Minha filha, minha filha, minha filha.«

Und schließlich auf Deutsch: «Meine Tochter.«

Mehr sagte Elias nicht. In diesen zwei Worten steckte die ganze Kraft der Liebe eines Vaters zu seiner Tochter.

● ● ●

Zur Entstehung dieses Romans

Im Mai 2018 waren mein Mann und ich fast zwei Wochen zur Romanrecherche in Lissabon. Einige Monate vorher begann ich, mich mit der Geschichte Portugals, Land und Leuten zu beschäftigen. Dabei wurde mir bewusst, dass die meisten Menschen (auch ich) sehr wenig wissen über dieses Land am Rande Europas, das uns nah und fern zugleich ist.
Bei einem Urlaub 2019 in Sesimbra, in der Nähe Lissabons und erneuten Besuchen der Stadt, bin ich noch tiefer eingetaucht in die »Seele« Portugals.

Obwohl ich viel über die Zeit des Zweiten Weltkrieges zu wissen meinte: die Rolle Portugals, auch als Rettungsanker für viele Flüchtlinge aus Deutschland, war mir unbekannt. Für mich kristallisierte sich immer mehr heraus, dass ich eine Geschichte erzählen möchte, die in dieser Zeit beginnt und die Entwicklung Portugals bis ins Heute erzählt. Eines Landes, das sich von der Diktatur zur Demokratie entwickelt hat.
Die Wirtschaft wächst wieder. Die Arbeitslosigkeit sinkt und junge Portugiesen wollen zurück ins Land. Rechtspopulisten haben in diesem Land keine Chance. Das Rezept des seit 2015 regierenden sozialistischen Premierministers António Costa lautet: Den Sozialstaat stärken, statt Leistungen zu kürzen.

Diese positive Aufbruchstimmung und ein großer Nationalstolz waren für uns immer wieder spürbar, bei unseren Recherchen, im Austausch und in den Begegnungen mit Portugiesen in den Jahren 2018 und 2019.

● ● ●

Obwohl fast alle im Roman auftretenden Protagonisten erfunden sind – die mit ihnen verknüpften geschichtlichen Ereignisse beruhen auf Tatsachen.

Besonders berührt hat uns das Aufspüren der Geschichte im Erinnerungscenter von Estoril. Hierher kommen Menschen aus der ganzen Welt, um nach Spuren ihrer im Zweiten Weltkrieg über Lissabon geflohenen Angehörigen zu forschen.

Der Besuch des Widerstands- und Freiheitsmuseums Aljube, das die Zeit der Diktatur aufarbeitet, hat uns betroffen und sprachlos zurückgelassen.

Ein Gottesdienst in der evangelischen Kirche in Lissabon und der Austausch mit einer inzwischen neunzigjährigen Zeitzeugin haben weitere Facetten der Geschichte eröffnet.

Ein Mosaikstein hat sich an den anderen gefügt, bis mir die Geschichte meines Romans klar vor Augen stand.

Wir erlebten immer wieder auch Widersprüchliches in Lissabon, wie die negativen Auswirkungen des Massentourismus, der andererseits für Arbeitsplätze sorgt. Und auch wir waren Touristen in dieser berauschend schönen Stadt am Atlantik mit Schatten und Licht.

Lisboa, Portugal und die Menschen, denen wir begegnen durften, haben seitdem einen festen Platz in unseren Herzen.

Danke!

Mein dritter Roman hätte nicht das Licht der Welt erblickt, wären nicht wundervolle Menschen an meiner Seite. Sie haben mir den Rücken gestärkt und mich tatkräftig unterstützt.

Mein geliebter Mann Martin – an erster Stelle möchte ich dich nennen. Mit unermüdlicher Geduld und großem Zeiteinsatz hast du mich in der gesamten Phase des Entstehens begleitet: bei der Ideenfindung, dem zum Leben erwecken meiner Protagonisten, der Vor-Ort-Recherche in Lissabon und schließlich bei der Überarbeitung des Romans.
Oft haben wir Szenen durchgesprochen, Ideen entworfen und wieder verworfen, Dialoge erprobt ...
Trotz deines eigenen, Zeit bindenden Schreibprojektes hast du unermüdlich Korrektur gelesen und an der Sprache gefeilt.

Der weitere Dank folgt in alphabetischer Reihenfolge:

Bernd – von den Roman- und Drehbuchseminaren bei dir profitiere ich noch heute. Und du hast mir bei diesem Roman mit klaren Hinweisen aus einer Zwickmühle geholfen.

Brigitte – unsere anregenden Gespräche beim Mittagessen über das Schreiben und dein sprachlicher Feinschliff haben meinem Roman gut getan.

Dorothee – du bist eine Buchhändlerin mit Liebe und unermüdlichem Einsatz. Du machst mir Mut, an meine Geschichten zu glauben und sie zum Leben zu erwecken.

Franciska – welch wundervolles Geschenk ist deine Freundschaft! Wertvolle Anregungen hast du diesem Roman gegeben. Gut tat der Austausch über unsere Schreibprojekte bei unseren freitäglichen Frühstücken.

Gertrud – meine neunzigjährige Zeitzeugin aus Lissabon und liebgewonnene Brieffreundin. Ich danke Ihnen für das Teilhaben-dürfen an Ihrer Vergangenheit. Ihre Aussage, nachdem Sie den Roman gelesen hatten, »Es hätte alles genauso gewesen sein können«, hat mir Mut gemacht.

Heike – meine Schwester. Deine Begeisterung für mein Schreiben und deine Ideen für das Bekanntwerden meiner Romane tun mir gut.

Helga – meine Mutter. Viel Zeit hast du dir genommen für detaillierte Rückmeldungen zu diesem Roman. Und du hast mir etwas Wichtiges mit auf meinen Lebensweg gegeben – die große Freude am Lesen und am Schreiben.

Nina – mit deinem künstlerischen Können, deinen guten Ideen als Grafikerin und deiner Geduld hast du mir erneut einen wunderschönen und zu der Geschichte passenden Buchumschlag geschenkt.

● ● ●

Regina – als ehemalige Deutschlehrerin hast du mir mit deinen »strengen« Korrekturen wertvolle Verbesserungen geschenkt.

Thomas – mit deiner wundervollen Stimme und den passenden Liedern machst du unsere Lesungen zum Erlebnis.

Torsten – du bist ein Foto-Künstler und ein wunderbarer Freund und rückst mich immer wieder neu ins rechte Licht.

Nadine Otto-De Giovanni – Marketingleiterin bei tredition. Der Austausch mit Ihnen, Ihr Interesse an meinen Schreibprojekten und Ihre guten Marketingideen bereichern mich.

Das Team von tredition – fachkompetent, freundlich, geduldig und engagiert kümmern Sie sich um meine Anliegen.

Und nicht zuletzt danke ich allen Leserinnen und Lesern, die sich von meinen Geschichten begeistern lassen. Mit der vielfach geäußerten Frage »Wann erscheint Ihr nächster Roman?« motivieren Sie mich zum Weiterschreiben.

Wenn Ihnen dieser Roman gefallen hat, freue ich mich über eine Nachricht an: nordlicht@birte-staehrmann.de

Birte Stährmann

Stuttgart, im September 2019

• • •

Wenn Sie mehr von Birte Stährmann lesen möchten ...

Der Duft nach Vanille

Kann ein Duft ein ganzes Leben verändern, das in wohlgeordneten Bahnen ohne große Überraschungen verläuft? Der Stuttgarter Bibliothekar Frank Mühe ist dabei, mit seiner Freundin Anna zusammenzuziehen; da erreicht ihn eine wertvolle Bücherkiste als Schenkung von einem Unbekannten aus Florenz. Als er die Kiste öffnet, entströmt ihr ein Duft nach Vanille. Wie aus dem Nichts tauchen Erinnerungen auf aus seiner Vergangenheit. Frank begibt sich auf eine Reise in die Toskana, die sein Leben auf den Kopf stellt – auf der Spur der Bücher und seiner Jugendliebe.

Ein Buch für alle, die das Lesen gerne mit allen Sinnen erleben, eine Leidenschaft haben für Bücher und die Liebe.

Der Duft nach Vanille, tredition, 2016, 204 Seiten

ISBN: Paperback   978 – 3 – 7345 – 0043 – 5   9,99 €
          Hardcover   978 – 3 – 7345 – 0044 – 2 18,99 €
          E-Book   978 – 3 – 7345 – 0045 – 9   3,99 €

Im Buchhandel oder direkt unter *www.tredition.de* bestellbar.

• • •

Wellen kommen, Wellen gehen

Der Roman einer großen Liebe, die Zeit-, Sprach- und Ortsgrenzen überwindet.
Nach einer wahren Geschichte.

1953, Stuttgart / Barcelona:

Die junge Fremdsprachenkorrespondentin Elisabeth bricht aus der Enge Deutschlands auf in das vom Franco-Regime durch Repressalien geprägte Barcelona. Dennoch findet Elisabeth in dieser Stadt eine bisher nie gekannte Freiheit. Ihr katalanischer Kollege Emanuel und sie empfinden schon bald viel füreinander. Doch Emanuel ist verheiratet und hat eine kleine Tochter.

1993, Stuttgart / Barcelona:

Elisabeth macht sich erneut auf in die Stadt am Meer. Erfüllt sich endlich ihr Traum vom Leben und Lieben?

Wellen kommen, Wellen gehen, tredition, 2018, 284 Seiten

ISBN: Paperback   978-3-7469-0910-3   12,99 €
　　　 Hardcover   978-3-7469-0911-0   21,99 €
　　　 E-Book   978-3-7469-0912-7   4,99 €

Im Buchhandel oder direkt unter *www.tredition.de* bestellbar.

● ● ●

MIX
Papier | Fördert
gute Waldnutzung
FSC® C083411

Zeitfracht Medien GmbH
Ferdinand-Jühlke-Straße 7
99095 Erfurt, Deutschland
produktsicherheit@kolibri360.de